KB232707

임준후 新무협 장편소설

Fantastic Oriental Heroes

철혈 무정로

철혈무정로 1

임준후 新무협 판타지 소설

초판 1쇄 찍은 날 § 2006년 5월 26일
초판 1쇄 펴낸 날 § 2006년 6월 3일

지은이 § 임준후
펴낸이 § 서경석

편집장 § 문혜영
편집책임 § 이재권
편집 § 서지현

펴낸곳 § 도서출판 청어람
등록번호 § 제1081-1-89호
등록일자 § 1999. 5. 31
어람번호 § 제2-0920호

주소 § 경기도 부천시 원미구 심곡1동 350-1 남성B/D 3F (우) 420-011
전화 § 032-656-4452 팩스 § 032-656-4453
http://www.chungeoram.com
E-mail § eoram99@chollian.net

ⓒ 임준후, 2006

ISBN 89-251-0142-4 04810
ISBN 89-251-0141-6 (세트)

임준후 新무협 장편소설
Fantastic Oriental Heroes
철혈 무정로
1
도서출판
청어람

목
차

노인은 가볍게 숨을 내쉬었다.

고개를 돌려 뒤를 돌아본 그의 눈에 수백 척이 넘는 산봉우리가 들어왔다.

그가 방금 넘어온 산이다.

"늙긴 늙었어. 산 하나 넘었다고 숨이 차는구먼."

노인의 음성은 청년의 그것으로 착각할 만큼 맑고 청아했다.

그리고 눈처럼 흰 백발과 가슴까지 내려온 탐스러운 백염, 아이처럼 붉은 홍안은 그 맑고 청아한 음성을 어색하지 않게 해주었다.

고개를 돌려 앞을 바라보는 노인의 시선은 사십여 호가 옹기종기 모여 있는 작은 마을을 향해 있었다. 하지만 그의 눈은 마을을 보고 있지 않았다.

노인이 바라본 것은 검푸르게 일렁이는 광활한 바다였다.

"사십 년 만인가⋯⋯. 여전한 모습이로다."

노인의 얼굴에 반가운 기색이 떠올랐다.

이곳은 그가 오래전 대륙 전역을 여행하며 다닐 때 스치듯 지나갔던 곳이다. 그가 머문 시간은 이틀에 불과했지만 평화롭고 아름다운 풍경이어서 항상 그의 마음에 고향처럼 남아 있는 곳이기도 했다.

그 기억을 되새기며 찾아온 곳은 여전한 모습으로 그를 반겨주고 있는 듯해서 그는 유쾌해졌다.

소로를 걸어 내려가며 산들바람을 즐기던 노인의 걸음이 우뚝 멈췄다. 이채가 떠오른 눈으로 잠시 귀를 기울이던 노인의 신형이 흐릿해지더니 한낮의 유령처럼 그 자리에서 사라졌다.

"호야!"

등을 돌린 채 자신 앞을 막아선 아이의 이름을 부르는 목소리는 겁에 질려 있었다.

"입 다물어!"

등을 돌린 아이가 말했다. 이제 육칠 세에 불과한 아이의 음성이라고는 믿어지지 않을 정도로 단호한 음성이었다.

혁기룡은 후들후들 떨리는 다리를 부여잡았다. 그렇게라도 하지 않으면 금방이라도 땅바닥에 주저앉을 것 같았던 것이다.

관산호는 이를 악물었다.

그도 겁이 나서 그대로 주저앉고 싶었지만 그럴 수 없었다. 그마저 주저앉는다면 눈앞의 늑대는 망설이지 않고 덤벼들 것이다. 그는 본능적으로 그것을 깨닫고 있었다.

늑대의 노란 눈을 바라보는 그의 눈빛은 시간이 지날수록 강렬해졌다. 그것이 그가 지금 할 수 있는 최선이었다.

숲을 헤치고 아이들의 목소리가 들린 곳에 도착한 노인의 눈빛이 강해졌다.

그의 시선이 향한 곳에는 공포에 질려 곧 쓰러질 듯한 예닐곱 살은 되어 보이는 아이와 그 아이를 바로 앞에서 막아선 또래의 아이가 있었다. 그리고 그들의 정면에는 이제 막 어른이 된 듯한 늑대가 날카로운 이빨을 드러내며 접근하는 중이었다.

노인의 평소 성격대로라면 당장 뛰어들어 늑대를 물리치고 아이들을 구하는 것이 정상이었다. 하지만 노인은 움직이지 않았다.

그는 눈앞에 펼쳐진 광경 중 무언가 마음을 건드리는 것을 발견했던 것이다.

늑대를 막아선 아이를 바라보는 그의 눈빛이 유현해졌다.

늑대는 세간에 알려진 것과는 달리 본래 사람을 공격하지 않는다. 하지만 심하게 배가 고플 때는 예외다. 그때는 늑대도 사람에게 공격을 서슴지 않는다.

지금 아이들에게 이빨을 드러내며 접근하고 있는 늑대도 배가 홀쭉하고 털에 윤기가 없는 것이 오랫동안 굶은 듯했다.

'허, 아이의 기세가 늑대의 기세를 압도할 정도라니! 보면서도 믿을 수가 없도다!'

노인은 내심 탄성을 토했다.

늑대를 노려보는 아이는 잘생긴 편은 아니었다. 하지만 선이 뚜렷하고 귀여운 인상이었는데 지금 눈을 부릅뜬 채 강렬한 시선으로 늑대의 눈을 노려보고 있었다.

'강인한 정신력이 두려움을 극복했어.'

아이를 바라보는 노인의 감탄은 계속되었다.

그는 흔들림없이 늑대를 노려보고 있는 눈과는 달리 미세하게 흔들리고 있는 아이의 손을 보고 있었다.

늑대를 막아선 아이도 뒤에 있는 아이만큼이나 겁에 질려 있었다. 하지만 그 아이는 뒤에 있는 아이와는 달리 두려움에 지배당하지 않고 있었던 것이다.

그것이 노인을 감탄하게 했다. 어른들에게서도 보기 어려운 모습이었기 때문이다.

늑대도 소년의 기세에 주춤거리고 있었다. 그러나 그 시간은 길지 않았다. 아이의 기세가 아무리 강해도 아이는 아이일 뿐이다.

크르르르!

포효와 함께 늑대가 공중으로 도약했다.

날카로운 늑대의 이빨과 시뻘건 입 안이 햇빛 아래 모두 드러났다.

쾅!

캥캥!

관산호는 자신을 덮치던 늑대가 고통스런 비명과 함께 거대한 망치에라도 얻어맞은 것처럼 뒤로 날아가는 것을 보았다. 두려움과 고통으로 꼬리를 내린 늑대는 허우적거리며 일어나더니 정신없이 도망쳤다.

그리고 곧 그의 앞에 신선과도 같은 분위기의 노인이 나타났다.

"아이야, 네 이름이 뭐고?"

혼란스러웠던 마음을 차분하게 가라앉히는 맑고 시원한 음성이었다.

"관산호예요, 할아버지."

정신을 수습한 아이가 또랑또랑한 눈으로 자신을 바라보며 대답하는 것을 듣는 노인의 입가엔 환한 미소가 떠오르고 있었다.

제 1 장

인연은 다음을 기약하고

　　해안에서 이십여 리 정도 떨어져 있는 그리 높지
않은 산중턱에 담장도 없는 허름한 초옥이 한 채 지어져 있었
다. 이십 척이 넘는 나무들이 산 아래로 난 오솔길을 제외하
곤 초옥의 주위에 빽빽한 숲을 이루며 담장 역할을 하고 있어
서 이곳에서는 보이지만 먼 곳에서는 눈에 띄지 도 않을 초라
한 집이었다.

　　그런 초옥의 뒤편에 자그마하게 일구어진 화전은 바닷가
임에도 이곳에 사는 사람이 어민이 아닌 화전민임을 알게 해
주었다.

　　초옥의 문은 열려 있었다. 대륙 최남단에 위치한 광동성의

낮은 초여름인데도 불구하고 찌는 듯이 무더워 문을 닫으면 그 안은 온천을 연상케 할 정도이기 때문이다. 그나마 산속이기에 불어오는 시원한 바람이 초옥 안을 뒤덮은 열기를 밖으로 조금씩 밀어냈다.

초옥 안에는 구석에 놓인 허름한 침상 두 개와 가운데 놓인 탁자와 의자 두 개, 그리고 벽에 걸린 크고 작은 옷 몇 벌과 식사를 만드는 도구 몇 개 외에는 아무것도 없어서 을씨년스럽게 느껴질 정도였다. 그런 방 안 창가 쪽의 침상에 한 사람이 누워 있었다.

"들어가도 되는가?"

침상에 누워 천장을 바라보고 있던 중년인은 밖에서 들려오는 창노한 음성에 힘겹게 상체를 일으켰다. 뼈에 가죽만 붙어 있는 형상이어서 그가 중병을 앓고 있는 사람임은 누구라도 알 수 있을 것 같았다. 하지만 그는 이목구비가 단정하고 골격이 커서 건강했다면 장부 소리를 듣기에 부족함이 없었을 외모를 갖고 있었다.

"어르신 오셨습니까?"

중년인은 그가 대답을 하기도 전에 방문을 열고 들어서는 노인을 향해 말했다. 병약한 외형만큼이나 작고 힘없는 음성이었다.

"누워 있게. 그 몸에 무슨 예의를 차리는가!"

상체를 일으키는 간단한 동작이었지만 그것만으로도 중년

인의 이마에는 굵은 땀방울이 송골송골 돋아났다. 그것을 본 노인은 눈살을 찌푸리며 침상으로 다가가 중년인의 가슴을 살짝 눌렀다. 그 힘을 이기지 못한 중년인이 다시 상체를 침상에 뉘였다.

"늘 죄송합니다."

침상에 다시 누운 중년인은 쓴웃음을 지으며 말했다.

"호아는 나갔는가?"

침상 옆의 의자에 앉은 노인은 안쓰러운 눈길로 중년인을 보며 물었다.

"마을에 갔습니다. 아마 용이와 놀고 있을 겁니다."

"흠."

노인은 고개를 끄덕이고는 잠시 말문을 닫고 가만히 중년인의 눈을 바라보았다.

자애로운 눈길이었지만 그 눈에 담긴 힘은 범상한 것이 아니어서 병약한 중년인이 받아내기엔 벅찬 것이었다. 중년인은 가볍게 시선을 내려 노인의 콧잔등을 바라보며 말문을 열었다.

"하교하실 말씀이 계십니까?"

"내가 이전에 했던 제안에 대한 답을 듣고자 하네."

노인의 말에 중년인은 눈을 감았다. 무언가를 생각하는 듯 중년인은 입을 열지 않았고, 노인 역시 중년인이 말문을 열기를 기다리며 입을 다물고 있었다.

　방 안의 침묵은 잠시 후 눈을 뜬 중년인이 입을 열며 깨졌다.

　"후우, 끈질기시군요. 어르신께서 제 아이를 이처럼 아껴 주시니 후생소배인 저로서는 마땅히 어르신의 말씀을 감사히 받들어야 할 것입니다. 하지만 저는 호아에게 무공을 가르칠 생각이 없습니다. 해량해 주셨으면 합니다."

　말을 마친 중년인은 입을 다물었다.

　중년인의 꽉 다문 고집스런 입매를 바라보던 노인의 입술 사이로 가느다란 한숨이 흘러나왔다. 등허리 중간 어림까지 흘러내린 눈처럼 흰 머리카락과 가슴에 닿은 풍성한 은염, 그리고 불그레한 홍안과 바다처럼 깊고 맑은 눈. 노인이 입고 있는 백의는 용모와 더할 나위 없이 잘 어울려 노인의 분위기를 신비스럽게 만들고 있었다.

　노인은 깊게 가라앉아 바다를 연상시키는 맑은 눈으로 중년인의 눈을 응시하며 말문을 열었다.

　"흠, 거절은 생각지 못했네. 이 늙은이가 그처럼 간절하게 부탁했건만."

　노인은 수염을 쓸어내리며 천천히 말을 이었다.

　"자네를 만난 지 벌써 일 년이 되었구먼. 내게 말하지 않기에 묻지는 않았네만 자네가 이런 곳에서 화전을 일구며 살 사람이 아니라는 것은 한눈에 알 수 있었네. 자네에게도 이런 곳에 살게 된 사연이 있겠지. 호아를 가르치고 싶어하는 내

제안을 거절하는 것도 이유가 있는 것임을 충분히 짐작하고 있네. 하지만 호아는 나와 인연이 있고, 무엇보다도 보기 드문 자질을 갖고 있네. 자네가 남 모를 사연을 갖고 있고 또 가르칠 생각이 없다고 해서 나와 호아의 인연이 사라지는 것은 아니라네. 이어질 인연은 언젠가 이어지는 것이 자연의 이치가 아니겠는가. 단지 그 인연이 빨리 이어지느냐 늦게 이어지느냐 하는 시간의 문제일 뿐이지. 하지만 그 시간이 늦춰진다면 나로서도 자네 아이의 자질을 충분히 다듬을 수 없게 될 수 있고, 그것은 마땅히 가르쳐야 할 것을 가르치지 못하게 될 수도 있네. 그러니 결코 간단치 않은 일일세. 게다가 자네의 결심으로 호아의 자질이 묻힌다면 그 또한 바른 일은 아니지 않은가. 자네의 마음을 바꿀 수는 없는 겐가?"

노인의 어조에는 깊은 탄식이 서려 있었다.

그 말을 들은 중년인의 얼굴에 곤혹스러워하는 빛이 역력해졌다.

'하아, 내 결정이 호아의 앞날을 가로막는 것이 될 수도 있는데……. 하지만 호아가 어르신을 따라가 무공을 익힌다면 언젠가 그들을 만나게 될지도 모르는데… 그것만은 막아야 한다. 설령 호아가 어르신을 따라가 천외천의 무공을 배우게 된다 하더라도 그들과 싸우는 것은 호아의 삶을 불행하게 만들 뿐인 것을… 그들은 그녀의 가족이 아닌가!'

중년인은 눈을 떴다. 고뇌에 찬 눈빛이다.

“어르신이 범상한 분이 아니심은 눈이 어두운 저도 알 수 있습니다. 그런 분께서 하시는 말씀이니 빈말씀은 아닐 것입니다. 하지만 호아가 어르신과 인연이 있다 해도 그 아이가 무공을 배우게 하고 싶지는 않습니다.”

단호한 어조였다. 하지만 그의 파리한 얼굴에 찰나간 씁쓸한 미소가 스쳐 지나갔다.

“자네 스스로도 알고 있을 테지만 자네의 명은 그리 많이 남지 않았네. 길면 일 년, 짧으면 반년이 안 갈 수도 있네. 자네가 가고 난 후 내가 호아를 맡아 기르는 것은 어떤가? 자네도 이제 일곱 살짜리 아이를 홀로 세상에 남겨둘 생각은 아닐 터이니.”

말을 하는 노인의 눈빛에는 일말의 기대가 어려 있었다. 하지만 그 눈빛이 단호하게 고개를 젓는 중년인의 행동에 의해 실망으로 바뀐 것은 순간이었다.

“이미 제 친구에게 호아를 부탁하는 전언을 보냈습니다. 제가 죽은 후에는 그 친구가 호아를 데리고 갈 것입니다. 그리고 호아는 그가 맡아 훌륭하게 키워줄 것입니다.”

“허허허, 정말 고집스런 사람이로세.”

하늘이 내린 기회가 지나감을 안타까워하는 노인의 한숨은 깊어만 갔다. 중년인의 눈을 바라보던 노인의 시선이 열린 문밖으로 향했다. 낮은 곳이긴 하나 산은 산이어서 밖은 어느새 조금씩 어두워지고 있었다.

맑은 노인의 눈에 그늘이 떠올랐다.

중년인의 병세를 돌보며 지낸 일 년 동안 그는 중년인의 성격을 충분히 파악할 수 있었다. 그가 아는 중년인은 비록 병약했지만 심지만은 굳세기 그지없어서 한번 마음먹은 것은 결코 바꾸지 않는 사람이었다. 그런 사람의 거절이라 그의 번민은 더욱 깊었다.

'이대로 호아가 나이가 들어 근골이 굳고 경락이 약해지면 호아의 타고난 선기(仙氣)는 흐트러질 수밖에 없는데……. 호아가 내 눈에 띄었음은 분명 인연일진대 선기를 갖고 있음이 분명한 아이를 이대로 내버려 둘 수는 없는 일이다. 후일 다시 이어질 인연을 위해 심인지술을 사용해서라도 호아의 선기가 흐트러지는 것을 막아야 한다.'

무언가를 망설이던 노인의 눈에 굳은 결심의 빛이 떠오르고 있었다.

심인지술(心印之術)은 노인의 사문에 전승되는 것 중 하나로 피시술자의 의지와 상관없이 시술자가 원하는 것을 피시술자의 마음속에 각인시켜 결코 잊을 수 없게 만드는 기이한 공부였다.

그것은 마도에 전해진다는 섭혼의 공부와 비슷했지만 섭혼과는 차원이 다른 것으로 내공이 아닌 정신의 힘을 사용하는 수법이었다. 때문에 정신력이 극에 달하지 않은 사람은 익힐 수도 사용할 수도 없는 초상승의 수법이었다. 무림이 아닌 선도를 익힌 사람들에게 비인부전되는 기법이기에 그것의 존

재를 알고 있는 무림인은 거의 없다고 할 수 있을 정도로 경
험하기 어려운 공부이기도 했다.

　노인의 사문은 자연스럽지 않은 모든 작위(作爲)를 극도로
억제했다. 무위(無爲)를 본령으로 삼는 그의 문파의 특성상
그것은 당연한 일이었다. 그래서 노인은 평생을 통해 작위스
런 일을 한 적이 없었다. 하지만 이번에는 노인도 선택의 여
지가 없었다.

　인연은 이어져야 한다. 하지만 노인에게는 시간이 없었고,
중년인은 인연의 자연스런 이어짐을 인정하지 않았다.

＊　　　＊　　　＊

　"안녕하세요, 할아버지?"

　천천히 오솔길을 걸어가던 선풍도골의 노인은 걸음을 멈
추었다. 예닐곱 살가량의 사내아이 하나가 맞은편에서 바쁘
게 뛰어오다 걸음을 멈추곤 머리를 꾸벅 숙이며 그에게 인사
를 했기 때문이다.

　그는 아이의 목 뒤에서 묶은 숱 많은 머리카락을 손으로 쓸
어주며 물었다.

　"그럼, 안녕하고말고. 너는 이른 아침부터 어딜 그리 급하
게 가느냐?"

　잘생겼다기보다는 이목구비가 뚜렷해 후일 사내대장부 소

리를 듣기에 모자람이 없어 보이는 아이는 아직은 작은 코를 찡긋거리며 노인에게 대답했다.

"어제 뒷산에 나물이 많이 자라는 곳을 봐두었어요. 캐서 아버지 반찬 해드리려구요."

아이의 말에 노인의 눈매가 한층 부드러워졌다.

"우리 호아, 효자로구나. 그래, 나물은 무칠 줄 아느냐?"

"예, 아랫마을 기룡이 어머니께 배웠어요."

노인의 질문에 아이는 또랑또랑한 음성으로 자신있게 대답했다.

"허허허."

아이의 대답이 기특하면서도 안쓰러운 듯 노인은 나직한 헛웃음을 짓고는 입을 열지 못했다.

노인은 며칠 전 초옥에 들러 중년인과 대화를 하던 그 노인이었다.

밝은 얼굴로 고개 숙여 인사를 하고는 다시 뛰어가려던 아이가 무언가에 생각이 미친 듯 동작을 멈추곤 노인을 올려다보며 물었다.

"그런데 저희 집에 가시는 길이세요?"

아이의 눈이 초롱초롱해졌다.

"그렇단다."

"무슨 일이 있으세요?"

아이의 맑게 빛나는 눈과 똑바로 눈을 마주친 노인은 치미는 안타까움을 참지 못하고 내심 길게 한숨을 내쉬었다.

"네 아버지에게 작별 인사 하러 간단다."

"예?"

아이의 눈이 휘둥그레졌다.

또래의 아이들보다 영특하다고 아랫마을 사람들에게서 크게 귀여움을 받는 아이였다. 이제 일곱 살에 불과했지만 아이의 이해력은 남다른 바가 있었다. 그래서 노인의 말을 듣자마자 아이는 노인이 이곳을 떠나려 한다는 것을 눈치 채고는 놀란 것이었다.

"일이 있어 다른 곳으로 이사를 하게 되었단다."

"하지만 혼자시잖아요? 이곳에 계시면 기룡이 어머니나 다른 분들이 할아버지 수발을 많이 들어주시는데… 다른 곳에 가면 그런 분들이 없을 텐데……."

아이는 분홍빛 작은 입술을 찡그리며 걱정스런 어투로 말했다.

노인은 학식이 풍부하고 의술이 높아서 마을에 정착한 일 년여 동안 수많은 마을 사람들의 고민을 해결해 주고 아픈 곳을 어루만져 왔다. 그래서 아랫마을 오십여 호의 주민들은 노인을 깊이 존경했고, 노인이 혼자 살기에 마을 아낙네들은 그동안 친부모를 모시듯 노인의 수발을 들어왔다. 게다가 마을의 여러 아이 중, 특히 지금 마주하고 있는 아이를 예뻐해서 아이에게 있어 노인은 친할아버지와 같은 존재였다.

어린아이의 말이지만 그것이 진심임을 알기에 노인의 가슴은 훈훈해졌다.

"그래도 가야 한단다. 하지만 너와 나는 다시 만나게 될 운명이니 나를 잊으면 안 된다."

노인의 말에 아이는 잠시 시무룩한 표정이다가 다시 밝은 얼굴이 되어 힘있게 고개를 끄덕였다. 천성이 밝은 아이였다.

"저는 절대로 잊지 않을 거예요. 다시 뵙는 날까지 건강하세요, 할아버지."

"그러마."

노인은 빙긋 웃으며 다시 아이의 머리를 쓸어주었다. 그런 노인을 향해 허리를 깊숙이 숙여 인사한 아이는 뒷산으로 난 오솔길을 긴 머리카락을 날리며 뛰어가기 시작했다.

그런 아이의 뒷모습을 바라보는 노인의 눈빛이 바다처럼 깊어졌다.

'네게 심인지술을 시전한 것이 마음에 걸리나 네가 좀 더 자라면 나를 이해할 수 있지 않을까 한다. 원치 않는 일이었다고 나를 원망한다면 그때 무릎 꿇고 네게 사과하마. 하지만 그것이 지금 내가 취할 수 있는 유일한 방편이니……. 너는 천하인들의 운명을 좌우할 운명을 타고난 아이다. 네가 그 운명의 바다에 도달할 때 너는 나와 다시 만나게 될 것이다.'

아이에게 심인지술을 시전한 지 이제 이틀이 지나고 있었다. 그러나 그 술법은 일 년이 더 지나야 제 공능을 발휘하게 될 터이다. 노인이 심인지술로 아이의 마음속에 심은 모종의 안배가 발동되는 시한을 그렇게 후일로 미룬 것은 아이의 아버지가 살아 있는 한 그 공능이 발휘되었을 때 어떤 상황이 될지가 불문가지였기 때문이다.

'내게 주어진 시간이 충분하다면 너를 거두는 것이 가능한 시간까지 옆에 머물고 싶지만 그는 내게 그럴 수 있는 여유를 주지 않는구나. 신(神)과 마(魔)는 마음속에 있는 것이고, 그러한 분별은 세속의 것일 뿐이거늘……. 그는 자신이 지닌 바 가공할 능력으로 그러한 자신의 믿음을 세상에 강요하고 있으니… 아이야, 네가 그를 막아야 한다. 나는 이미 늙어 그를 잠시간 제지할 수 있을 뿐, 막는 것은 너무 버겁구나.'

숲 속으로 사라지는 아이의 뒷모습을 바라보던 노인의 입술 사이로 깊디깊은 탄식이 흘러나왔다.

노인은 천천히 신형을 돌려 아이의 아버지가 있는 초옥으로 한 걸음을 떼었다. 그 순간 노인의 모습이 환상처럼 오솔길에서 사라졌다.

그가 서 있던 자리엔 한줄기 바람만이 소슬하게 스쳐 지나갈 뿐이었다.

*　　　　*　　　　*

"호아야."

관현문은 열린 방문을 통해 숲의 어둔 그늘을 바라보고 있는 관산호를 불렀다, 나직한 음성으로.

"예, 아버지."

자신을 부르는 소리에 고개를 돌린 관산호의 눈에 파리한 안색의 부친이 부드러운 미소와 함께 침상에서 상체를 일으키는 모습이 들어왔다.

"왜 일어나세요?"

화들짝 놀란 관산호가 뛰어가 부친의 팔을 잡았다. 의원 할아버지가 떠난 후 관현문의 병세는 급격하게 악화되어 하루의 대부분을 혼수상태로 보내고 있었고, 그런 그가 몸을 움직이는 것은 몸에 심한 무리를 주는 행동이라는 것을 어린 관산호도 직감적으로 느끼고 있었다.

어린 아들의 걱정 어린 눈을 내려다보던 관현문은 쓸쓸함과 분노, 그리고 안쓰러움으로 마음이 메어오는 것을 느꼈다. 하지만 그는 그 같은 기색을 내색하지 않았다. 관산호는 일곱 살에 불과했지만 병을 앓는 그와 하루 종일 거의 붙어 지내다시피 하는 터라 그가 어떤 기색을 보이기만 해도 바로 마음을 읽을 정도로 그의 감정 변화에 민감했기 때문이다.

그는 살이 거의 보이지 않아 백골을 연상시키는 손을 들어 관산호의 머리를 쓰다듬었다.

"밖을 보며 무슨 생각을 했느냐?"

온화한 음성이었다.

관산호는 잠시 머뭇거리다 조심스럽게 대답했다.

"떠나신 할아버지 생각이요."

노인이 떠난 지 벌써 삼 개월이 지나고 있었다.

"보고 싶으냐?"

"예."

"그럴 테지."

떠난 노인은 관산호를 친손자처럼 아꼈다. 마을 사람들이 관산호를 귀여워한 것과는 다른 아낌이었다. 그는 관산호가 부친으로부터 제대로 받지 못했던 혈육의 두터운 정을 느끼게 해준 사람이었다. 그러니 관산호가 노인을 그리워하지 않는다면 그것이 더 이상한 일이었다.

관현문은 관산호의 손을 잡아 침상으로 끌었다. 들어올려 무릎에 앉히고 싶었지만 그에게 그럴 수 있는 힘은 남아 있지 않았다.

관산호는 관현문의 의도를 눈치 채곤 재빠르게 침상에 엉덩이를 걸치며 올라앉았다.

관현문은 그런 관산호를 향해 말문을 열었다.

"할아버지도 머물고 싶어하셨지만 해야만 하는 일이 있으신 것 같았다. 너를 그처럼 아끼셨던 분인데 그분이라고 너를 두고 떠나고 싶으셨겠느냐. 하지만 네가 그분을 잊지 않고 있는다면 언젠가는 다시 뵐 수도 있을 것이다."

"할아버지도 언젠가 다시 만날 수 있을 거라고 말씀하셨어요. 잊지 말라는 말과 함께요."

관산호의 대답에 관현문은 내심 쓴웃음을 지었다. 고집이 센 노인이었다.

"그래, 건강하신 분이니 다시 뵐 수 있을 것이다. 그리고 사람마다 모두 자신의 일이 있는데 보고 싶은 사람이라고 항상 옆에서 보며 살 수만도 없지 않겠느냐. 그분이 남긴 말씀처럼 그분을 잊지 않는다면 언젠가는 다시 뵐 수 있을 것이다."

관현문의 말에 관산호의 얼굴이 밝아졌다.

"예. 저는 할아버지를 절대로 잊지 않을 거예요, 아버지."

"그러렴. 이제 나가서 기룡이와 놀거라. 이 아비는 좀 자고 싶구나"

"예, 아버지!"

관산호의 힘찬 대답 소리에 미소를 짓던 관현문의 눈 밑으로 보일 듯 말 듯한 어두운 빛이 스쳐 지나갔다.

'잊지 않는다고 모두 만날 수는 없는 것이 삶이라……. 호아야, 한시도 잊혀지지 않는 사람이 있는데도 이 아비는 다시는 그 사람을 볼 수가 없을 것 같구나.'

웃음을 되찾은 모습으로 달려나가는 관산호의 뒷모습을 바라보던 관현문의 마음 한구석으로 쓸쓸한 바람이 휑하니 지나가고 있었다.

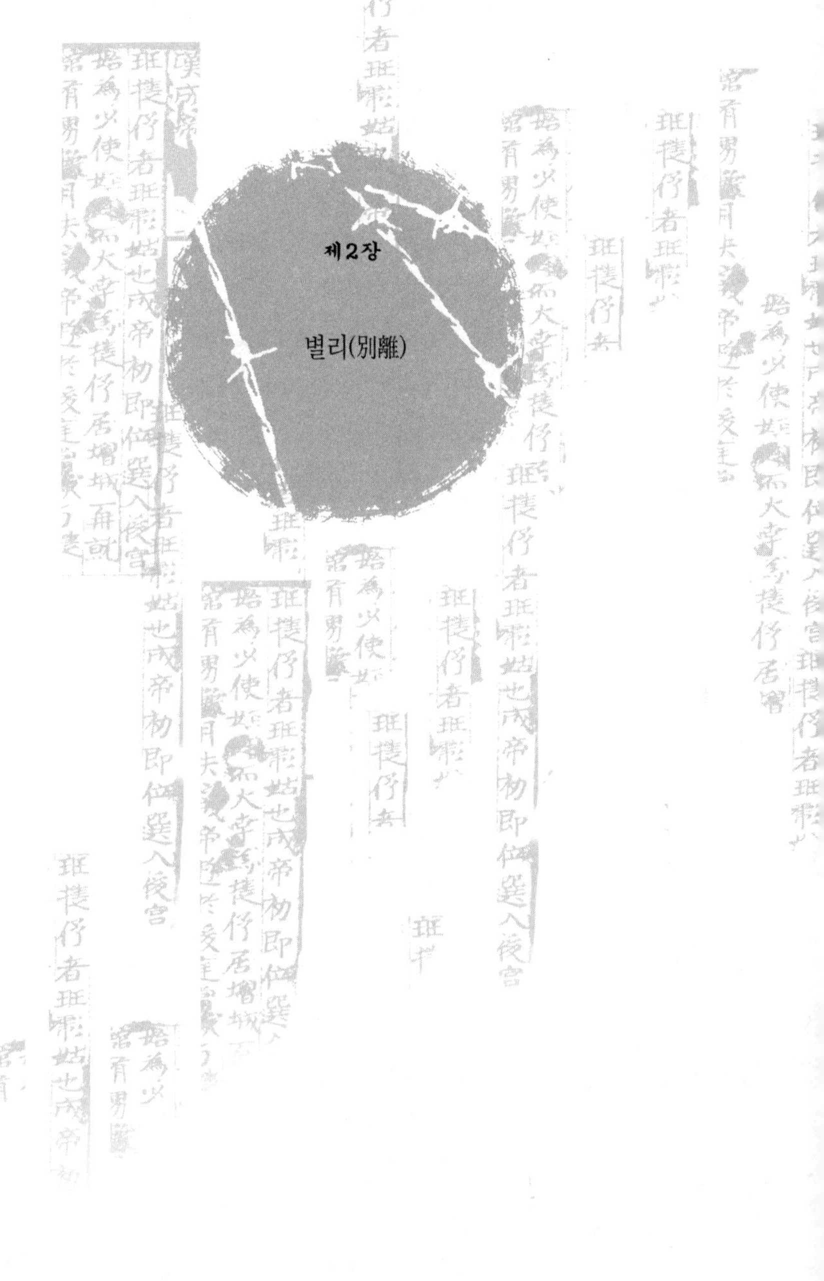

제 2 장

별리(別離)

鐵
血
無
情
路

"이제 우리 호아 요리 솜씨도 상당해졌구나!"

작은 키에 통통해서 후덕한 인상을 가진 중년의 여인은 자신의 옆에 앉아서 산나물을 다듬고 있는 아이에게 환하게 웃으며 말했다.

햇살에 그을려 얼굴이 새카맣게 탄 아이의 입술 사이로 흰 선이 그어졌다. 아이는 밝게 웃으며 말문을 열었다.

"아줌마가 가르쳐 주신 덕분이잖아요."

관산호의 흑백이 뚜렷하고 초롱초롱하게 빛나는 눈과 마주친 여인의 미소가 짙어졌다. 똘망똘망 대답하는 관산호가 귀여워 어쩔 줄 모르겠다는 표정이 여실한 얼굴이다.

"기룡이 녀석이 너처럼 이 아줌마를 도와주면 얼마나 좋겠니. 그놈은 허구한 날 밖으로 싸돌아다니려고만 하니……."

여인은 한숨을 내쉬며 혼잣말하듯 중얼거렸다. 그 말을 들은 관산호는 코를 찡긋거리며 뒷머리를 긁적였다. 그는 말없이 어색한 웃음을 흘렸다.

"헤헤헤."

혁기룡은 그의 친구였지만 그 어머니의 한탄에는 관산호도 대답할 말이 궁했다.

그가 어색해하는 모습을 바라보며 미소 짓던 여인은 지나가는 듯한 어투로 물었다.

"네 아버지 병환은 어떠시냐?"

그녀의 질문을 받은 관산호의 얼굴이 대번에 시무룩해졌다.

"차도가 전혀 없으세요. 말씀은 괜찮으시다고 하지만 갈수록 힘이 더 없어지시는 것 같고……."

"의원 어르신이 계셨으면 도움이 되었을 텐데……. 그 어르신은 연로하신 몸으로 또 어디에서 떠돌고 계실까……. 그 어르신이 떠나신 지도 벌써 아홉 달이 다 되어가는구나."

그녀의 말에 관산호는 말없이 누군가를 생각하는 얼굴이 되었다. 그의 뇌리에는 기룡의 모친이 말한 의원 어르신과의 마지막 만남의 순간이 방금 전의 일처럼 뚜렷하게 각인되어 있었다, 노인이 잊지 말라고 했던 당부까지.

그때였다.

우당탕탕!

"호야! 호야!"

부엌 문지방이 무너지는 듯한 소리와 함께 작은 그림자 하나가 구르듯이 부엌으로 뛰어들어 왔다.

뛰어들어 온 아이는 가무잡잡한 피부에 눈빛이 끊임없이 반짝여 장난기가 가득해 보이는 관산호의 가장 친한 친구이자 여인의 아들인 혁기룡이었다.

혁기룡이 숨을 헐떡이며 자신의 어깨를 잡아당기는 대로 따라 일어선 관산호는 의아한 얼굴로 기룡을 보며 물었다.

"기룡아, 왜 그래? 무슨 일 있어?"

"낯선 사람이 왔어."

"응?"

관산호뿐만 아니라 기룡의 모친도 의아함과 호기심이 뒤섞인 얼굴이 되었다.

이곳은 광동성 남부에서도 땅 끝에 위치한 어촌 마을로 척박하기 그지없는 곳이어서 일 년 열두 달 세금을 걷으러 오는 관원 외에는 외지인을 만나기 어려운 곳이었다.

구경할 것도, 제대로 먹을 것도 없는 곳이어서 외지인이 올 이유도 없는 곳이라 낯선 사람에 대한 호기심과 경계심이 다른 어느 곳보다 강한 곳이기도 했다. 하지만 기룡의 열에 들뜬 얼굴과 반짝이는 눈은 낯선 사람에 대한 호기심의 표현이라고 하기에는 조금 지나친 바가 있었다.

관산호와 모친의 호기심을 의식한 기룡이 가쁜 음성으로 말했다.

"그 사람, 허리에 내 키만 한 칼을 차고 있어!"

그 말에 관산호의 눈이 휘둥그레지고 모친의 안색은 파랗게 질렸다. 그들의 반응에 아랑곳없이 기룡의 말이 이어졌다.

"칼 손잡이 끝에 멋진 색실도 달려 있고, 칼집에는 보석도 박혀 있어! 높은 사람인가 봐! 보러 가자!"

그의 말을 받은 사람은 관산호가 아니라 그의 모친이었다. 그녀는 굳은 안색으로 소리치듯 말했다.

"안 돼! 칼을 차고 다니는 사람을 구경하러 가겠다니 제정신이 아니구나! 너희들은 이곳에서 꼼짝도 하지 마!"

그녀의 어조는 강경했다.

말을 잘못한 것을 느낀 기룡의 가무잡잡한 얼굴에 난감해하는 빛이 떠올랐다. 태어나서 처음 본 칼 찬 사람 때문에 지나치게 흥분해서 어머니가 계신 것을 생각하지 못하고 말을 한 것이다.

"아줌마, 멀리서 보기만 할게요."

기룡이 모친의 눈치를 보던 관산호가 쭈뼛쭈뼛거리며 말했다. 기룡이 모친은 평소의 안색을 되찾았지만 엄한 기색은 아직 가시지 않았다. 관산호는 여기서 말 한 번 잘못하면 보기 드문 구경거리를 놓칠 수 있다는 것을 피부로 느끼고 있었다.

관산호와 혁기룡이 기대에 찬 눈으로 자신을 보는 것을 느낀 기룡이 모친이 짧은 한숨을 내쉬었다. 두 아이는 친한만큼 성격도 비슷한 부분이 있었다.

관산호는 어린아이답지 않게 소탈했지만 그 부친이나 마을 사람들이 혀를 내두르는 성격이 하나 있었다. 그것은 고집이었다. 그가 고집을 부리기 시작하면 관산호의 부친조차 두 손을 들 정도였는데, 기룡은 관산호의 여러 성격 중 바로 고집을 갖고 있었다. 막는다고 막아질 아이들이 아니었고, 방문자는 볼일이 있어 마을을 찾아온 사람일 터이니 언제 보아도 보게 될 것이다.

기룡의 모친은 엄한 눈빛으로 두 아이를 번갈아 보며 말문을 열었다.

"보는 것은 허락하마. 하지만 절대 가까이 가서는 안 된다."

"예!"

귀청이 떨어질 듯한 대답과 함께 관산호와 혁기룡이 부엌에서 바람처럼 뛰쳐나간 것은 그녀의 말이 떨어짐과 거의 동시였다.

마을에 들어선 후 주변을 살피며 길을 걷던 강풍양은 내심 눈살을 찌푸렸다.

그의 예민한 감각에 길가 주변에 모여드는 촌민들의 인기척이 잡히고 있었고, 그 기척이 빠르게 늘어나고 있었기 때문이다. 그러나 직접 눈에 띄는 사람은 어린아이 몇 명 정도였다. 모두 길가 주변 집의 담 구석이나 벽 뒤에 숨어 구경하고 있는 탓이었다.

누구나 자신이 구경거리가 된 느낌을 좋아할 사람은 없다. 그리고 강풍양도 그런 느낌을 좋아하지 않았다. 하지만 외지에서 온 사람, 그것도 이런 시골에서 흔하게 볼 수 없는 장도를 찬 사람에게 호기심을 느끼고 모여드는 촌민들을 상대로 화를 낼 수도 없는 일이다.

무표정한 얼굴로 길을 가던 강풍양의 눈동자에서 빛이 일어난 것은 그가 길가에 나타난 아이들 중 어느 한 아이의 얼굴을 보았을 때였다.

그는 큰 걸음으로 자신이 본 아이의 앞으로 걸어갔다.

관산호는 호기심에 찬 눈으로 지켜보던 장도를 찬 장대한 체구의 장년인이 성큼성큼 걸어와 자신 앞에 걸음을 멈추고 내려다보는 것에 저절로 긴장되는 것을 느꼈다. 이유를 알 수 없었기 때문이다.

그가 고사리 같은 손을 움켜쥐며 고개를 들어 장년인의 얼굴을 올려다보자 그와 눈이 마주친 장년인의 구레나룻으로 뒤덮인 입이 열렸다.

“네 이름이 관산호가 아니냐?”

장년인의 말에 관산호는 놀라 눈을 크게 떴다. 생전 처음 보는 어른이 자신의 이름을 알고 있으니 놀라지 않을 수 없었다.

“예? 저를 어떻게 아세요?”

강풍양은 놀란 듯하면서도 기세가 죽지 않으려 애쓰며 대답을 하는 관산호의 모습이 귀엽고 기특해 털털한 미소를 흘렸다. 자신의 외모를 잘 아는 그였기에 어린아이가 자신의 기세를 감당하는 것이 더욱 기특했던 것이다.

“하하하, 제대로 찾아왔구나. 너는 네 아버지를 그대로 빼다 박았다. 알아보지 못할래야 그럴 수 없는 모습이야. 안내해라. 나는 네 아버지 친구다.”

강풍양의 말에 주변에 있던 아이들과 몰래 숨어 지켜보던 사람들 모두 의아한 얼굴이 되었다.

관산호 부자가 이곳에 정착한 지도 햇수로 칠 년이 넘었다. 하지만 그동안 그들 부자를 찾아온 사람은 단 한 명도 없었다. 그러니 마을 사람들은 노소를 불문하고 의아해하지 않을 수 없었다.

*　　　*　　　*

봄이 지나가고 있는 바다는 햇빛을 받아 맑은 쪽빛으로 반짝이고 있었다. 그 바다가 멀리 보이는 해안가의 언덕 위에 두 명의 장년인이 바다를 바라보며 앉아 있었다.

그들은 오른쪽의 장년인이 왼쪽의 장년인 가슴에 안긴 듯한 모습으로 앉아 있어서 영문을 모르는 사람이 보았다면 기이하다 여겼을 터다.

하지만 왼쪽의 장년인의 품에 안기듯 앉아 있는 중년인의 몰골을 본다면 그러한 장면을 이상하다 여기지 않을 것이다, 그의 얼굴은 살 가죽이 뼈에 붙어 있는 듯 앙상해서 누가 보아도 오래 살 것 같지 않은 모습이었으니까.

무엇을 생각하고 있는지 병색 짙은 얼굴을 한 장년인의 눈가에 쓸쓸한 빛이 떠올랐다.

"호아를 어떻게 키웠으면 좋겠나?"

병색 짙은 관현문을 가슴에 안고 바다를 바라보고 있던 단단한 체구의 장년인이 관현문에게 물었다.

말을 한 장년인은 육 척이 넘는 훤칠한 키에 쏘는 듯한 호목을 갖고 있었다. 턱에는 고슴도치의 털을 연상시키는 무성한 구레나룻이 나 있어서 병색이 짙은 관현문과는 달리 강렬한 패기가 넘치는 사내로 그는 바로 강풍양이었다.

"잘 키워주면 되네. 그럼 지하에서도 자네에게 감사할 걸세."

관현문의 대답에 강풍양은 피식 웃었다.

"무공은 가르치지 말고 말이지?"

“그래.”

강풍양의 말에 관현문은 고개를 끄덕이며 대답했다.

“하지만 호아가 무공을 익히기를 원하면? 우리 집 주변에는 온통 무공을 익힌 사람들뿐이어서 그들을 보면 어린아이에 불과한 호아는 분명 호기심을 주체하지 못할 것이고, 또 무공을 배우고 싶어하게 될 거야. 대부분 그러니까.”

“호신을 할 수 있는 간단한 권각술이면 몰라도 본격적인 무공은 안 돼. 적어도 열다섯까지는 막아주게.”

“왜 열다섯인가?”

관현문의 말에 강풍양은 고개를 갸웃하며 물었다.

“그 나이가 되면 호아는 스스로 자신의 길을 선택할 수 있을 걸세. 그때도 무공을 익히고자 한다면 어쩔 수 없는 일이지만 그 이전에는 안 돼.”

관현문은 말과 함께 가슴에서 여러 겹으로 접은 서신을 꺼내 강풍양에게 건넸다.

그의 시선이 강풍양의 강렬한 시선과 부딪쳤다.

“열다섯이 되면 호아에게 이것을 주게. 이것을 읽고도 그 아이가 무공을 익히고자 한다면 별수없는 일이지.”

관현문이 건네준 서신을 품에 집어넣은 강풍양은 씁쓸한 미소를 지으며 물었다.

“자네는 무공을 알지 못하기에 느끼지 못하는 듯하네만 호아의 골격은 무공을 익히기에 최적이라고 할 수 있네. 보기 드문 자질이지. 하지만 그 아이가 열다섯에 무공을 배우고 싶어하게 되어도 그때는 상승무공을 익힐 수가 없는 시기가 돼. 그것은 치명적인 결함이 될 수도 있어.”

강풍양의 말에 관현문은 조용히 미소 지으며 말을 받았다.

“자네가 무공을 익혔기에 그렇게 생각하는 것뿐일세. 세상은 무공을 익히지 않아도 가치있게 살 수 있을 만큼 충분히 넓고 복잡하네. 천하인 중 무공을 익힌 사람의 수가 일 푼이나 되는가? 그렇지 않은 사람들이 구 할 구 푼이 넘지만 그래도 세상은 잘 돌아간다네.”

타협의 여지가 없는 관현문의 말에 강풍양은 과장스럽게 한숨을 내쉬며 물었다.

“자네는 그 아이가 무공을 배우는 것을 왜 그렇게 싫어하는 건가?”

그의 질문을 받은 관현문의 눈빛이 음울해졌다.

“무공을 배우는 것을 싫어하는 것이 아닐세. 호아가 천하제일이라고 할 만한 무공을 배우고, 그래서 독보 강호가 가능한 수준이 된다고 하더라도 무공을 배우는 것은 그 아이에게 해가 되면 해가 되었지 결코 득이 될 수 없기 때문에……. 나는 그 아이가 위험하지 않게, 그리고 자유롭게 살기를 바라네.”

“그게 무슨 소린가?”

그의 말을 이해하지 못한 강풍양이 의아한 얼굴로 바라보자 관현문이 느릿하게 말을 이었다.

"호아가 무공을 익힌다면 그 무공을 쓰게 될 것이고, 그 아이가 내 자식이라는 것을 알게 되는 사람이 나올 걸세. 그러면 그 아이를 찾는 자들이 생길 걸세. 그들이 호아를 찾으면 그 아이에게 결코 좋은 일이 생길 수가 없네. 호아가 무공을 익힌다면 그들과 어떤 식으로든 얽히게 될 수밖에 없고, 그 얽힘은 좋은 쪽보다는 나쁜 쪽이 될 가능성이 구 할 구 푼 이상이지."

관현문은 나직하게 한숨을 내쉬며 말을 이었다.

"나는 호아가 그렇게 되기를 바라지 않네. 내가 그 아이의 이름을 산호(山虎)라고 지은 것은 호아가 산중의 호랑이처럼 어디에도 매이지 않은 자유로운 삶을 살기 바랐기 때문일세."

"호아가 무공을 익히면 대체 누가 그 아이를 위험하게 만든다는 건가?"

강풍양은 굵은 눈썹을 찡그리며 물었지만 관현문은 흐릿한 미소와 함께 고개를 저을 뿐이었다.

"그들은 이름만 대면 누구나 알 수 있는 강호의 거파일세. 하지만 자네가 알 필요는 없는 일이네. 알아서 좋을 일도 아니고. 호아가 무공을 익히지 않는다면 자네 또한 그들과 얽힐 일도 없을 테니까."

"그렇게 무공을 익히기를 바라지 않으면서 하필 왜 호아를 내게 맡기려 하는 건가?”

“자네라면 호아를 제대로 키워줄 것이라고 믿으니까.”

“내가 고마워해야 하는 건가?”

“그럼. 난 평생 단 두 사람을 믿었는데, 그중 한 사람이 자네일세. 고마워해도 한참을 고마워해야 할 일이지.”

“허참, 골샌님 신뢰를 받는 것이 무에 그리 고마워할 일이라고.”

강풍양은 혀를 차며 바다로 시선을 돌렸다. 고개를 돌리는 그의 눈에 물막이 떠오르고 있었다. 그는 여러 번 눈을 깜박여 흘러내리려는 눈물을 바람에 말렸다.

그를 아는 사람들이 보았다면 믿지 못했을 것이다.

그는 무림 중에 일류고수로 명성을 떨치는 사람이었지만 그보다는 두려움을 모르는 강인함과 용맹으로 더 큰 명성을 얻은 사람이었다. 그런 그가 다른 사람 앞에서 눈물을 보인다는 것은 누구도 믿지 못할 일이었다.

“죽은 사람처럼 연락을 하지 않다가 십여 년 만에 뜬금없이 연락을 해서는 아들을 맡아달라고 부탁하는 것까지는 좋아. 그런데 그에 따르는 자네 주문이 너무 까다로운 거 아닌가?”

강풍양의 퉁명스러운 말에 관현문은 아무렇지도 않은 듯 대답했다.

“자네니까. 쉬운 일이었다면 자네를 부르지도 않았을 거야.”

"무릎 꿇고 절이라도 해야 할 판이로구먼."

관현문을 보고 피식 웃어 보인 강풍양은 바다로 시선을 돌렸다.

이야기를 마친 두 사람은 입을 다문 채 묵묵히 바다를 바라보며 앉아 있었다. 바다에서 불어오는 물 비린내 섞인 바람이 두 사람의 머리카락을 부드럽게 어루만졌다. 해가 조금씩 서편으로 기울어가는 시간이었다.

*　　　*　　　*

금방 떼를 입힌 봉분은 바다가 보이는 양지 바른 언덕 위에 만들어졌다.

석 달 후면 여덟 살이 되는 관산호는 무릎을 꿇은 채 멍한 시선으로 봉분을 바라보고 있었다. 언제나 볼살이 통통하게 올라 기운이 넘치던 얼굴은 뚜렷한 이목구비가 더욱 뚜렷해 보일 만큼 해쓱했고, 금방이라도 쓰러질 것처럼 기운없는 모습이었다.

관산호의 뒤에 서서 울적한 눈빛으로 봉분을 내려다보던 강풍양이 보통 사람보다 배는 커다란 손을 들어 관산호의 머리를 어루만졌다. 관산호의 작은 머리가 그의 손 안에 쏙 들어갔다.

강풍양이 말문을 열었다.

"정해진 이별일지라도 그것과 맞닥뜨리는 사람은 언제나 가슴이 아픈 법이다. 하지만 너도 돌아가신 네 아버지가 남아 있는 네가 이렇게 슬퍼하기를 바라지 않을 거라는 것을 알고 있지 않느냐."

관산호가 고개를 들어 강풍양을 올려다보았다. 그 해맑은 눈에 어린 망연함에 강풍양은 마음이 아팠다.

관산호는 어린아이였지만 지병으로 고생하는 아버지와 가난한 어촌 마을에서 살며 그 나이에는 보지 않아도 될 것을 많이 본 탓에 죽음이 어떤 것인지를 잘 알고 있는 아이였다.

무릎을 굽혀 관산호와 눈 높이를 맞춘 강풍양은 말을 이었다.

"네 아버지는 대장부였다. 누구보다도 마음이 강한 사람이었지. 네 아버지는 네가 그런 자신처럼 자라나 주기를 바랐다. 그러니 이제는 그만 슬퍼하거라."

"…하지만 숙부님, 이제 다시는 아버지를 볼 수 없다는 게 너무 슬퍼요."

관현문이 죽은 시간부터 이틀 동안 너무 운 탓에 관산호의 음성은 어린아이답지 않게 탁했다. 목이 쉰 탓이었다.

강풍양은 고개를 끄덕였다.

"나도 슬프다. 네 아버지는 내 인생 최고의 친구였다. 하지만 사내는 슬픔을 가슴속에 담고 마음으로 슬퍼하는 법이다. 네 아버지는 네 가슴속에 평생 남아 있을 것이 아니냐. 그러니 오늘 모두 슬퍼하지 않아도 된다.”

강풍양의 일견 우락부락해 보이는 얼굴을 바라보던 관산호의 눈에 조금씩 생기가 돌아왔다. 그는 자리에서 일어섰다.

아이를 따라 강풍양도 자리에서 일어나 관산호에게 손을 내밀었다. 관산호가 그 손을 잡았다.

친구인 혁기룡을 비롯한 마을 사람들과는 이미 작별 인사를 하고 온 뒤였기에 이제는 떠날 일만 남아 있었다.

화창한 초여름의 정오.

두 사람이 떠나는 것을 지켜보는 것은 따스한 햇살 아래 누워 있는 쓸쓸한 봉분 하나뿐이었다.

후일 구주천하를 질타하며 철혈의 무인으로 경외의 대상이 될 관산호가 광동성을 떠나던 날의 모습은 배웅하는 이 하나 없이 그처럼 조촐했다.

제 3 장

철사보(鐵獅堡)

鐵血無情路

호북성(湖北省) 의창(宜昌).

당대 무림의 거대 문파 중 의창에 근거지를 두고 있는 문파
는 없다. 하지만 의창에 자리잡고 있는 여러 군소 문파 중에
도 거파라 할 수는 없으나 명문이라고 부르기에 손색이 없는
전통과 세력을 구축하고 있는 무가(武家)는 존재했다.

의창에 있는 문파로 무림 중에 명문으로 인식되고 있는 문
파. 그곳이 흔히 세인들에게 의창단가라 불리우는 철사보(鐵
獅堡)였다.

철사보의 역사는 팔십 년 전으로 거슬러 올라간다. 사도무
림의 거파 중 하나인 장강수로연맹의 호북지부 비연채와 평

생을 두고 전쟁을 했던 호북 남부무림의 거목 철협(鐵俠) 단중렴이 자신을 따르는 사람들과 함께 의창 서부 외곽에 첫 삽을 뜬 것이 철사보의 시작이었다.

단중렴이 비연채와 전쟁을 치른 것은 장강의 상권에 개입하는 비연채의 패악을 보다 못한 의협심 때문이었다. 비연채의 패악과 간섭에 지쳐 있던 호북 남부의 상권이 그를 지원하게 되면서 단중렴은 자연스럽게 호북 남부무림에서 그 영향력을 키울 수 있었다.

철사보와 비연채와의 길고 긴 전쟁은 무당파의 중재로 육십오 년 전 그쳤지만 철사보의 역사는 지금까지 이어져 왔고, 단중렴의 손자이자 호북무림 십대고수 중 일인으로 인정받고 있는 천성검(天星劍) 단규천이 이끄는, 당대에 와서는 의창 부근 이백여 리 내에서는 누구나 첫손가락 꼽는 것을 주저하지 않는 문파로 성장했다.

철사보는 삼협(三峽)에 근거지를 두고 있는 장강수로연맹 호북지부 비연채와 전쟁하며 장강을 중심으로 한 호북 남부의 상권을 확보했던 전력을 가진 문파였기에 그들이 쌓은 부는 일반의 무림세가보다 훨씬 컸다.

무당파의 중재로 비연채와의 전쟁이 끝난 후에 철사보는 장강을 이용하는 상인들의 호위와 의창 서부에서 나는 석탄의 탄광 개발로 막대한 부를 축적할 수 있었다.

그렇게 축적된 부로 철사보는 막대한 전답을 보유할 수 있었고, 식량의 자급자족이 가능해졌다. 그 때문에 의창 서부 외곽에 있는 철사보는 십만 평에 이르는 거대한 규모를 자랑했고, 내원과 외원으로 나누어진 구조를 갖고 있었다.

내원에는 단씨 가의 사람들이 살고 가신들과 탄광 등의 상업에 종사하는 사람들과 농사를 짓는 사람들은 외원에 살았다. 내원과 외원의 인원을 합한다면 철사보 내에 살고 있는 사람의 수는 오천 명이 넘었다. 물론 그중 무공을 익힌 사람은 삼백여 명에 불과했지만 그중 절반 이상이 일류고수 소리를 듣는 사람들이어서 철사보의 명성을 호북 남부무림의 중심으로 만들고 있었다.

그리고 철사보의 외원에 살고 있는 사람들 중에는 관산호라는 이름을 가진 소년도 있었다.

*　　　*　　　*

"오빠, 적당히 해!"

쿵! 쿵!

간편한 흑의를 입은 모습으로 마당에서 장작을 패고 있던 키가 크고 단단한 체구의 소년은 갑작스레 옆에서 들려온 맑은 음성에 머리 위로 들어올리고 있던 도끼를 늘어뜨렸다.

그리 질이 좋아 보이지는 않지만 깨끗한 흑의를 입고 있는 그에게서는 보는 사람의 눈을 크게 뜨도록 만드는 미묘한 힘이 느껴졌다.

육 척 가까운 신장에 떡 벌어진 어깨, 튼튼하면서도 유연한 허리, 쭉 뻗은 팔다리가 균형이 잘 잡혀 있었다. 목 뒤에서 검은 천으로 질끈 묶은 긴 머리카락, 그리고 굵고 짙은 눈썹과 각이 진 큰 눈, 준령처럼 우뚝 솟은 콧날과 한일 자로 다문 두툼한 입술이 몸매와 어울려 강인하면서도 보는 사람의 마음에 시원스러운 느낌을 주었다. 무엇보다도 맑고 뚜렷하면서도 초점이 흔들리지 않는 눈동자는 그가 심지가 굳건한 소년임을 알게 해주었다.

사내라면 누구나 호감을 느낄 만한 외모였지만 한 가지 흠 때문에 그에게 호감을 느낄 사람은 많지 않을 듯했다. 그 흠은 표정이었다. 그는 표정이 별로 없어 차가울 정도로 무뚝뚝해 보였다.

그는 열다섯 살의 생일을 이제 보름 남짓 남겨놓은 소년이었다. 하지만 그를 처음 보는 사람들은 그의 나이가 열네 살이라고는 결코 믿지 않았다. 그만큼 그는 성숙해 보이는 소년이었다.

그리고 그를 보고 미남이라고 한다면 듣는 사람 모두 고개를 갸웃하겠지만 사내답게 생겼다는 말에는 이의를 제기할 사람이 없을 외모였다.

관산호.

그가 일곱 살의 나이에 의부인 강풍양의 손을 잡고 광동성을 떠났던 관산호였다.

관산호의 얼굴에는 아직 앳된 기운이 남아 있긴 했지만 흑백이 뚜렷한 두 눈이 깊이 가라앉아 있어서 나이답지 않은 몸매와 더불어 그의 나이를 네댓 살은 더 들어 보이게 만들었다.

그가 머물고 있는 집은 철사보의 외원 동쪽에 있는 이층 건물로 후원에 넓은 마당이 있었다. 관산호는 지금 그곳에 있었다.

그의 시선이 우측 뒤로 돌아갔다.

"무공 수련은?"

그의 시선이 머문 곳에는 열서넛 정도 되어 보이는 소녀가 서 있었다.

키는 관산호의 목에도 미치지 못할 만큼 작았지만 칠흑처럼 검은 머리가 등허리 중간까지 내려오고 맑은 이마와 그만큼 맑은 눈빛을 가진 소녀였다. 지금 관산호를 보는 그 맑은 눈에는 장난스런 빛이 가득했다.

대단한 미소녀라고 할 수는 없었지만 이목구비가 단정하고 깨끗해서 누구에게나 호감을 살 만한 외모의 소녀로 입고 있는 순백색의 경장이 잘 어울렸다.

"아빠도 안 계시는데, 뭐. 천기 오빠는 지금도 하고 있어."

관산호의 눈빛과 마주친 소녀는 생긋 웃으며 아직도 이마에 송골송골 맺힌 땀방울을 가리키며 대답했다.

진시가 시작되고 있었으니 새벽이 막 지났다고 할 수 있는 시간이었다.

"아버님이 안 계실 때 더 잘해야지."

피식 웃으며 고개를 저은 관산호의 말에 소녀는 입술을 삐죽 내밀었다.

"흥, 어차피 나는 아무리 수련해도 나아지지가 않는걸. 재질도 없는데 강요하시는 아빠가 잘못이야. 차라리 무공에 관심도 많고 재질도 있어 보이는 오빠나 가르치시지 왜 나를 매일 그렇게 못살게 구는지 모르겠어."

"……."

소녀의 말에 잠시 생각에 잠긴 눈빛으로 침묵하던 관산호가 물었다.

"형님은?"

"주어진 시간은 무슨 일이 있어도 채워야 하는 큰오빠 성격을 몰라서 물어?"

소녀는 눈살을 살짝 찌푸리며 대답했다.

관산호와 대화를 나누고 있는 소녀의 이름은 강예령. 그의 의부인 강풍양의 딸로 올해 열세 살이었다. 그리고 그들의 대화 중에 나온 강예령의 오빠는 이름이 강천기로 관산호보다 세 살이 더 많은 열일곱이었다.

관산호를 철사보로 데리고 온 강풍양은 그를 양자로 삼았다. 그래서 강예령과 강천기는 그의 의남매가 되었다. 비록

의남매였지만 그들은 친남매보다도 더 사이가 좋아서 주변에서는 강풍양이 자식농사를 잘 지었다는 평가를 하고 있었다.

관산호는 강풍양이 그에게 무공을 가르치지 않는 이유를 잘 알고 있었고, 강풍양의 입장 또한 충분히 이해할 만큼 조숙했다. 강풍양의 아들인 강천기 또한 강씨 집안의 장자로서 당연히 그 이면의 사정을 알고 있었다. 하지만 강천기와는 달리 강예령은 아직 어려서 그가 무공을 배우지 못하는 사정을 몰랐다.

침묵하던 관산호가 무어라 말하려고 하는 기색을 눈치 챈 강예령은 백옥처럼 흰 손을 들어 손사래를 치며 말을 돌렸다.

"요즘 오빠, 너무 무리하는 거 아니야?"

그녀의 시선은 관산호의 좌측에 둔덕을 이루며 쌓여 있는 장작으로 향해 있었다. 한 자 길이에 반으로 갈라진 장작들은 언뜻 보아도 오백여 개가 넘는 듯했다.

강예령은 그 많은 양의 장작이 관산호가 새벽부터 만들어 놓은 것이라는 것을 잘 알고 있었다. 봄으로 접어들면서 날씨가 따듯해지고 있어 장작이 많이 필요하지 않는데도 관산호는 매일같이 묘시 초에 일어나 장작을 팼다.

"남아도는 게 힘밖에 없는 난데 그 힘, 이런 데라도 써야지 어디다 쓰겠냐?"

강예령에게 대답을 하던 관산호는 흰 이를 드러내며 소리 없이 웃었다.

그는 분위기만큼이나 말수가 없고 냉정한 성격이었지만 가족만은 예외였다. 강풍양을 비롯한 천기와 예령에게는 꽤 다정한 편이었고, 능청스럽게 구는 경우도 적지 않았다.

그의 말에 어쩔 수 없다는 듯 어깨를 으쓱한 강예령이 말했다.

"배고파, 오빠. 잔소리는 이제 그만. 밥 먹으러 가자."

"먼저 가라. 난 형님 오시면 같이 먹겠다."

그의 말에 삐죽 나왔던 강예령의 입술이 한 자는 더 삐져나왔다.

"흥, 오빠들은 남자끼리 연애하나 봐. 매일 붙어 다니려고 하고."

"뭐? 하하하! 쓸데없는 소리 하지 말고 가서 밥이나 먹어. 계속 쓸데없는 소리 하면 오늘 아버님이 돌아오셨을 때 네가 무공 수련을 등한시했다고 말씀드리겠다."

관산호의 웃음 섞인 엄포에 강예령은 세찬 콧바람 소리를 내면서 자리를 떴다.

강천기가 마당에 모습을 나타낸 것은 강예령이 자리를 떠나고도 반 시진 정도가 더 흐른 뒤였다.

강천기는 관산호보다 세 살이나 위였지만 그 체격은 오히려 관산호보다 세 치 정도 작았다. 우락부락한 얼굴과 몸집 때문에 지인들로부터 산적이라는 농담을 자주 듣는 강풍양과는 달리 강천기는 이목구비가 반듯하고 눈매가 약간 처져서 선하면서도 어딘지 유약해 보이는 인상을 가진 청년이었다.

강천기와 강예령의 외모가 강풍양과 많이 다른 것은 그들이 부친보다는 강예령을 낳다가 죽은 모친을 닮았기 때문으로, 주변 사람들뿐만 아니라 강풍양도 자식들이 자신을 닮지 않은 것을 천만다행으로 여겼다. 강천기는 몰라도 강예령이 그를 닮았다면 시집보내는 일도 어려운 일이었을 것이 분명했기 때문이다.

"형님, 밥 먹으러 가요. 배고픕니다."

가뿐한 백의 경장 차림으로 마당에 들어서는 강천기를 본 관산호가 한 무더기 쌓여 있던 장작더미에서 엉덩이를 털며 일어났다.

"기다리지 말라니까."

강천기는 관산호를 향해 싱긋 웃어 보이며 말했다.

그 말에 관산호가 기이한 미소를 흘리며 말했다.

"흐흐흐, 혼자 밥 먹는 건 싫다고 우는 소리 하던 사람이 누군데 그런 말을 합니까. 유화 누님이 들으면 웃습니다."

관산호의 말을 들은 강천기의 양 볼이 슬쩍 붉어졌다.

"헛소리!"

그는 짐짓 눈을 부릅뜨고 버럭 소리를 지르며 홱 몸을 돌리더니 성큼성큼 걸어갔다.

그 모습에 관산호는 기분 좋은 미소를 흘리며 강천기의 뒤를 따랐다.

잠시 말없이 집의 일층 식당으로 걸음을 옮기던 강천기가 어느새 옆에 붙어 걷고 있던 관산호를 향해 불쑥 말문을 열었다.

"아버지께서 돌아오시면 또 실망하실 텐데 걱정이다."

그 말에 관산호의 시선이 강천기를 향했다.

"무공 때문에요?"

"응."

강천기가 조금 굳어진 안색으로 고개를 주억거렸다.

"그렇게 진전이 없는 겁니까?"

"휴우… 무공에 대해서는 타고난 소질이 그뿐인 걸 어떡하겠어. 아버님을 실망시켜 드리고 싶지 않지만 노력만으로는 안 되는 일이다."

강천기의 입술 사이로 긴 한숨이 흘러나왔다.

"그렇다고 하나뿐인 아들이 무공을 배우지 않겠다고 말씀 드릴 수도 없고. 그렇게 기대가 크신데……."

그의 말끝이 눈빛만큼이나 흐려졌다.

강씨 남매는 체격뿐만 아니라 재질도 여염집 규수였던 그 선모를 닮아서 무공에는 소질이 없었다. 평범한 정도는 되었지만 그 정도로는 호북무림에서 일류고수로 이름이 높은 부친의 무공을 제대로 익히는 것이 가능하지 않았다. 그리고 그것은 화목하기로 유명한 강가의 유일한 우환거리였다.

강천기의 말을 들은 관산호는 어깨를 으쓱했다.

"제 생각엔 최선을 다하면 그로 족하지 않을까 싶어요, 형님. 아버님께서도 안 되는 일을 억지로 하는 성격은 아니시잖습니까. 이해심이 많은 분이니까 형님 탓을 하지는 않으실 겁니다. 실망은 좀 하시겠지만 하늘이 형님의 무공에 대한 재질을 그만큼밖에 주지 않은 걸 어쩌겠습니까. 대신 형님은 머리가 좋잖아요. 양쪽 모두 만족스럽기는 어려운 일 아닙니까. 그런 의미에서 하늘은 꽤 공평한 편입니다. 흐흐흐."

강천기는 자신의 고민에 대해 별일 아니라는 것처럼 기이한 미소를 흘리며 말하는 관산호가 밉살스러운 듯 잔뜩 째려보며 말했다.

"이 자식이! 강가는 단 선대가주와 함께 철사보를 세운 창업 공신 중 한 명이야. 가신들 중 강가의 서열은 세 손가락 안에 들고, 그런 철사보에서 아버님의 대를 이을 사람은 나밖에 없어. 그런 무림세가의 가신이 무공이 약하다는 것은 치명적인 결함이야. 그리고 나는 아버님을 실망시키는 것이 두렵다. 자식 된 도리로 부모의 기대에 부응하지 못하는 것이 너무 힘들어. 나는 장남이야. 둘째인 너처럼 태평하게 생각할 수가 없다."

강천기의 볼멘소리에 관산호는 장난스럽게 혀를 내두르며 강천기의 어깨를 밀쳤다.

"어이구! 그래, 나 둘째여서 태평합니다. 그래도 복잡하게 생각한다고 해결될 일이 아닌 걸 형님처럼 끙끙거리는 것보다는 내가 나은 것 같은데요."

그들이 식당으로 들어서자 키가 작고 푸짐한 몸매의 중년 여인이 웃으며 그들을 맞았다.

"도련님, 오늘도 늦었어요."

그녀의 말에 강천기가 코를 찡긋거렸다. 어색할 때 나타나는 그의 버릇이다. 그는 의자에 앉으며 말문을 열었다.

"오늘은 아버님이 돌아오시는 날입니다, 유모."

"그래도……. 어르신네는 너무 엄격하세요. 그분이 시키는 것을 다 했다가는 도련님과 아가씨의 몸이 남아나지를 않겠어요."

유모라 불린 여인은 강풍양에게 불만이 많은 듯 투덜거리듯 말했다.

그녀의 말에 강천기는 쓴웃음을 지을 뿐 별말이 없었다.

그가 유모라 부른 중년 여인의 성은 능씨로 외원에서 농사를 짓는 사람의 아낙이었으며 강예령의 젖어미였다. 강씨 남매의 모친이 강예령을 낳은 직후 사망하자 비슷한 시기에 아이를 낳았던 여인은 남는 젖으로 강예령을 키웠고, 당시 네 살이었던 강천기 또한 자신의 아들처럼 키웠기에 그들 남매에 대한 정이 각별했다.

비록 십수 년 동안 철사보에서 살며 옆에서 지켜보았다고는 해도 평생을 농사만 지은 그녀가 무림세가의 사람들이 무공에 대해 어떤 생각을 갖고 있는지는 알 수 없는 일이었다.

그래서 그녀는 강풍양이 강씨 남매에게 무공을 가르치는 엄격한 방식에 대해서 크게 불만을 갖고 있었다. 강풍양도 그녀가 강씨 남매를 얼마나 아끼는지 알고 있었기에 그녀의 불만에 대해 웃으며 들어주곤 했다. 물론 그것이 그가 자식들을 가르치는 방식까지 변화시키지는 못했지만.

능 여인과 짧은 대화를 나누고 식탁에 둘러앉은 강천기와 관산호의 대화는 계속 이어졌다. 음식은 밥과 몇 가지 소채, 그리고 생선 서너 마리 정도로 간소했다. 무인의 배에 기름기가 끼면 금분세수하고 강호를 은퇴할 때라는 것이 강풍양의 생활신조였으니 식탁이 간소한 것은 당연했다.

고민스런 얼굴로 숟가락을 드는 강천기를 보며 관산호는 툭 던지듯 말문을 열었다.

"내 생각에 형님은 공부든 무공이든 어느 한쪽에 집중해야 할 때가 아닌가 싶어요. 물론 좀 더 재능이 있는 쪽이어야겠지요. 형님은 내가 봐도 무공 쪽은 아닙니다. 재질도 그렇지만 무공에 대해서는 흥미 자체가 별로 없잖아요. 이를 악물고 최선의 노력을 해도 아버님의 무공을 익힐 수 있을까 의심스러운데 지금의 형님으로서는 어렵다고 봐요. 하지만 형님은 공자왈 맹자왈 하는 것도 좋아하고, 병법을 공부하는 것도 좋아하잖아요. 배우는 속도도 형님을 가르쳤던 노선생님들도 놀랄 만큼 빠르고. 보에서도 책사는 필요합니다. 가신들이 모두 무공을 잘해야 한다는 법도 없구요. 난 형님이 어느 쪽을 선택해야 하는지 명확하다고 봅니다. 형님 나이도 이제 열일곱 아닙니까. 잘 생각해 보고 진로를 아버님과 상의해 보는 것이 어떨까요?"

그의 말은 냉정해서 강천기가 기분 나빠할 만도 했지만 강천기는 개의치 않는 듯했다. 관산호는 직설적인 성격이어서 돌려 말하지 않을뿐더러 마음에 없는 말은 하지 않는다는 것을 잘 알고 있기 때문이었다. 관산호는 진심이 담긴 것이 아니라면 아예 말을 하지 않았다.

"고민 좀 해보고. 그런데 가끔은 네가 나보다 머리가 더 좋은 거 아닌가 하는 생각이 든다. 보는 것과 생각하는 것이 나보다 나을 때가 있어."

들던 숟가락을 놓은 채 잠시 생각에 잠겼던 강천기가 시선을 들어 관산호를 보며 말했다.

관산호는 싱긋 웃으며 고개를 저었다.

"별말씀을. 어쨌든 생각을 해보세요. 형님도 갈 길을 정해야 할 나이니까요."

열일곱이면 혼사가 오가며 향후의 미래를 진지하게 고민해야 할 나이다.

강천기는 고개를 끄덕이며 관산호에게 물었다.

"그건 그렇고, 넌 무공을 배우지 않을 거냐? 아버지도 네가 열다섯이 넘어서도 무공을 배우고 싶어한다면 말리지 않을 거라고 말씀하셨고. 넌 나보다 무공에 더 관심이 많은 데다

네가 무공에 소질이 있다는 건 너를 처음 본 보주님도 말씀하셨던 것이니 네가 무공을 배운다면 분명 나보다 훨씬 나을 거다. 비록 무공을 익히기에는 네 나이가 조금 많기는 하지만 그건 재질이 따라주면 노력으로 어느 정도 극복할 수 있을 것이고. 난 아무리 돌아가신 분의 유언이라고는 하지만 그것 때문에 평생 동안 하고 싶은 것을 참으며 살 수는 없지 싶다. 그렇다고 책만 보면 베개 삼아 잠이나 자려고 하는 네가 공부를 할 것도 아니고.”

“나도 고민 좀 해보구요.”

관산호는 방금 전 강천기가 했던 말투를 흉내 내며 말했다.

“하하하하!”

그들은 서로를 마주 보며 크게 웃고는 밥을 먹기 시작했다.

강풍양이 한 달간의 긴 출장을 마치고 돌아온 것은 그날 서편에 뉘엿뉘엿 노을이 지기 시작할 때였다.

귀보 후 내원에서 보주에게 보고를 하고 귀가한 강풍양은 문 앞에서 자신을 맞는 자식들의 모습을 보곤 자신이 집에 돌아왔다는 것을 실감할 수 있었다.

“아빠!”

강풍양을 향해 다녀오셨냐며 허리를 숙여 인사하는 강천기와 관산호와는 달리 강예령은 나비처럼 팔랑거리며 강풍양의 품 안으로 뛰어들었다.

"이 녀석, 아비가 밖에 일이 있어 다녀올 때마다 어떻게 점점 더 어리광만 느느냐!"

짐짓 엄한 듯 말하는 강풍양이었지만 그 입가에 떠올라 있는 훈훈한 미소는 강예령의 어리광이 마냥 예쁘게만 보이는 모양이었다.

"진지 차려두었어요."

방긋 웃으며 말하는 강예령을 품에서 떼어내며 머리를 쓰다듬던 강풍양의 시선이 반가운 듯하면서도 약간 안색이 굳어 있는 강천기를 향했다.

"식전에 너희들이 내가 없는 동안 얼마나 열심히 수련했는지 먼저 보자꾸나. 뒤뜰로 가자."

그의 말에 강천기와 강예령은 동시에 인상을 찡그렸고, 관산호는 소리없이 웃었다.

강풍양이 강호에 명성을 떨친 절기는 두 가지다.

십팔초 풍운뇌격도법.

삼십육초 복마천뢰산수.

풍운뇌격도법은 그에게 풍뢰도객이라는 외호를 준 그의 대표적인 무공이다. 그는 상대와 대적 시 주로 도를 썼기에 그가 복마천뢰산수라는 무공을 익히고 있다는 것을 아는 무림인은 별로 없었지만 그것을 아는 사람들은 그의 수법(手法)이 결코 도법에 뒤지지 않는다는 것을 잘 알고 있었다.

강예령은 아직 도법에는 입문하지 못했고, 삼십육초 복마천뢰산수 중 전십팔초를 익히고 있는 중이었다.

강풍양과 관산호가 지켜보는 가운데 연무장에서 강예령의 복마천뢰산수 전반부 시전이 끝나고 곧이어 강천기의 무공 시전이 계속되었다.

비록 정식으로 무공을 가르치고 있지는 않았지만 강풍양은 강씨 남매가 무공을 수련할 때 관산호가 옆에서 지켜보는 것을 막지 않아왔다.

관산호가 무공에 대해 많은 관심을 갖고 있다는 것을 알고 있는 마당에 친아들처럼 키운 관산호에게 무공을 가르치지 않는 것도 늘 그의 마음에 부담이 되었는데 강씨 남매의 수련을 구경하는 것까지 막을 수는 없는 일이었다. 그가 그것을 막았다면 관산호는 소외감을 느꼈을 것이고, 그들 가족과 지금처럼 가까워지지 못했을 것이다.

슈슈슉!

퍼펑!

뒤뜰의 평지가 벼락이 치는 듯한 바람 소리와 날카로운 기세로 소란스러워졌다. 눈에 보이는 것만으로만 판단할 때 강천기의 진퇴는 바람 같았고, 손과 도가 움직이는 기세는 지켜보는 관산호의 가슴을 떨게 만들 만큼 강력해 보였다.

하지만 강예령의 복마천뢰산수 시전 광경을 지켜보며 웃음이 가시지 않던 강풍양의 얼굴은 강천기가 복마천뢰산수와 풍운뇌격십팔도를 시전하는 것을 보며 실망으로 흐려졌다.

그의 가문에 비전되는 무공들은 정파의 무공이라고 하기에는 지나칠 정도다 싶을 만큼 패도적인 기운이 강한 것들이었다. 그래서 여자가 익히기에는 무리가 있었고, 남자 중에서도 성격이 유한 사람은 대성하기가 어려운 계열에 속했다.

강예령의 어설픈 복마천뢰산수 시전을 보면서 강풍양이 미소를 지은 것은 그가 강예령에게 큰 기대를 갖고 있지 않은 때문이었다. 그의 가문에서 여자가 가문무공을 대성한 전례는 지금까지 단 한 번도 나온 적이 없었으니까. 하지만 강천기의 무공 시전은 달랐다.

강천기는 남자였고, 그에겐 유일한 친 혈육이었다. 그의 무공을 이어받아야 할 당사자가 강천기인 것이다.

그런데 강천기의 복마천뢰산수와 풍운뇌격십팔도는 본연의 패도적인 기세를 전혀 살리고 있지 못했다. 형(形)은 충실하되 형 안에 살아 숨쉬어야 할 의(意)가 전혀 살아나지 않았던 것이다. 이런 무공이라면 실전에서 아무 소용이 없다. 무인의 실전은 생사가 찰나간 결정되는 자리. 형에 충실한 수준 정도로는 실전에서 자신의 목숨도 유지하기 어려운 것이다.

삼각여에 걸친 무공 시전을 마치고 강풍양의 앞에 선 강천기의 전신은 물먹은 솜처럼 푹 젖어 있었다. 짧은 시간이었지만 그가 전력을 다했다는 것을 누구라도 알 수 있는 모습이었다.

굳은 얼굴로 강풍양의 앞에 서 있던 강천기는 고개를 푹 숙였다. 강풍양의 눈에서 실망의 기색을 읽을 수 있었기 때문이다. 강풍양은 표리가 일치하는 사람이어서 느끼는 감정이 그대로 겉으로 드러난다. 그것을 감추려고 하는 사람도 아니었기에 강천기는 어렵지 않게 아버지가 어떤 생각을 하는지 눈치 챌 수 있었다.

"죄송합니다, 아버님."

그가 네 살 때부터 익힌 가문무공이다. 그러니 가문무공이 본연의 위력을 발휘하기 위해서는 형에 어떤 의가 자연스럽게 살아나야 하는지 모를 수가 없었다.

"아니다. 네가 최선을 다하고 있다는 것은 나도 안다."

강풍양은 자신의 생각을 강천기가 읽었다는 것을 알고는 조금 면구스러워졌다. 어미가 죽은 후 자신이 노심초사하며 키운 자식들이다. 그런 자식들의 성격을 그보다 더 잘 알 사람은 없었다.

강천기는 게으름을 피우는 성격이 아니었고, 다른 사람뿐만 아니라 그 자신도 인정하는 효자였다. 그를 실망시키지 않기 위해 아들이 얼마나 노력했을지는 보지 않아도 알 수 있었다. 그렇게 노력을 해도 가문무공의 진전이 일정 수준에서 정체된 것은 무공에 대한 강천기의 자질이 상승기재가 아니었기 때문이지만 설령 강천기의 자질이 좋았다 하더라도 그의 부드러운 천품 때문에 가문무공을 대성할 가능성은 거의 없다고 보는 것이 옳았다. 가문의 무공이 그의 천품과 맞지 않는 것이다. 게다가 강천기가 무공에 진전이 없는 가장 중요한 이유는 그가 무공 자체에 크게 관심이 없다는 것이었다. 강풍양도 자신의 아들이 무공에 대해 어떻게 생각하는지 잘 알고 있었다. 이것은 꾸짖어서 될 일이 아니었고 인력으로 해결하기도 어려운 문제였다.

내심 한숨을 내쉬던 강풍양은 무심결에 어느새 자신과 키가 비슷할 만큼 성장한 모습으로 옆에 서 있는 관산호를 바라보았다.

'허, 가문무공을 전수받는 자식놈은 대성할 기미가 보이지 않고, 무공을 가르쳐서는 안 되는 녀석은 욕심날 만큼 자질이 출중하고…….'

그의 시선이 잠시 허공을 향했다.

'이 친구야, 갈등이 생기는데 어떻게 하면 좋겠나?'

그의 뇌리로 재미있다는 듯 싱긋 웃는 관현문의 모습이 스쳐 지나가고 있었다.

강풍양 등과 헤어진 관산호는 자신의 방으로 돌아왔다. 그는 방의 침상 밑에서 두터운 모래주머니 네 개를 꺼내어 팔목과 발목에 찬 다음 다시 방을 나왔다.

술시가 막 지난 시간이라 밖은 이미 어둠에 잠겨 있었다.

탁탁탁탁!

대문을 나선 그는 힘찬 발걸음 소리와 함께 달리기 시작했다. 그의 팔목과 발목에 찬 주머니의 무게는 각기 세 근이 넘는 것이었지만 그에게서는 힘들어하는 기색이 보이지 않았다.

그도 그럴 것이, 그가 모래주머니를 차고 철사보 외원 경계를 따라 달리기 시작한 지 벌써 이 년이 넘고 있었다. 외원은 너무 넓어 그 경계를 완전하게 한 바퀴를 돌지는 못하지만 그가 달리는 궤적만도 어림잡아 십 리가 넘었다. 그래서 처음에는 한 바퀴도 힘겨웠지만 지금은 세 바퀴는 뛰어야 콧잔등에 땀방울이 맺힌다.

오 리 정도 달렸을까.

"오늘도 달리는구나."

갑작스레 옆에서 들려온 탁한 음성에 관산호는 달리기를 멈추고 그 자리에 섰다.

그는 길 오른편에 나타난 사람을 향해 허리를 숙여 인사하며 말문을 열었다.

"공손 할아버지, 아직 공기가 찹니다. 왜 나오셨어요?"

그의 시선이 머문 곳에는 비쩍 마른 칠십이 넘어 보이는 노인이 서 있었다.

노인은 낡았지만 깨끗한 마의 차림이었는데, 얼굴에 주름이 많고 눈빛이 탁했다. 게다가 안색은 창백했고, 관산호보다도 한 뼘은 더 큰 키였지만 대나무처럼 깡말라 있어서 금방이라도 쓰러질 듯 위태위태해 보였다. 한눈에도 중병을 앓고 있는 사람이라는 것을 알 수 있는 외모였다.

"허허허, 계속 안에 있는 것이 답답해서 나와보았다."

"차도는 있으세요?"

"강 대협의 배려 덕분에 많이 좋아졌다. 조만간 찾아뵙겠다고 전해다오."

노인은 탁하지만 온기가 가득 느껴지는 음성으로 관산호의 질문에 답했다.

그의 이름은 공손우로 반년 전쯤 장강 변에 쓰러져 있는 것을 강풍양이 발견하고 데리고 와서 외원에 거처를 마련해 준 사람이었다. 과거에 대해서는 누구에게도 말하지 않아서 그가 어떤 사람인지 아는 사람은 없었지만 강씨 집안 사람들, 그리고 관산호에게 특별한 애정을 갖고 있다는 것은 알 만한 사람은 다 알았다. 물론 관산호도 그것을 잘 알고 있었고.

"알겠습니다."

"가보거라. 너무 무리하지는 말고."

"할아버지도 바람 그만 쐬시고 들어가세요. 몸에 안 좋습니다. 다음에 뵙겠습니다."

공손우를 향해 꾸벅 고개를 숙인 관산호는 다시 달리기 시작했다.

공손우는 뒤에 남았다.

그래서 관산호는 자신을 바라보는 공손우의 눈길에 담긴

미묘한 떨림을 볼 수 없었다.

＊　　　　＊　　　　＊

　'시작인가…….'

　달리기를 마치고 자신의 방으로 돌아와 반쯤 건성으로 책을 읽고 있던 관산호는 기다렸다는 듯 천천히 자리에서 일어섰다.

　그가 마음속으로 되뇐 말에는 일말의 의심도 섞여 있지 않았다. 벌써 칠 년째 매일같이 해오고 있는 일이었고, 언제나와 마찬가지로 지금도 그의 심상 속에 백발 백염의 신선과도 같은 노인의 모습이 떠오르고 있었으니까.

　그가 있는 방은 일곱 평 정도 넓이였는데 한쪽 구석에 놓인 침상과 중앙의 탁자, 그리고 그가 앉아 있던 의자 외에는 별다른 장식이 보이지 않았다. 침상 옆 책장에 가지런히 놓인 수십여 권의 책이 장식의 역할을 해줄 뿐이었다.

　한 뼘쯤 열린 창문으로 달빛이 방 안으로 쏟아져 들어오고 있었다. 방금 전 자시를 알리는 타종 소리가 들렸다.

　자리에서 일어난 그는 익숙한 손길로 중앙에 놓인 탁자를 침상 옆으로 치우고 방의 중앙을 텅 비게 만들었다. 공간이 만들어지자 그는 겉옷을 벗었다. 아무것도 입지 않은 그의 상체가 달빛 아래 드러났다.

철사보(鐵獅堡)　73

그의 상체는 옷을 입고 있을 때보다 더욱 강인해 보였다. 군살은 눈을 씻고 찾아보아도 보이지 않았고, 아직은 나이 때문에 근육이 완전하게 형체를 이루고 있지는 않았지만 아랫배에 새겨진 굵은 왕(王) 자와 반 치쯤 단단하게 솟아오른 가슴의 근육이 천연의 암벽을 연상시켰다. 그리고 그의 오른쪽 어깨 부위에 열십 자 형태로 이루어진 아홉 개의 반점은 그의 벗은 상체에 신비로운 기품을 더해주고 있었다.

관산호는 천천히 자리에 누워 눈을 감았다.

자리에 누운 그의 양손이 활짝 펼쳐진 채로 물고기가 유영하듯 부드럽게 허공을 휘젓는 가싶더니 오른손 장심은 배꼽 세 치 아래 하단전에, 그리고 왼손 장심은 가슴의 명치 부근 중단전 부위에 깃털처럼 가볍게 내려앉았다.

점점 느려지던 그의 호흡이 마치 죽은 사람처럼 끊어진 것은 반 각 정도가 지난 후였다. 그의 가슴은 전혀 기복이 없어 모르는 사람이 보았다면 죽은 사람으로 오인할 지경이었다.

하지만 백을 헤아릴 간격으로 조금씩 오르락내리락하는 하단전은 그가 지금 숨을 쉬고 있다는 것을 알 수 있게 했다. 그의 모습이 시체처럼 보이는 것은 그가 하는 한 호흡의 길이가 너무 긴 탓이었다.

그렇게 미동도 없이 누워 있던 그가 움직임을 보인 것은 이 각의 시간이 흐른 뒤였다.

천천히 눈을 반개한 그가 상체를 일으켰다. 특이한 것은 그가 상체를 일으키기 위해 손을 움직이지 않았다는 것이다. 그의 상체는 누군가 멱살이라도 잡아 일으키는 듯 스르르 일어났다. 허리의 힘을 이용하는 것임에도 불구하고 그의 움직임은 전혀 어색함이 없어 이러한 동작이 완전히 몸에 익은 상태임을 알 수 있게 했다.

상체를 일으킨 후에도 그의 움직임은 계속되었다. 그는 두 발바닥을 회음 부근으로 끌어당겨 결가부좌 상태를 만들었다. 역시 두 손의 장심은 여전히 하단전과 중단전에 자석처럼 철썩 붙어 있는 상태였다.

눈은 반개한 채였지만 그는 움직일 때조차도 움직이지 않는 듯한 완벽한 정지 상태를 유지했다.

결가부좌 상태는 이각을 갔다.

이각이 지났을 때 그는 굼벵이가 기어가는 것처럼 느린 동작으로 자리에서 일어나 마보세를 취했다.

눈은 반개한 그대로 그의 양손과 어깨가 미세하지만 끊이지 않고 움직이기 시작했다. 밖으로 크게 원호를 그리던 그의 두 팔은 앞뒤 정반대 방향으로 움직이기도 하고 하늘과 땅으로 각기 다르게 움직이기도 했다.

그 모든 움직임은 두 손의 장심이 중단전과 하단전에 멈출 때까지 계속되었는데, 처음부터 끝까지 지켜본 사람이 있다면 그 움직임이 모두 열여덟 개로 나뉘어져 있다는 것을 알 수 있을 것이다.

그의 모든 움직임은 한 시진을 약간 넘는 시간 동안 행해졌다. 그 시간의 절반 이상 동안 마보세를 취하고 있었음에도 그의 호흡은 전혀 흐트러짐이 없었고, 이마에는 땀방울 하나 보이지 않았다.

그의 눈은 활력이 넘쳐 있었고, 구릿빛으로 건강하게 그을린 피부는 어린아이처럼 맑아서 마치 빛이 나는 듯했다.

'혼천무극진기(混天無極眞氣)의 일단공이 거의 마무리되어 가는 것 같구나.'

관산호는 싱긋 웃으며 생각했다. 그가 흰 이를 드러내며 웃자 나이답지 않게 중후함마저 느껴지던 그의 얼굴이 그 나이 또래 소년의 표정으로 변했다.

'완안 할아버지께서 계셨으면 좋아하셨을 텐데 아쉽네.'

그는 흐트러진 머리카락을 다듬으며 생각을 계속했다.

혼천무극진기는 그가 여덟 살이 되던 해 어느 날인가부터 지금까지 하루도 빠짐없이 행하고 있는 도인법이었다(관산호는 자신이 행하는 것을 건강도인술 정도로 생각하고 있었다).

관산호는 자신이 혼천무극진기를 익히고 있다는 것을 아무에게도 말하지 않았다.

무극진기는 그의 머릿속에 심어진 어떤 노인의 가르침으로 인해 익히게 된 것이었다.

그 노인의 이름은 완안서율.

어린 시절 그의 선부 관현문의 병세를 살펴주던 의원 할아버지였다.

　마의를 걸친 완안 노인의 모습이 관산호의 심상에 떠오른 것은 그가 강풍양의 손을 잡고 지금의 거처로 온 지 이 개월이 지났을 때였고, 그는 그것을 심각하게 생각하지 않았지만 그 시점은 완안 노인이 마을을 떠난 지 정확하게 일 년째 되는 날이었다.

　그의 심상에 떠오른 완안 노인은 일천여 자에 달하는 긴 구결을 풀이해 주며 네 단계로 나누어진 건강도인술의 첫 번째 단계를 전수해 주었다. 그 도인술의 이름이 혼천무극진기였다.

　그러한 가르침이 어떻게 가능한 일인지 신기해하면서도 관산호는 완안 노인이 심상 속에서 가르쳐 주는 것을 배웠다. 엄밀하게 말하자면 배워야 했다는 것이 옳았다. 관산호는 완안 노인의 가르침을 거부할 수가 없었으니까.

　철사보에 온 지 이 개월 정도가 지났을 즈음부터 매일 자시가 되면 관산호의 육체는 그의 의지와는 상관없이 완안 노인의 가르침에 따라 움직였다. 그것은 어떤 일이 있어도 변함이 없어서 초기에는 관산호를 여러 차례 곤란한 상황에 빠뜨리기도 했다. 물론 이제는 완전히 습관이 되어 그 시간이 될 즈음에는 그가 사람들과 어울리는 시간을 피하게 되었고, 그것이 어색하지 않게 되었지만.

　심상 속에서 그를 가르치는 완안 노인은 자신의 가르침에 대해 다른 사람에게 결코 말해서는 안 된다는 것을 매일 강조했다. 그리고 관산호는 완안 노인의 당부를 어기지 않았다. 그것은 그의 의지와는 무관했다. 그럴 수밖에 없었다. 무극진기에 관한 모든 것은 온전히 완안 노인의 통제 하에 있었기 때문이다.

관산호가 말하지 않았다 하더라도 강풍양은 일류고수 소리를 듣는 무인이다. 그런 그가 자시부터 관산호가 행하는 이상한 행동을 눈치 채지 못할 리 없었다.

관산호가 와공—누워서 수련하는 것—에서 좌공—앉아서 수련하는 것—으로 넘어가는 데는 오 년의 시간이 걸렸다.

매일 자시만 되면 기절하듯 쓰러지는 관산호를 보고 처음 강풍양은 크게 경악할 수밖에 없었다. 하지만 어떤 방법으로도 깨울 수 없는 관산호의 기절 상태가 한 시진 동안 유지된 후 아무 일 없다는 듯이 일어나는 그를 수년 동안 겪으면서 강풍양은 기이하게 생각은 했지만 원인을 알 수는 없었다.

그러다가 강풍양이 관산호의 그러한 기절 상태가 모종의 수련과 연관되어 있다는 것을 깨닫게 된 것은 이 년 전 관산호의 좌공이 시작되었을 때였다.

눈치를 챘음에도 그가 관산호를 다그치지 않은 것은 관산호에게 다행스러운 일이었다. 그리고 관산호에게 무공을 가르쳐서는 안 된다는 관현문의 유언을 투철하게 지키려 하는 강풍양이 관산호가 무엇을 배우는지 다그치지 않은 것에는 또다른 이유가 있었다.

그는 관산호가 행하는 체술을 상당한 시간 동안 지켜보다 그것에 대해 추궁하려던 생각을 접었다.

그것은 처음 그가 관산호에게 체술에 대해 물었을 때 자신에게 대답 못하는 것에 대해 힘들어하는 것을 여러 차례 본 탓이 컸다. 게다가 그가 알아야 할 것이었다면 죽은 관현문이 이야기를 해주었을 텐데 관현문은 관산호가 행하는 체술에 대해 일언반구 언급이 없었다. 그것은 관산호의 체술에 대해 그가 알 필요가 없다는 뜻이었다. 저간의 사정을 알지 못하는 강풍양은 그렇게 해석했다.

그리고 더 중요한 것은 관산호가 행하는 체술이 단전에 내력을 축적하는 기미를 전혀 보이지 않았기 때문이다.

내력을 축적하지 않는 것은 체술이라고 해야지, 무공이라 할 수 없었다. 외공조차도 그에 수반되는 동공(動功)을 계속하게 되면 일정한 속도로 단전에 내력이 축적된다. 단지 내공과는 달리 그 속도가 느리고 양이 현저하게 적을 뿐이다.

관산호는 혼천무극진기를 도인술의 일종이라고 생각하고 있었지만 강풍양이 보기에 그것은 도인술도 아니었다. 도인술 또한 극히 미약하기는 해도 내공이 축적되기는 외공과 마찬가지였는데 관산호의 그것은 전혀 내공이 축적되지 않고 있었다. 게다가 그것을 행하여 관산호의 몸은 건강해지면 건

강해졌지 몸이 상하는 기미는 전혀 보이지 않았다. 때문에 강풍양은 기이하다고 생각은 했지만 그것을 알기 위해 관산호를 추궁하지 않았다. 물론 그 이면에는 죽은 관현문에 대한 그의 믿음이 뒷받침되었다.

강풍양이 관산호의 육체에서 내력이 축적되지 않는다고 느낀 것은 틀리지 않은 것이었다. 철사보라는 무림세가에서 자라 무공에 대해서는 적지 않은 상식을 갖고 있는 관산호가 자신이 익히는 혼천무극진기를 단순히 도인술이라고 생각하는 이유도 그 때문이었으니까. 하지만 그것은 강풍양도 관산호도 옳게 보았다고 할 수 없는 것이기도 했다.

혼천무극진기는 기공의 일종이었지만 무공이라고 보기는 어려웠다. 그것은 힘을 키우기 위해 창안된 것이 아니었기 때문이다. 무극진기의 수련을 통해 궁극적으로 얻는 것은 무림의 무공이 갖고 있는 것과는 차원이 다른 것이었다. 때문에 그것은 기존의 무공과는 전혀 다른 이론적 기반 위에서 만들어졌고, 일반적으로 알려져 있는 기존의 무공 체계로는 해석이 불가능했다.

그러니 강풍양이 관산호의 몸에서 어떤 일이 벌어지고 있는지 알지 못한 것은 그의 탓이라고만 할 수도 없었다.

지난 일을 생각하며 관산호는 의자에 앉았다.

그는 전신에서 느껴지는 미묘한 감각을 즐기고 있었다.

이 년쯤 전부터인가 혼천무극진기를 수련하고 나면 그는 자신의 감각이 믿어지지 않을 정도로 예민해지는 것을 느낄 수 있었다.

공기와 바람의 흐름이 손에 잡힐 듯 느껴졌고, 천장에서 기어다니는 거미와 창밖 후원에서 움직이는 벌레들의 움직임을 바로 앞에 있는 것처럼 알 수 있었다.

가장 놀라울 정도로 좋아진 감각은 시력과 청력이었다. 그는 과장없이 십 장 밖에서 움직이는 개미의 다리를 볼 수 있었고, 그 개미가 기어다니며 내는 사각거리는 소리도 들을 수 있었다.

그의 감각은 나날이 발전하고 있었지만 그는 자신의 능력이 어느 정도인지, 그리고 그것이 어떤 의미를 갖고 있는지를 정확하게 알고 있지는 못했다.

그는 아직 세상을 겪어보지 못한 소년인 것이다.

제4장

창룡지존부(蒼龍至尊符)

鐵血無情路

강풍양이 돌아온 다음날 아침.

언제나처럼 무술 수련을 끝낸 후 식사를 마친 강씨 남매는 철사보의 직계와 가신들을 위해 마련된 연학당(硏學堂)으로 갔다.

연학당은 철사보의 초대 보주였던 단중렴이 후손들을 위해 만든 것으로, 단순한 무림의 문파가 아니라 호북성 남부무림의 중심 세가로서 자리를 잡아가던 철사보의 미래를 위해 설립되었다. 후손들이 무공뿐만 아니라 공맹을 비롯한 제반 학문의 수련이 필요하다는 판단 하에 단가의 직계와 가신들의 후손들은 단 하나의 예외도 없이 다섯 살부터 스무 살까지 매일 두 시진씩 학문을 익히도록 했다.

하지만 연학당의 수업은 관산호와는 상관이 없었다. 그는 강풍양의 양자이기는 했으나 철사보 내에서 그의 직계로는 인정되지 않았기 때문이다. 그렇다고 그가 학업에서 자유로운 것은 아니었다. 연학당의 수업에 참가하지 않는 그를 위해 강풍양은 오전 시간 동안 그의 교육을 위해 초빙한 외부인에게 맡겼던 것이다.

"이놈!"

날벼락이 치는 듯한 외침에 의자에 앉은 채로 졸고 있던 관산호는 깜짝 놀라 눈을 번쩍 떴다. 그의 코앞에 당장이라도 그의 이마에 꽂힐 것처럼 바짝 들이밀어져 있는 우문 선생의 섭선 끝이 보였다.

"죄송합니다, 선생님."

관산호는 멋쩍은 미소와 함께 고개를 숙였다. 죄송하다는 빛이 역력한 표정이다.

자신보다 앉은키가 머리 하나는 더 큰 관산호가 꾸벅 머리를 숙이며 말하자 푸른색 학창의를 단정하게 차려 입고 맞은 편 의자에 앉아 있던 우문상은 크게 한숨을 내쉬며 섭선을 거두었다.

우문상은 육십대 중반으로 다섯 자가 조금 넘는 왜소한 키에 깡마른 체구의 중늙은이였다. 하지만 눈빛이 맑고 눈끝이 예리해서 체구와는 다른 엄한 기운이 풀풀 풍겼다.

"네놈의 둔한 신경을 어찌하면 좋을꼬!"

우문상은 깊게 탄식하며 고개를 조아리고 있는 관산호의 정수리를 노려보았다.

고개를 든 관산호의 눈과 우문상의 눈이 부딪쳤다. 우문상의 시선에서 한숨과 같은 기운을 읽은 관산호의 얼굴에 송구스러워하는 기색이 더욱 짙어졌다.

"그래두 한 시진은 깨어 있었습니다, 선생님. 어제보다 일각은 더 버텼다고요."

관산호는 우문상을 위로하려는 마음에서 말했지만 그 말은 가뜩이나 열이 받아 있는 우문상의 신경을 더욱 긁어놓았다.

"한 시진이라도 깨어 있었으니 다행이라는 말이냐! 이놈, 어떻게 네 신경은 나이가 들수록 점점 더 무뎌져만 간단 말이냐!"

우문상은 눈을 부릅뜨고 소리쳤다. 그의 태도에 관산호는 뜨끔한 기색이 되었다.

"내가 늘그막에 너와 같이 둔한 놈을 제자를 두다니! 강 대협의 부탁이 아니었으면 어림도 없는 일이다!"

그의 말에 관산호는 뒷머리를 긁적였다. 그 모습이 또 우문상의 부아를 돋우었다.

"사내녀석은 허우대만 멀쩡하다고 해서 그것이 전부일 수

는 없다! 네놈은 남보다 나은 용력과 배포가 있다! 하지만 용
력이 있고 배포가 있으면 그것을 제대로 쓸 줄 아는 머리가
있어야 한다! 왜 모르느냐! 학문이 그것을 가능하게 해주는
것을! 이 어리석은 놈! 무예를 배우는 것도 아닌 놈이 학문마
저 등한시하면 후일 반드시 후회하게 된다!"

우문상의 어조는 높았다. 하지만 그의 음성에는 노여움만
담겨 있는 것이 아니었다. 진한 안타까움도 녹아 있었다.

학문에 대한 관심이 부족할 뿐 관산호는 좋은 제자에 속했
다. 스승의 말을 높이 받들 줄 아는 심성이 있었고, 스승의 관
심에 대해 실망시키지 않으려는 자세도 있었다. 문제는 그의
몸이 그런 마음가짐을 따라가지 못한다는 것이었다.

입맛을 다신 관산호는 고개만 숙일 뿐 말이 없었다. 우문
선생의 말에 틀린 것이 없었기 때문이다. 그리고 우문 선생이
그를 진심으로 아끼고 있다는 것도 잘 아는 그였다. 할 말이
있을 리 없었다.

우문상이 관산호를 맡아 가르친 지 벌써 사 년째였다. 하지
만 관산호에게 학문에 대한 열정을 불러일으키게 하는 데는
실패했다고 생각하는 그였다.

강천기가 무예에 대한 관심이 부족한 것처럼 관산호는 학
문에 대한 관심이 부족했다. 우문상은 사 년의 세월 동안 관
산호에게 학문에 대한 열정을 심어주려 노력했지만 그 성과
는 미미했다. 그나마 관산호의 머리가 나쁘지 않아 사 년이

지난 지금 어지간한 서책을 읽는 것에 별 어려움을 느끼지 않
을 정도라는 것이 그의 유일한 위안거리가 될 정도였으니까.

"나가보거라."

우문상은 머리를 좌우로 흔들며 관산호에게 말했다.

수업을 시작한 지 두 시진이 다 되었다.

"예, 선생님."

자리에서 일어나 꾸벅 인사를 하고 관산호는 방을 나왔다.

우문상은 호북성에서 이름이 널리 알려진 학자로 사 년 전
강풍양의 초빙을 받아 철사보에 왔다. 그를 초빙한 것만으로
도 강풍양이 관산호에게 갖고 있는 관심의 정도를 알 수 있게
했다. 그는 그동안 강풍양의 거처에서 백여 장 떨어진 외곽
쪽에 마련된 자신의 거처에서 관산호를 가르쳐 왔다.

우문상의 거처를 나온 관산호는 양손을 뒷머리에 깍지 끼
며 중얼거렸다.

"죄송합니다, 선생님. 하지만 없는 관심을 억지로 불러일
으키는 것은 체질에 안 맞습니다. 아버님께서 바라시는 것이
기에 공부를 하고 있기는 하지만 학문은 제 길이 아닙니다."

강풍양이나 우문상이 들었으면 당장 눈을 부라릴 말이었
기에 행여나 누가 들을까 우려하는 그의 음성은 기어들어 가
는 듯 작았다. 하지만 말을 마치며 싱긋 웃는 그의 얼굴에서
는 강한 고집이 느껴지고 있었다. 자신의 입에서 나온 말에
대해 확신을 갖고 있는 얼굴이었다.

거처로 돌아온 관산호는 연학당에서 수업을 마치고 돌아온 강씨 남매와 두 명의 손님을 볼 수 있었다. 그들을 보며 웃음으로 인사를 마친 그는 강천기의 옆에 있는 일남일녀를 향해 가볍게 고개를 숙여 목례했다.

"간만에 뵙습니다, 소보주님. 그리고 유화 소저."

"그렇군. 너를 보는 것이 거의 삼 개월 만인 것 같은걸. 그동안 격조했다."

관산호의 말을 받은 사람은 강천기의 옆에 서 있던 약관이 갓 넘은 듯한 청년이었다.

훤칠한 키와 수려한 이목구비에 철사보의 상징인 철사자가 가슴에 수놓인 백의를 걸친 그는 군계일학이라고 할 만큼 인상적인 풍모를 가지고 있었다.

그가 당대의 철사보주 천성검 단규천의 독자이자 다음 대의 철사보주로 일찌감치 인정받고 있는 단무혁이었다. 단무혁은 놀라운 무재(武才)로 호북 남부의 무림인들이 자신들의 성에서 후지기수의 서열을 매긴다면 그중 다섯 손가락 안에 꼽힐 것이라고 장담하는 걸 주저하지 않는 기재였다.

"너는 볼 때마다 키가 크는 것 같구나."

단무혁의 말이 끝나는 것을 기다렸다는 듯 강예령의 손을 잡고 서 있던 소녀가 미소와 함께 차분한 음성으로 말했다.

열일고여덟 살 정도로 보이는 소녀는 눈이 번쩍 뜨일 만한 미소녀였다. 관산호의 턱에 닿을 듯한 키니 여자 키로서는 작

다 할 수 없었고, 이목구비가 그린 듯 단정해서 보는 사람을
취하게 만들 정도였다. 그녀는 아직 어렸지만 백옥 같은 피부
에 흑백이 뚜렷한 눈동자로 똑바로 사람을 쳐다보면 녹지 않
을 사람이 없을 것이라는 평가를 받고 있었다. 그녀의 이름은
단유화. 천성검 단규천의 딸로 벌써 호북삼대미인 중 일인으
로 꼽히고 있는 소녀였다.

"이 추세라면 산호 저놈, 스물이 될 때까지 한 자는 더 클
겁니다, 소저."

관산호의 옆에서 강천기가 어깨를 으쓱하며 장난스럽게
단유화의 말을 받았다.

"그 키에서 한 자가 더 크면 칠 척이잖아! 그렇게 크면 괴물
같겠다, 오빠."

"뭐?"

강예령이 귀엽게 입술을 삐죽이며 말하자 관산호가 그녀
에게 눈을 부라리며 혀를 차더니 말을 이었다.

"괴물이 뭐냐, 괴물이. 모름지기 사내는 중후장대해야 한
다고 항상 말씀하시는 분이 우리 아버님이신데, 잊었냐!"

"흥, 중후장대는……. 남자는 능풍옥수라는 말이 어울려야
멋진 남자 소릴 듣는 거야. 오빠처럼 길고 굵어서야 여자들이
좋아하겠어? 나부터 징그러워 죽겠는데."

강예령이 관산호의 나이답지 않게 탄탄한 가슴과 팔뚝을
가리키며 놀리듯 말하자 강천기가 피식 웃으며 그들의 대화

에 끼어들었다.

"령아가 아직 세상을 몰라서 그런다. 남자는 산호 같은 분위기가 있어야지. 너무 허여멀개도 못쓴다."

그의 말이 끝나자마자 단무혁이 인상을 썼다.

"그 말, 나 들으라고 하는 말 같은데?"

"예?"

강천기가 당황한 얼굴로 손사래를 쳤다.

"형님, 무슨 말씀을. 형님이야 호북무림이 인정하는 청년고수인데 허여멀겋다는 말이 어울리기나 합니까?"

"말이야 맞는 말이잖아. 소보주님이 좀 허여멀겋긴 하지. 그렇잖아, 형?"

관산호가 단무혁의 얼굴을 힐끔거리며 말했다. 관산호의 눈빛과 말에 웃음을 참지 못한 단유화와 강예령이 고개를 숙이며 손으로 입을 가렸다.

잠시 농담을 주고받던 그들은 탁자 주위로 둘러앉았다.

철사보는 보주인 단가와 다섯 명의 가신이 중심이 되어 만들어진 문파였다. 초대 보주인 단중렴과 다섯 명의 가신은 의형제 사이여서 그들의 후손들도 친형제처럼 성장하는 것이 자연스러운 분위기였고, 단가도 권위적인 것과는 거리가 먼 가문이라 그러한 관계는 철사보의 전통처럼 되었다. 때문에 초대 보주와 가신들로부터 사대 후손들인 단무혁과 강천기 등도 형제처럼 자라서 사적인 자리에서는 그들 사이에 허물이 없었다. 때문에 관산호 또한 일반인들보다는 그들과 더 친밀했다.

"여행은 어땠습니까?"

자리에 앉은 후 이어지는 강천기의 질문에 단무혁의 얼굴이 조금 굳어졌다.

그런 단무혁의 표정을 본 강천기의 얼굴도 덩달아 굳어졌다. 삼 개월 동안 단무혁과 단유화는 호북성 곳곳을 여행했다. 보 안에서만 있어 답답해하는 단유화를 위해 단규천이 허락한 것으로 단무혁의 견문도 쌓는 것을 겸한 여행이었다.

여행의 의미가 단순했던 만큼 단무혁이 통상적인 강천기의 질문에 얼굴이 굳어질 이유가 없었다. 게다가 수려한 외모와는 달리 단무혁은 강단이 있는 외유내강의 성격이어서 감정 표현이 많은 사람이 아니다. 그런데 그런 그의 얼굴이 강천기의 단순한 질문에 눈에 뜨일 정도로 굳어졌으니 그를 잘 아는 강천기의 얼굴도 굳어진 것이다. 하지만 신경이 약간 둔한 편인 관산호는 강천기와는 달리 여전히 태평한 얼굴이었다.

"무슨 일이 있으셨습니까?"

강천기가 묻자 단무혁이 무거운 얼굴로 고개를 끄덕이며 말문을 열었다.

"장강에 인물이 났다는 소문이 조금씩 강호에 퍼지고 있다."

“장강에요?”

강천기가 눈살을 찌푸렸다.

단무혁이 말한 장강은 장강수로연맹을 뜻한다. 비록 육십 년 전 휴전한 후로 철사보는 장강수로연맹과 큰 마찰 없이 지내오고 있었지만 다른 문파들과의 관계와는 달리 서로 예민하고 긴장된 관계가 형성된 것은 피할 수 없는 일이었다.

“장강수로연맹이 삼십여 년 전 맹주 수룡왕 유철환의 사후 십팔 채의 채주가 맹주위를 노리고 권력 투쟁에 들어가며 분열된 것은 너희도 잘 알고 있을 것이다.”

단무혁이 강천기와 관산호를 보며 말하자 둘은 고개를 끄덕였다. 그것은 강호상에 널리 알려진 이야기다.

단무혁의 말이 이어졌다.

“그런데 그런 장강의 분열이 조금씩 봉합되고 있다는 소문이 나돌고 있다, 본 보의 정보망에도 그런 첩보가 계속 들어오고 있고.”

말을 하는 단무혁의 눈빛이 강해졌다.

“이번 여행 중에 그런 소문과 첩보가 잘못된 것이 아니라는 것을 몸으로 느낄 수 있었다.”

“……?”

강천기와 관산호가 의아한 눈빛으로 단무혁을 주시했다.

단무혁의 이야기가 진행될수록 태평한 얼굴이던 관산호의 얼굴에도 조금씩 긴장감이 떠오르고 있었다.

"삼협에 근거를 두고 있는 비연채의 인물들을 장강 유역에서 전혀 볼 수가 없었다. 우리뿐만 아니라 호북 남부의 무림인들도 수 개월 전부터 비연채의 인물들이 눈에 띄지 않고 있다고 이구동성으로 말을 하더군."

"인물이 났다고 해도 일을 하지 않으면 그 많은 식구가 굶어 죽을 텐데요?"

강천기가 묻자 진지하던 단무혁의 얼굴에 쓴웃음이 떠올랐다.

"장강수로연맹의 주 업이 해상 도적질이긴 하지만 그들도 사업을 한다. 도적질을 하지 않으면 호사를 누릴 만한 자금을 만들지는 못할 테지만 그래도 먹고사는 데는 지장없을 정도의 돈은 그들도 벌어."

대륙을 동서로 관통하는 장강은 대륙의 젖줄이다. 그래서 관에서도 철저하게 관리하고 있기는 하지만 그 길고 넓은 강 전체를 완벽하게 통제하는 것은 관으로서도 불가능한 일이었다. 관의 통제 범위를 벗어난 곳은 장강수로연맹이 지배한다. 그 세월이 벌써 삼백 년에 달했다.

장강의 낮은 관이 지배하지만 밤은 장강수로연맹이 지배한다.

이것은 수백 년간 무림에 회자된 금언으로 이제는 누구도 부인하지 못하는 사실이기도 했다.

"비연채에 속한 도적들은 그 식구들까지 합하면 천오백이 넘는 수로 알고 있습니다. 그 수가 전혀 움직이지 않고 있다면 해석은 두 가지로밖에 할 수 없겠군요."

강천기의 음성이 차분해졌다.

"네 생각을 한번 말해봐라."

단무혁의 말에 강천기가 고개를 끄덕이며 말문을 열었다.

"움직이지 못하도록 누군가에 의해 강제되었을 경우가 첫 번째이고, 두 번째는 움직여서는 안 되는 상황이 발생한 것이죠."

"첫 번째는 그렇다고 해도 두 번째는 어떤 상황을 예상할 수 있을까요?"

말없이 대화를 듣고 있던 단유화가 눈을 빛내며 강천기에게 물었다. 강천기의 시선이 단유화를 향했다. 그녀를 보는 강천기의 눈빛에 미묘한 빛이 스치고 지나갔지만 이 자리에서 그것을 눈치 챈 사람은 관산호밖에 없었다.

"복잡할 것은 없습니다. 전쟁에 직면하면 군도 밖에 나가 있는 병사들을 소집하고 안에 있는 병사들이 외부로 나가는 것을 금합니다. 후자는 그런 경우 외에는 더 생각해 볼 여지가 없어 보입니다. 장강에 과거의 수룡왕에 버금가는 인물이 났다면 반드시 수로연맹의 통합을 시도할 테고, 그것은 지금까지 분방하게 살았던 각 채 사람들의 커다란 반발을 사게 될 테니 충돌은 불가피하죠. 규모가 어떻게 될지 알 수는 없지만 통합을 위해서 내부 전쟁은 피할 수 없는 일이라고 할 수 있습니다. 그러니 비연채의 움직임이 그러하다면 그것은 전쟁에 대한 대비를 하는 것으로 볼 수 있을 듯합니다.”

“흠…….”

단무혁이 나직한 헛기침과 함께 팔짱을 꼈다.

그가 입을 열었다.

“내 생각도 천기와 같다. 첫 번째의 경우라면 수로연맹은 이미 통합되었다고 보아야 한다. 하지만 반년 전까지도 비연채가 해상 도적질을 했다는 것은 분명하니 수로연맹이 통합되었다고 보는 것은 지나친 해석이다. 네가 말한 두 번째가 가능성이 크지. 하지만 수룡왕의 사후 수로연맹에 속한 열여덟 개의 채는 기강도 함께 무너져서 사도무림의 초강세에서 장강의 천덕꾸러기로 전락했었다. 비연채가 지금 내부 단속을 한다 해도 그 힘이 예전 고조부님과 투쟁하던 시절의 그것이 되려면 시간이 많이 필요할 거야.”

잠시 입을 닫고 생각을 정리하던 단무혁의 말이 이어졌다.

“어쨌든 속단은 금물이다. 중요한 것은 장강에 변화의 바람이 불고 있고, 그 여파는 멀지 않은 장래에 그들과 각을 세우고 있는 우리에게 밀어닥칠 가능성이 크다는 거지.”

“준비를 해야겠군요.”

강천기의 안색도 단무혁만큼 진지해졌다.

“그래, 귀보한 직후 아버님을 만나 말씀드렸더니 아버님도 이미 수로연맹의 움직임을 주시하고 있는 중이라고 하셨다.

장강은 거대하기에 수로연맹에 인물이 났다고 해도 단기간에 사분오열되었던 맹을 통합할 수는 없을 것이다. 하지만 그 거친 힘이 통합되면 우리에게도 대단한 위협이 될 거다. 다음 세대의 보는 우리가 지켜야 돼. 우리도 긴장하고 좀 더 정진해야 한다.”

“알겠습니다.”

단무혁과 눈을 마주한 강천기가 무거운 음성으로 대답했다. 단무혁은 고개를 끄덕이고는 관산호에게 시선을 향했다.

철사보 내에서 관산호에 대한 평은 무난했다. 외모는 나이답지 않게 조숙하고 몸집이 컸지만 무공을 배우지 않았으니 그 자질을 알 수 없는 일이고, 학문에는 특별한 자질을 보인 적이 없었다. 그렇다고 사고를 쳐서 주목을 끄는 편도 아니었기에 사람들은 그가 강풍양의 양자라는 것 외에는 그에 대해 잘 알지 못했다. 작은 일에 매이지 않는 대범함과 말수가 그리 많지 않은 과묵함 정도가 그에 대해 알려진 전부라고 할 수 있었다.

관산호가 강풍양의 양자이기에 단무혁은 다른 사람들보다 더 자주 만날 수 있었다. 하지만 그런 그도 관산호에 대해 무예에 소질이 있어 보이는 소년이라고 생각할 뿐이었다.

“너도 무공을 익혔으면 한다. 네 자질은 아버님도 인정하셨던 것이니 후일 보에 큰 힘이 될 수 있을 거다. 네가 무공을 익히지 못하는 이유는 나 또한 알고 있지만 네가 좀 더 심사

숙고해서 결정했으면 한다.”

“생각해 보겠습니다, 소보주님.”

관산호는 조금 어색한 표정으로 대답했다.

무공을 배우지 않는 것은 선부의 유지 때문이다. 관산호의 성격이 대범하다고 해도 그것을 어긴다는 것은 심적 부담이 너무 큰 일이기에 그도 고민하지 않을 수 없었다.

'아버지는 이유없는 일은 결코 시키지 않는 분이셨다. 그분께서 내가 무공을 배우지 않기를 바라셨던 것에는 분명 이유가 있어. 그것을 알지 못하면 아무리 무공을 배우고 싶다고 해도 무공에 정식으로 입문할 수 없다. 평생을 아버지에게 죄송한 마음을 품고 살 수는 없는 일이니까.'

관산호의 눈빛이 깊어졌다.

'의부께서는 열다섯의 생일에 아버님이 남기신 마지막 유품을 건네주시겠다고 하셨다. 그때 내가 무공을 배워야 할지, 배우지 말아야 할지를 결정하게 해주겠다고 하셨어. 이제 보름밖에 남지 않았다.'

관산호가 생각에 잠겨 있을 때 탁자 주위에 둘러앉은 사람들의 대화는 통상의 것으로 돌아가 있었다.

강예령은 단유화에게 여행이 어땠는지 묻느라 정신이 없었고, 강천기는 단무혁이 여행 중일 때 철사보 내에서 일어난 일들에 대한 이야기를 하고 있었다.

장강의 움직임은 심상치 않았지만 아직 그 위협이 가시화

되지 않고 있었다. 게다가 그들은 단무혁을 제외하고는 젊다는 말을 듣기도 어려운 나이였다. 그 나이의 세상은 사실보다 좀 더 단순하기에 더 즐겁기도 한 것이다. 가장 나이가 많은 단무혁도 다른 사람들의 분위기에 휩쓸려 방금 전의 진지했던 분위기를 벗어나 있었다.

*   *   *

관산호는 정오를 넘긴 지난 시간에 의창의 중심가인 남문대로를 강예령과 함께 걷고 있었다. 폭 십여 장에 달하는 잘 다져진 길을 두고 그 양옆에 수백여 개의 상점이 늘어서 있는 곳이었다.

"령아, 아직 멀었나?"

관산호는 오른쪽에서 걷고 있는 강예령에게 시선을 돌리며 물었다. 그의 얼굴에서 심드렁한 기색을 읽은 강예령의 눈매가 샐쭉해졌다.

"왜? 힘들어, 오빠?"

강예령의 말투에 날이 선 기색을 읽은 관산호는 뜨끔한 표정으로 급하게 고개를 저었다.

그도 다른 남자 애들처럼 물건을 사러 돌아다니는 것에는 별 취미가 없었고 지루해했다. 오늘도 강예령이 남문대로 부근에서 우연히 본 노리개를 사달라고 졸라서 나오긴 했지만 내켜서 나온 것은 아니었다. 하지만 그것을 강예령에게 내색할 수는 없는 일이었다.

강예령은 막내인 데다 딸이고 태어나면서부터 엄마 없이 자랐기에 강풍양은 물론이고 강천기와 관산호도 그녀를 끔찍하게 아낄 수밖에 없는 환경이었다.

그렇게 주변에서 늘 어여쁨만 받으며 자란 탓에 자기 중심적인 면이 있어서 토라지면 감당하기 어렵다. 게다가 그녀는 아직 열세 살의 아이였다. 물론 관산호와 한 살 차이에 불과했지만.

"힘들기는, 네가 다리 아프지 않나 염려돼서 물어본 것뿐이야."

"정말?"

"그럼, 그럼!"

관산호가 힘차게 고개를 끄덕이며 말하자 강예령의 눈매가 부드러워졌다.

"이제 오십 장 정도만 더 가면 돼. 그 노리개, 정말 예뻤단 말이야."

강예령은 생각만 해도 설렌다는 눈빛으로 말했다.

그 모습에 관산호는 피식 웃었다.

"그래, 네가 그렇게 예쁘다고 하니 예쁘겠지."

그 말을 끝으로 입을 닫은 관산호가 강예령을 따라 오십여 장 정도를 걷자 제대로 된 상점 거리가 끝이 나고 임시로 가판을 차려 물건을 파는 노점들이 나타났다.

강예령은 망설이지 않고 오른쪽 노점상 중 한곳을 향해 걸어갔다. 노점상은 사십대 중반쯤 된 중년 여인이었다. 그녀는 평범한 얼굴에 푸짐한 몸매의 소유자였는데, 여인네들의 장신구와 노리개를 파는 사람이어서인지 푸른색과 붉은색이 섞인 화려한 옷을 입고 있어 주변의 허름한 옷을 입은 사람들 속에서 대번에 눈에 들어왔다. 하지만 관산호는 여인이 입고 있는 옷의 재질이 보기와는 달리 그리 좋지 않은 하품임을 한눈에 알아보았다.

철사보는 호북성 남부에서 가장 강력한 무림문파임과 동시에 가장 부유한 세가이기도 하다. 그 안에서 팔 년을 보낸 그의 안목이 평범할 수는 없었다.

여인은 길이 넉 자에 폭 두 자쯤의 가판을 앞에 두고 앉아 있었는데 가판에는 백여 개가 넘어 보이는 여인네들의 장신구와 노리개가 가지런히 정리되어 있었다.

"아주머니, 제가 어제 본 노리개 아직도 있죠?"

급하게 다가온 강예령이 눈을 반짝이며 묻자 여인의 얼굴이 환해졌다.

"어제 온 아가씨군요? 물론이에요. 오늘 꼭 온다고 해서 따로 보관해 놓았어요."

여인은 호들갑스러운 어조로 강예령에게 대답하며 앞에 놓인 가판의 아래쪽을 뒤져 엄지손가락만 한 크기의 노리개한 쌍을 꺼냈다. 은은한 자색을 발하는 노리개는 이름을 알 수 없는 꽃잎이 만개한 형태였고, 예닐곱 치 길이의 오색 수실이 달려 있었다.

강예령의 뒤에 서서 물끄러미 그 광경을 보고 있던 관산호는 내심 고개를 끄덕였다. 여인이 꺼낸 노리개는 주변에서 귀한 노리개들을 수없이 보고 자란 강예령이 그를 졸라 사러 올 만큼 세공이 잘된 것이었다.

여인이 건네주는 노리개를 받아 든 강예령이 관산호를 돌아보았다. 그를 데리고 나온 목적이 계산을 하게 하려는 것이었으니 그녀의 눈빛에 어떤 의미가 담겨 있는지는 자명한 일. 관산호는 소리없이 웃으며 품에서 전낭을 꺼내 동전 이십 문을 노점상 여인에게 건넸다. 노리개 값은 생각 외로 쌌다.

"동생이 이십 문이라고 하던데 맞습니까?"

"맞습니다, 공자님."

말과 함께 여인이 동전을 냉큼 가져가는 것을 보고 관산호가 지나가는 어투로 물었다.

"그런데 이 노리개는 누가 만든 겁니까?"

그의 질문을 받은 여인의 얼굴에 순간적으로 당황한 빛이 스쳐 지나갔다.

"왜 그러시나요, 공자님?"

"별것은 아닙니다. 가판에 있는 것과는 세공이 많이 다른 것 같아서 궁금증이 일었을 뿐입니다."

"눈매가 예리하네요."

여인은 조금 감탄한 눈빛으로 관산호를 보며 말했다. 겉보기에는 덩치만 커다란 소년인데 눈썰미가 보통이 넘었기 때문이다.

여인은 잠시 주변을 살피더니 그들을 주목하는 사람이 없는 것을 확인하고는 관산호에게 말했다.

"사실은 우리 바깥양반이 일 때문에 하남성을 다녀오던 길에 우연히 손에 넣은 것이에요."

"세공이 특별할 만큼 좋은데 너무 싸게 내놓은 게 아닙니까?"

"호호호, 어린 공자님은 물건 값이 싼 것도 불만인 모양이네요."

푸짐한 얼굴에 환한 미소를 지으며 관산호의 말을 받은 여인은 말을 이었다.

"공자님 말씀처럼 그 노리개는 세공이 잘된 것이긴 하지만 귀한 보석을 사용한 것이 아니어서 크게 높은 값을 받을 수 없는 거예요. 사실 다섯 문 정도는 더 받을 수 있는 물건이지만 어린 아가씨가 너무 예뻐서 싸게 받은 것이죠."

여인의 말을 들은 관산호는 여인을 향해 가볍게 고개를 숙였다.

"고맙습니다."

그의 태도를 본 여인의 눈이 반짝였다. 얼핏 보아도 귀한 집 자제 같은 몸가짐과 옷차림을 하고 있는 관산호와 강예령이었다. 가풍이 엄격한 집안에서 자라지 않았다면 관산호 정도의 나이에 저런 말투를 쓰지 않는다. 그리고 외견상 보았을 때 아무리 기분이 좋아도 노점을 하는 일개 서민층 여인에게 고개를 숙일 것으로 생각되지 않는 소년이었기에 그녀는 기분이 좋아졌다.

"호호호, 별말씀을. 보는 눈이 있는 사람에게 물건이 갔으니 제 주인 찾아간 것이라고 생각하면 저도 기분 좋은 일이에요."

여인과 대화를 마친 관산호는 노리개를 만지작거리며 좋아하는 강예령을 데리고 몸을 돌렸다.

그들이 왔던 길을 이 장 정도 되돌아갔을 때였다.

"공자님, 잠깐만!"

노점상 여인이 부르는 소리에 관산호는 걸음을 멈추고 돌아섰다.

그가 의아해하는 눈길로 돌아보자 여인이 손짓으로 그를 불렀다.

여인에게 되돌아간 관산호는 궁금해하며 물었다.

"무슨 일이십니까?"

여인은 조금 멋쩍어하는 빛과 기대의 빛이 섞인 눈빛으로 관산호를 보며 조심스럽게 말문을 열었다.

"우리 바깥양반이 주운 물건은 그 노리개만 있는 것이 아닌데 혹시 공자님이 관심을 갖지 않을까 싶어서요.”

“노리개라면 저는 됐습니다.”

“노리개가 아니에요. 제가 설마 여인네들 물건으로 공자님을 불렀을까요. 귀해 보이긴 해도 조금 이상한 물건인데…….”

그녀의 말에 관산호의 눈빛이 반짝였다. 노리개의 세공 솜씨는 범상치 않았다. 그와 같이 있었던 물건이라면 같은 등급의 물건이라고 보아도 무방했다. 관심이 안 생길 수 없는 일이다.

“제가 일단 그것을 보아야 뭐라고 할 수 있을 듯합니다만…….”

“물론이죠.”

여인은 관산호의 생각이 바뀔까 무서운 듯 서둘러 가판의 아래쪽에서 회색의 천으로 둘둘 만 물건 하나를 꺼내 놓더니 천을 풀었다.

펼쳐진 천 위에 놓인 물건을 본 관산호의 눈빛이 강렬해졌다.

천 위에는 노리개와 마찬가지로 은은한 자색을 발하는 손바닥만 한 크기의 팔각형 패가 놓여 있었다. 도사들이 사용한다는 팔괘 패와 형태가 비슷한 듯했지만 패의 어디에도 팔괘의 문양은 새겨져 있지 않았다. 패의 표면은 대패로 민 듯 반듯했고, 여덟 개의 각은 예리하게 꺾여 있었다.

패의 외견은 귀해 보이는 자색을 제외한다면 특별할 것이 없었다. 하지만 그 패를 보는 관산호는 자신의 심장이 두근거리는 소리를 들을 수 있었다.

두근두근두근.

이유를 알 수 없는 전율이 그의 등골을 타고 전신을 흘러내렸다.

잠시 말을 잃고 패를 뚫어지게 보고만 있는 그가 이상하게 느껴졌는지 강예령이 관산호의 오른팔을 잡아 흔들었다.

"오빠, 왜 그래?"

"응? 아, 아무것도 아니다. 그냥 저 패가 왠지 익숙한 느낌이 들어서……."

"익숙하다고?"

강예령이 이상하다는 눈빛으로 패와 관산호를 번갈아 바라보았다. 관산호는 몸을 치장하는 것뿐만 아니라 장난감 같은 것에도 전혀 관심이 없는 성격이어서 어렸을 때도 장난감을 가지고 논 적이 없었다. 그런 그가 처음 보는 노리개같이 생긴 패를 익숙하다고 하니 이상하지 않을 수 없었다.

그들이 대화를 나눌 때 여인은 자색의 패를 다시 천에 둘둘 말았다. 손동작이 빨랐고, 천을 펼쳐 놓을 때도 그녀의 소맷자락은 은연중 패를 다른 사람의 시선으로부터 차단시키고 있었다. 그 태도는 마치 그 패를 누가 볼까 두려워하는 듯했다. 패를 만 천을 손에 쥔 여인이 관산호에게 물었다.

"공자님, 이 물건을 사 가실 생각이 있나요?"

"사겠습니다. 얼마죠?"

관산호는 생각할 필요도 없다는 듯 즉시 대답했다. 기대에 찬 얼굴로 그의 대답을 기다리던 여인은 환하게 웃었다.

"호호호, 역시 공자님은 보는 눈이 있군요. 아가씨에게 이십 문에 팔았으니 도련님에게도 이십 문에 팔겠어요."

관산호는 흥정도 하지 않고 바로 전낭을 꺼내어 여인에게 이십 문을 건넸다. 여인에게서 패를 건네 받은 관산호의 전신이 다시 한 번 벼락이라도 맞은 듯 전율했다.

'이 느낌은……. 왜 이 물건이 이처럼 익숙한 거지? 그리고 이 떨림은?'

관산호는 자색의 패가 자신에게 주는 느낌을 이해할 수 없었기에 잠시 그 자리에 멍하니 서 있었다. 그때 강예령이 다시 관산호의 팔을 잡고 흔들었다.

"오빠, 오늘따라 정말 이상하네? 왜 그래?"

그녀는 이해할 수 없다는 눈빛으로 관산호를 보며 물었다. 그녀의 말에 쓴웃음을 지은 관산호가 고개를 흔들어 불현듯 자신을 덮친 정체의 알 수 없는 느낌을 떨쳐 냈다.

집으로 돌아온 관산호는 의자에 앉아 있었다. 그의 앞에 있는 탁자 위에 자색의 패가 놓여 있었고, 그는 벌써 반 시진째 패에서 눈을 떼지 않고 있었다.

‘이 물건이 무엇이기에 이처럼 익숙한 듯 느껴지는 걸까?

석상처럼 미동도 하지 않은 채 패를 보던 관산호가 어깨를 늘어뜨리며 의자에 등을 기댔다.

그가 반 시진 동안 패를 보며 알게 된 것은 반듯하게 깎여 있는 듯한 패의 표면에 평범한 시력으로는 확인이 가능하지 않은 미세한 선이 무수하게 그어져 있다는 것 정도였다. 너무나도 미세한 선이 헤아릴 수 없을 만큼 많이 종횡으로 겹쳐 있어서 패의 표면이 매끈하게 보였던 것이다.

손에 든 패를 천장으로 들어올리고 올려다보던 관산호의 두 눈이 한순간 무섭게 빛나며 의자에 기대 늘어져 있던 그의 상체가 퉁기듯이 바로 섰다.

‘이건… 창… 룡… 지… 존… 부……?’

잘못 본 것이 아니었다.

반복해서 살펴보아도 패의 상단에 그어진 선들은 다섯 개의 글자를 이루고 있었다.

창룡지존부(蒼龍至尊符).

그것이 패에 새겨져 있는 글자였다.

관산호는 처음 패의 표면에 있는 선들이 직선과 곡선이 뒤섞여 있었고, 무질서하면서도 수가 헤아릴 수 없을 만큼 많아 그 선들을 세월이 흐르며 자연적으로 생긴 흔적으로 보았다. 단지 그 크기가 자연적으로 생겼다고 보기에는 지나치게 작다는 것이 조금 특이할 뿐이었다.

하지만 혼천무극진기의 수련으로 얻은 경이로운 시력으로
그중 일부가 글자를 이루고 있다는 것을 확인한 지금은 그 선
들이 인위적으로 만들어진 것임을 확신할 수 있었다. 그러나
그뿐이었다. 그 선들이 무엇을 의미하는지 파악하기에는 물
건에 대한 사전 지식이 너무 없었고, 현재 그가 가진 능력으
로는 그 선들의 의미를 추측하는 것도 무리였다.

관산호는 손을 들어 머리 뒤로 깍지를 끼고는 피식 웃어버
렸다.

'나도 제정신이 아니지. 처음 보는 물건이 익숙한 느낌이
든다고 이렇게 오래도록 쳐다보고 있으니. 그런다고 답이 나
올 것도 아닌데.'

관산호는 반 시진의 고민을 떨쳐 버렸다.

그는 어떤 문제에 직면했을 때 일단은 그것의 해답을 찾기
위해 노력하지만 노력으로 해결될 일이 아니라는 판단이 들
면 깨끗하게 포기하는 성격이었다. 어떤 종류의 일은 시간이
해결해 주기도 한다는 것을 그는 알고 있는 것이다.

'이것이 정말 나와 인연이 있는 물건이라면 언젠가는 그
인연이 어떤 것인지 알게 되겠지.'

생각에 잠기며 늘어져 있던 관산호의 눈빛이 빛났다.

'그 아주머니를 한 번 더 보아야겠다. 아까는 이것의 느낌
이 너무 당황스러워서 그 아주머니에게 이 물건을 주운 정확
한 장소가 어딘지 물어보는 것을 잊었다. 내일은 그곳이 어딘

지 가서 물어보아야겠다.'

그는 천천히 반쯤 열린 창문 밖으로 하늘을 보았다.

혼천무극진기를 수련할 시간이 다가오고 있었다.

*   *   *

등잔불도 없어 사물을 분간하기 어려울 만큼 칠흑같이 어두운 방이었다. 아무런 인기척도 없어 사람이 머무는 듯하지 않던 방 안에서 갑자기 나직한 음성이 흘러나왔다.

"그 아이에게 물건은 전해졌느냐?"

가래가 끓는 듯 탁한 음성은 힘이 담겨 있지 않은 노인의 그것이었다.

"예, 어르신."

노인의 질문에 대답을 한 음성은 노인과는 대조적으로 굵고 힘찬 중년인의 것이었다.

"특별한 것은?"

"그 물건이 범상치 않은 것이라는 것을 바로 눈치 챘다고 합니다. 그리고……."

노인의 말에 대답하던 중년인이 잠시 머뭇거렸다.

"말하거라."

중년인을 재촉하는 노인의 음성에 긴장감이 어려 있었다.

"그 물건을 보고 익숙하다는 말을 했다고 합니다."

"허허허."

중년인의 대답을 들은 노인의 입에서 홍소가 터져 나왔다.

"그럴 것이다. 당연히 그럴 것이다. 그럴 수밖에. 또 그래야 하고. 허허허!"

노인의 웃음소리는 길게 이어졌다.

그 웃음소리가 잦아들었을 때 노인은 다시 말문을 열었다.

"최대한 빨리 안배를 마칠 수 있도록 노력하거라."

"진력을 다하고 있습니다."

방 안에 잠시 침묵이 흘렀다.

"네게는 늘 미안하구나. 일의 전말도 알려주지 않은 채 늘 힘든 일만 시키고."

자상하면서도 미안함이 가득 담긴 음성이었다.

"과한 말씀입니다, 어르신. 어르신이 아니었다면 저는 지금 이렇게 살아 있지도 못할 것입니다. 제가 어르신께서 의도하시는 바를 알지 못한다 해도 천하를 염려하는 어르신의 마음이 얼마나 크신지 잘 알고 있습니다. 저는 그로 족합니다."

"고맙구나."

온화한 노인의 음성이 이어졌다.

"천하의 운명이 그 아이에게 걸려 있음이라……. 최선을 다해야 한다. 후회가 남지 않도록."

"명심하겠습니다."

중년인의 작으나 힘찬 대답 소리와 함께 방 안의 인기척은 다시 흔적도 없이 사라졌다.

인기척이 사라져 아무도 없는 듯하던 방 안에 다시금 탁한 노인의 음성이 울려 퍼졌다.

"…대사형……."

그의 음성은 깊이 가라앉아 있었다.

그리고 다시 침묵이 찾아왔다.

그 자리에 남은 것은 칠흑 같은 어둠뿐이었다.

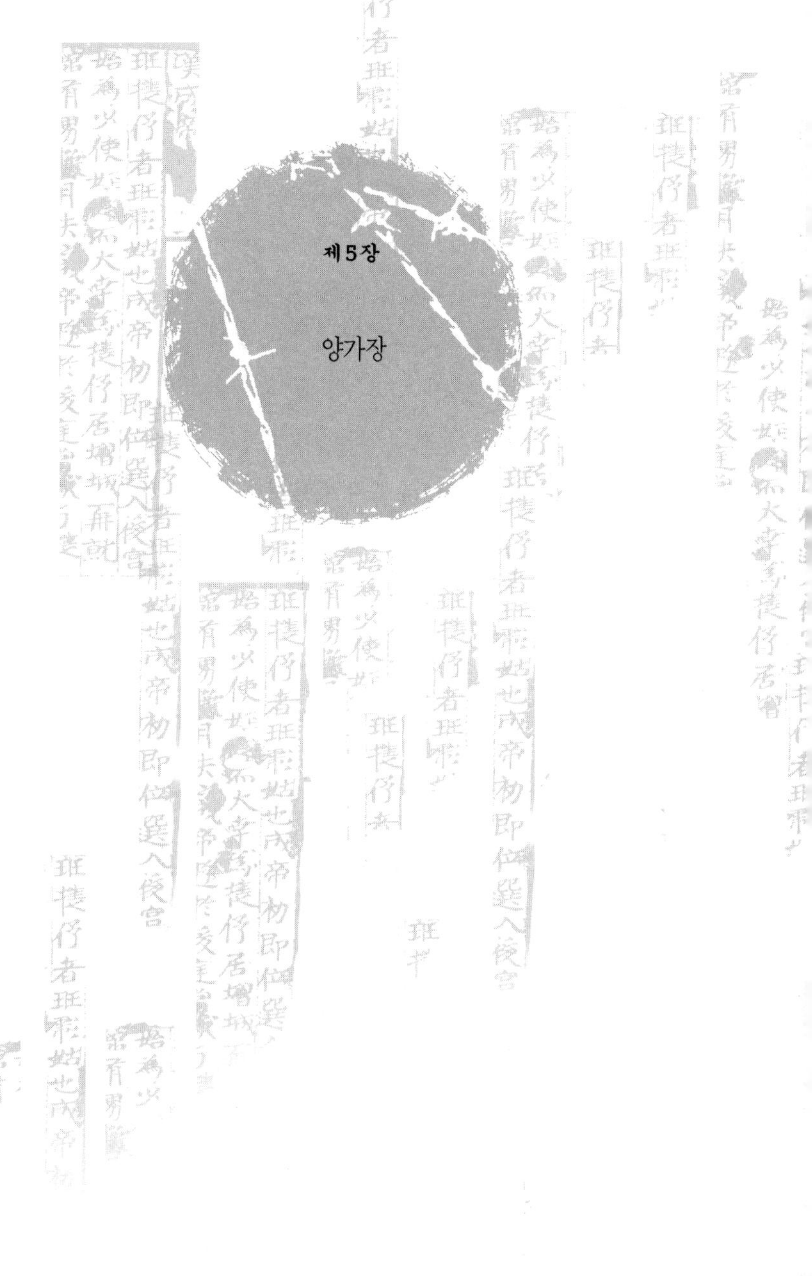

제5장

양가장

鐵
血
無
情
路

다음날.

우문 선생의 독습을 끝낸 관산호는 의창의 남문대로로 갔다. 언제든 하고자 하는 일을 뒤로 미룬 적이 없는 그였기에 전날 생각했던 것을 바로 실행하러 간 것이다.

창룡지존부라고 새겨진 물건을 그에게 팔았던 중년 여인은 여전히 그 자리에서 노리개와 장신구를 팔고 있었다.

자신의 앞으로 성큼성큼 걸어온 관산호를 한눈에 알아본 여인의 얼굴에 난처한 기색이 떠올랐다. 물건을 사간 손님이 다음날 찾아오는 경우는 반품이나 항의하러 오는 경우 외에는 드물다는 것을 그녀는 경험으로 알고 있었다. 하지만 찾아온 손님을 박대할 수는 없는 일. 그녀는 만면에 미소를 짓고 관산호를 맞았다.

"이곳에는 공자님이 찾으실 만한 물건이 없는데 다시 오시다니, 무슨 일이 있으신가요?"

관산호는 그녀의 환대에 멋쩍은 미소를 지으며 말문을 열었다.

"이 물건 때문에요."

여인은 말과 함께 관산호가 꺼내 든 물건을 경계 어린 눈으로 바라보며 물었다. 자색이 은은한 패는 어제 그녀가 판 물건이 틀림없었다.

"물건에 어떤 문제가 있나요?"

여인은 자신의 예감이 적중했다는 생각에 반품은 절대 받지 않겠다는 각오를 다지며 물었다.

하지만 관산호의 대답은 그녀의 예상과는 전혀 달랐다. 그는 패를 품에 다시 집어넣으며 말문을 열었다.

"문제는 없습니다."

그의 말에 조금 어벙한 표정이 된 여인이 물었다.

"그럼 무슨 일로?"

"이것을 주운 것이라고 하셨는데 그 장소가 어딘지 여쭤보려고 왔습니다. 남편 분이 주우셨다고 했는데 혹시 아주머니도 그곳이 어딘지 아십니까?"

"아!"

관산호의 대답에 크게 안심이 된 여인은 나직한 탄성과 함께 다시금 처음의 환한 얼굴을 되찾았다.

"색깔이 고와서 남편에게 자세히 물어보기를 잘했네요. 예, 저도 알고 있어요."

"그럼 말씀해 주셨으면 고맙겠습니다."

"그런데 그 장소는 왜?"

"그냥 궁금해서일 뿐 다른 이유는 없습니다."

"뭐, 그럴 수도 있겠죠."

여인은 미소와 함께 고개를 끄덕이며 말을 이었다. 관산호의 나이 때는 궁금한 게 많고 또 그것이 정상이다.

"하남성에 다녀오던 남편은 지름길인 융중산을 넘을 때 산중에서 큰비를 만났다고 해요. 그 비를 피하기 위해 찾은 계곡의 동굴에서 아가씨와 공자님에게 판 그 물건들을 발견했다고 하더군요."

여인은 말과 함께 관산호에게 탁자 위에 그림까지 그려가며 그 계곡의 위치를 자세히 알려주었다.

"정말 자세히 알고 계시군요."

관산호는 특이하다는 빛을 담은 눈길로 여인을 보며 말했다.

"호호호, 제가 원래 기억력이 좋아서……."

여인은 당황한 듯 어물거리며 말끝을 흐렸다.

여인의 태도는 어색한 면이 있었지만 관산호는 더 이상 묻지 않았다. 그녀가 그를 속일 이유가 없었기 때문이다.

관산호는 여인에게 감사하다는 인사를 하고 신형을 돌렸다. 그의 나이답지 않게 넓은 등을 바라보는 여인의 눈가에 기이한 열기가 이글거리고 있다는 것을 알지 못한 채.

여인과 헤어진 관산호는 의창의 북쪽 외곽으로 갔다. 그의 걸음은 시내의 번화가가 끝나고 서민들이 사는 곳과 중심가가 경계를 이루는 곳에서 멈추었다. 그곳은 허름한 단층집의 대문 앞이었다.

그 집의 담은 여기저기 구멍이 나고 기와가 부서져 내려서 쇠락한 느낌이 강했지만, 사방 백여 장을 둘러싸고 있어서 한때는 상당한 영화를 누린 집이라는 것을 알 수 있었다.

양가장(楊家莊).

세월이 흔적이 역력한 편액에 새겨진 글씨들은 자세히 바라보지 않으면 알아볼 수 없을 만큼 바래서 이 장원의 현재 상태를 어렵지 않게 알 수 있도록 해주고 있었다.

대문은 열려 있었다.

관산호는 망설이지 않고 안으로 들어갔다.

대문에서 집까지는 오 장 정도 떨어져 있었고, 그 사이에는 폭 다섯 자쯤의 백석이 가지런히 깔려 있었다. 하지만 담과

마찬가지로 백석들은 여기저기 부서져 있었고, 백석들 사이
사이에는 이름 모를 잡초들이 무성했다.

"저 왔습니다, 아저씨!"

대문을 들어서며 크게 소리를 지른 관산호는 여전히 큰 걸
음으로 집 안까지 들어섰다.

"귀청 떨어진다! 소리 지르지 마! 나, 귀 안 먹었다!"

안에서 역정이 섞인 음성이 흘러나오자 관산호는 싱긋 웃
었다.

"계셨네요."

집 안의 복도를 조금 걸어 들어가자 너른 대청이 나왔다.

대청의 한복판에 서 있던 사내가 하던 일을 멈추고 들어서
는 관산호를 바라보고 있었다.

그는 사십대 초반으로 보이는 중년인이었는데 키가 관산
호보다 한 자는 더 컸고, 덩치가 두 배는 큰 거대한 체구의 사
내였다. 덩치만 큰 것이 아니라 얼굴이 네모 반듯하고 이목구
비도 큰 데다 눈빛은 불을 토하는 듯 강렬해서 보는 것만으로
사람을 위압하게 만드는 기세를 가지고 있었다.

"싸움 있어요?"

관산호는 중년인의 가슴을 보며 물었다.

중년인은 거대한 근육으로 뒤덮인 상체를 온통 드러내고
있었고, 오른손에는 석 자 길이의 박도를 들고 있었다.

중년인은 고개를 끄덕이며 대답했다.

“그래.”

“힘든 상댄가 본데요? 아저씨가 이 시간에 수련을 다 하시고.”

“힘들 정도는 아니다만 만약이라는 것이 있으니까. 개망신 당하고 은퇴하지 않으려면 준비를 철저히 해야지.”

“은퇴하시면 더 좋을 것 같은데요?”

관산호가 피식 웃으며 말하자 중년인은 고리눈을 부릅떴다.

“이 자식이 간만에 찾아와서 악담을 하네. 헛소리하려면가, 임마!”

“옳은 말 했다고 문전박대하시렵니까?”

중년인의 역정 섞인 말에도 전혀 흔들리지 않으며 관산호는 대청의 한쪽 구석에 털썩 주저앉았다.

대청은 사방 육칠 장 정도 될 만큼 넓었는데 관산호가 들어오며 본 다른 곳과는 달리 깨끗하게 청소가 되어 있어서 허름하긴 해도 사람 사는 느낌이 드는 곳이었다.

“왜 앉나?”

주저앉는 관산호를 보며 뭔가 마음에 안 든다는 눈길로 중년인이 물었다.

“아저씨 수련하시는 거 구경 좀 하려구요.”

태연하게 대답하는 관산호가 더욱 마음에 안 드는 듯 사내는 인상을 찡그리더니 갑자기 그 큰 입술을 벌리며 소리없이 웃었다. 그 표정을 본 관산호의 얼굴이 굳어지더니 이어 놀란 빛이 되었다.

그의 신형이 퉁기듯 앉은 자세 그대로 뒤로 석 자를 물러났다. 손바닥으로 바닥을 밀어낸 것이다.

슈욱!

어느 틈엔가 그가 있던 자리로 바람처럼 다가선 중년 대한의 박도가 가슴 떨리는 거친 소리와 함께 번개처럼 훑고 지나갔다. 시중에 흔한 횡소천군식이었지만 그 실린 힘은 맥없이 갈라진 공기가 진저리를 칠 정도였다.

"왜 그러세요!"

다급하게 뒤로 물러나며 관산호가 놀란 얼굴로 소리치자 중년 대한 역시 크게 소리지르며 달려들었다.

"어린놈이 어른 하는 일을 광대 구경하듯 하겠다는데 그걸 그냥 두라고! 난 못하겠다! 간만에 왔으니 너도 한번 같이 놀아보자!"

말을 하는 사이에도 한번 헛손질한 중년 대한의 박도는 거침없이 관산호의 머리로 떨어지고 있었다.

쐐애액!

역시 흔한 태산압정식이다. 하지만 그 흔한 칼질이라도 박도에 실린 힘은 무서울 정도여서 맞은 사람을 죽음에 이르게 하는 것은 여반장이었다.

중년인의 체구는 거대했지만 그 움직임은 대단히 민첩해

서 첫인상과는 전혀 달랐다.

"아저씨, 사람 잡으려구 하는 겁니까? 그거 진짜 칼이잖아요! 박도에 힘 좀 빼세요. 맞으면 사망이라구요!"

관산호 역시 큰 소리로 중년인의 말을 받으며, 바닥을 짚은 오른손에 전신을 실어 신형을 반 회전시켰다. 그는 튕기듯 왼쪽으로 한 자를 이동했고, 직후 번개처럼 자리에서 일어섰다.

앉은 자세로 중년인의 박도를 계속 피하는 것은 한두 번은 몰라도 계속은 가능하지 않은 일이었다. 그는 일어서지 않으면 반격의 기회를 잡기도 전에 승부가 갈릴 것이라는 것을 잘 알고 있었다.

"좋구나!"

흥겨운 음성으로 소리친 중년 대한은 태산압정식을 독사출동식으로 바꾸어 관산호의 가슴을 찔러갔다.

수직으로 떨어지던 박도가 위로 솟아오르며 독사의 어금니 같은 기세로 다가들고 있었다.

중년인의 움직임은 단순했지만 그 움직임 속에는 수십 년 동안 수련으로 완숙해진 자유로움이 숨어 있었다. 초식이 변화하는 신속함은 무림의 고수들이 보아도 고개를 끄덕일 정도로 중년인의 움직임은 자연스러웠다.

자리에서 일어선 관산호의 상체가 버들가지처럼 휘청하더니 그의 상체가 직각으로 뒤로 꺾였다. 그의 가슴 위 두 치 정도의 간격을 두고 쉬이익 하는 바람 소리와 함께 중년인의 박도가 스쳐 지나갔다.

미간 위로 지나가는 박도를 보며 관산호의 오른 무릎이 앞으로 쏠린 중년인의 가슴을 찍어갔다.

관산호의 임기응변은 적절한 것이었고, 날카로운 기세가 서려 있어서 감탄스러운 바가 있었다.

"호호호."

하지만 중년인은 괴소와 함께 박도를 거두며 신형을 회전시켜 관산호의 무릎공격을 수월하게 피해냈다. 직후 그의 몸이 관산호의 우측으로 접근한다 싶더니 어느 틈에 관산호의 목은 그의 굵은 왼팔에 휘감겨 있었다.

"컥!"

숨이 막힌 관산호의 입에서 거친 신음이 터져 나왔다. 중년인의 손길은 인정사정이 없어서 장난이라고 보기 어려울 정도였다. 하지만 고통스러워하는 관산호의 표정과는 달리 중년인은 흥겨운 표정이었다.

관산호의 움직임은 쓸 만한 것이었지만 목숨을 건 실전을 수백 차례나 겪은 중년인을 위협하기에는 한참이나 모자란 것이었다.

중년인은 관산호의 목을 휘감았던 팔을 풀며 말했다.

"요놈! 그동안 또 발전했는걸. 사 초씩이나 걸리다니 말이야."

"아이 데리고 노는 게 그렇게 즐거우세요?"

관산호는 잠깐 사이 벌게진 목을 어루만지며 투덜거렸다.

"껄껄껄, 정식으로 무공을 배우지도 않은 놈이 내 손에서 삼 초를 견디는데 어떻게 재미있지 않을 수 있겠느냐? 게다가 너처럼 큰 놈이 아이라니 말도 안 돼지."

중년인은 고개를 젖히며 웃더니 투덜거리는 관산호의 어깨를 감싸안고 말을 이었다.

"이리 와라. 아침에 아령이 음식을 좀 가져왔다. 먹고 가거라."

"아주머니도 정성이시네요. 삼 년이 넘도록 같이 살자는 말 한마디 안 하는 아저씨 어디가 그리 좋으시다고."

여전히 투덜거리는 음성이었지만 관산호는 중년인이 이끄는 것을 거부하지 않았다.

중년인은 관산호를 데리고 대청을 벗어나 복도를 조금 걸은 후 나타난 방으로 들어갔다. 다른 곳과 마찬가지로 이곳 또한 중앙에 있는 의자 네 개와 탁자 하나 외에는 아무것도 없어서 휑댕그렁했다. 하지만 청소는 잘되어 있었고, 이십여 평이 넘는 공간이라 이곳이 번성했을 때는 수십 명이 한꺼번에 식사를 하여도 부족함이 없어 보이는 곳이었다.

탁자 위에는 보자기에 덮인 음식이 있었는데 십여 가지가 넘는 반찬은 깔끔했고 술병도 두 개나 있어서 음식을 장만한 사람의 정성이 느껴졌다.

관산호도 마침 출출했던 참이라 중년인이 음식을 먹기 시작하자 그도 사양하지 않고 수저를 들었다. 식사가 끝날 때까지 그들 사이에 대화는 없었다.

어느 정도 양이 찼는지 음식에 가는 손이 뜸해질 무렵 중년인이 말문을 열었다.

"고민이 있느냐?"

"왜요?"

"네 눈에 그렇게 쓰여 있다."

중년인의 말에 관산호는 피식 웃으며 말했다.

"돗자리 깔으셔도 되겠습니다."

중년인은 덤덤한 어투로 관산호의 말을 받았다.

"아령도 가끔 그런 말을 한다."

"이제 그만 은퇴하시고 아주머니하고 합치시는 게 어떠세요? 아저씨 나이도 있는데……."

"내 나이 이제 마흔셋이다. 아직 한창이야."

"흑사회 쪽에서는 은퇴해도 될 나이입니다. 어느 날 아저씨가 골목에서 쓰러진 채 발견되기라도 하면 그때는 아주머니도 살려고 하지 않으실 겁니다."

흑사회는 사파무림에 속하지만 사파와는 약간 다른 세계다. 쉽게 말한다면 사파무림의 하부라고 할 수 있는 곳이었다. 그곳에 속한 사람들은 대부분 무공을 모르거나 고수라고 해봐야 이류에 간신히 턱걸이하는 수준이다. 그러나 그곳 또한 사파무림처럼 독자적인 세계를 이룩하고 있었다. 그곳에도 사람은 있으니까.

"흐흐흐, 그런 건 어린놈이 걱정할 일이 아니다. 그리고 지금까지 그렇게 살아왔으니 그렇게 죽는 것도 그리 나쁜 일이 아니고."

중년인의 말에 관산호는 크게 한숨을 내쉬며 어깨를 떨구었다.

"할 말이 없게 만드시네요."

"말 돌리지 말고, 무슨 고민이 있느냐?"

중년인이 정색을 하고 말하자 관산호도 자세를 바로 했다.

그가 중년인 양천록을 알고 지낸 지는 삼 년째였다.

양천록은 흑사회에 몸담고 있는 사람이었지만 절도와 기품이 있는 사내여서 관산호는 그가 흑사회에 몸담고 있는 것을 알면서도 내심 존경하고 있었다.

"보름 후면 열다섯이 됩니다."

"알고 있다. 아령이 그날을 학수고대한다. 맛난 것 잔뜩 먹이겠다고."

양천록의 말에 관산호는 쓴웃음을 지었다.

아령의 정식 이름은 장연령이다. 그녀는 북부대로 변에서 가장 큰 청루인 산화루에서 기녀들을 관리하는 여자로 양천록과 비공식 부부와 마찬가지인 사람이고, 손이 크기로 인근에 유명해서 음식을 하면 상다리가 휘어질 정도는 기본에 속

한다. 그녀가 먹이려고 작정하고 있다면 며칠은 굶어야 그녀
가 준비한 음식을 반이라도 먹을 수 있을 것이다.

"아직 직접적으로 말씀하신 적은 없지만 아버님은 제가 철
사보에서 일을 배우고 그 안에서 자리를 잡는 것을 바라십니
다."

"그런데?"

"아저씨 생각은 어떠십니까?"

대답은 하지 않고 반문하는 관산호의 눈을 찬찬히 바라보
던 양천록이 말문을 열었다.

"나쁘지 않은 일이다. 비록 네가 강 대협의 양자 신분이긴
하지만 단씨 가문은 능력이 있는 사람은 신분에 관계없이 중
용하기로 유명한 곳이라서 네가 능력이 있다는 것만 검증된
다면 그곳에서 충분히 자리를 잡을 수 있을 것이다. 철사보는
하북 남부무림과 상계의 중심 역할을 하는 곳이니 그 안에서
자리잡는 것도 괜찮지. 나는 그렇게 생각한다. 그런데 너는
생각이 나와 다른 모양이구나?"

"…예."

"흠… 말해봐라."

"아저씨 말씀처럼 철사보는 큰 곳입니다. 그곳이라면 평생
을 몸담아도 후회가 없을 곳이죠. 하지만 저는 어느 한곳에
매이는 것이 싫습니다. 그곳이 철사보라 해도 말입니다."

"호호호, 뱀의 머리는 될 수 있지만 용의 꼬리는 되고 싶지

않다 이 말이로구나."

"뱀의 머리가 되고 싶은 생각도 없지만 철사보가 용이라고
는 생각해 본 적 없습니다."

짧게 끊어지는 관산호의 말에 양천록은 눈을 크게 떴다. 그
리고는 커다랗게 웃음을 터뜨렸다.

"으하하하하!"

고개를 젖히고 한참을 웃던 그가 웃음을 멈추고는 눈을 부
라렸다.

"요놈 보게! 호북무림에서 손가락 안에 꼽힌다는 철사보가
성에 안 차는 것이로구나! 간이 배 밖으로 나온 놈일세! 껄껄
껄!"

미소가 사라지지 않은 얼굴로 양천록은 물었다.

"사내라면 배포가 있어야 한다. 네가 더욱 마음에 든다. 하
지만 배포와 지닌 바 능력은 다른 것이다. 배포가 아무리 커
도 능력이 뒤를 받쳐 주지 않는다면 그것은 개꿈이지. 그리고
목표가 분명해야 그것을 위해 무엇을 준비해야 할지를 알 수
있는 법. 너는 평생을 통해 이룩하고 싶은 목표를 정했느냐?"

질문이 끝날 무렵 양천록의 눈빛은 쏘는 듯이 변해 있었다.
그 눈빛을 정면으로 받던 관산호의 얼굴에 곤혹스러운 빛이
떠올랐다. 그는 쓸쓸한 표정으로 말문을 열었다.

"아직입니다."

"왜 아직이냐? 뱃속에 구렁이를 댓 마리씩 키우는 너인데

생각해 둔 것이 없단 말이냐?"

"생일이 보름 남았잖습니까."

"강 대협이 갖고 있다는 네 선친의 마지막 유언 때문이냐?"

"예."

"흠… 네 선친은 왜 그런 유언을 남겨서 어린놈이 무엇을 할지 결정도 못하게 했는지 모르겠다."

"이유가 있을 겁니다."

"당연히 그렇겠지. 아무런 이유도 없이 그런 유언을 남기시지야 않았겠지. 하지만 이유가 있다 해도 답답하긴 마찬가지구나."

양천록은 굵은 눈썹을 찌푸리며 말했다.

양천록과 나이 차이가 많았지만 관산호는 그를 알게 된 후 친형처럼 따랐다. 그것은 양천록이 일반적인 상식을 파괴할 만큼 대범했기 때문에 가능한 일이었다. 그리고 그 대범함이 관산호가 그에게 끌린 이유이기도 했다.

양천록을 친형처럼 따르는 관산호였기에 그에게는 숨기는 것이 없었고, 그래서 양천록은 관현문이 강풍양에게 남긴 서신에 대해서도 알고 있었다.

양천록이 말을 이었다.

"그럼 구체적인 얘기를 나눌 수 있는 것은 결국 네 생일 이후여야 가능하겠구나."

"……."

관산호는 묵묵히 고개를 끄덕였다.

그런 관산호를 말없이 바라보고 있던 양천록이 불쑥 입을 열었다.

"나는 관상을 볼 줄은 모른다. 하지만 살아오면서 오만 종류의 인간들을 만나며 생긴 안목이란 것은 있다. 너는 성격이 중후하고 진중하다. 한번 사람을 좋아하면 그 마음을 쉬이 바꾸지 않지. 다른 사람을 모셔도 목숨을 바쳐 충성할 성격이다. 하지만 눈이 높아서 네가 충성할 만한 사람을 만나는 것도 정말 힘들 것이다. 내가 볼 때 너는 독자적인 네 일을 하는 것이 가장 좋을 듯하다. 그리고 모름지기 사내는 크든 작든 자신의 기업을 만들고 그것의 흥망성쇠에 따라 살다 가는 것이 최고로 멋진 인생이다."

양천록의 음성에는 열기가 담겨 있었다. 그 열기를 느낀 관산호의 얼굴에도 희미한 열기가 스쳐 지나갔다.

양천록의 말이 이어졌다.

"네 생일이 지나고 만약 무공을 익힐 마음이 생긴다면 꼭 나를 찾아와라."

그의 말을 들은 관산호의 얼굴에 의아한 표정이 떠올랐다. 그가 무어라 물어보려고 막 입을 여는 것을 본 양천록이 손짓을 했다. 묻지 말라는 표시였다.

"묻지 마. 네가 무공을 익히지 않겠다고 하면 없었던 일이 될 테니까."

양천록이 그렇게까지 말하는데 묻는 것은 예가 아니었다.

"알겠습니다, 아저씨."

관산호는 웃으며 대답하고는 자리에서 일어섰다.

"갈게요."

"생일 전에 들를 거냐?"

"짬 나면요."

싱긋 웃으며 말한 후 신형을 돌리던 관산호가 움직임을 멈추고 양천록에게 물었다.

"그런데 누가 싸움을 걸어온 겁니까? 의창에서 아저씨 성격을 모르는 흑사회 사람이 아직도 남아 있었습니까?"

흑사회에서 양천록의 별호는 철면인도(鐵面人屠)다. 그리고 그는 의창 북부대로를 장악하고 있는 흑사회 도방(屠幫)의 창시자이자 현 방주이다.

방회의 명칭에 짐승을 도축할 때의 도(屠) 자가 들어간 것으로 충분히 추측할 수 있는 것처럼 십오 년 전 도방은 북부대로의 유흥가를 장악하면서 냉혹하게 적들을 제거했고, 그 후 도방의 영역에 침범하는 적들을 무자비하게 응징해 온 역사를 갖고 있었다.

그런 도방의 역사는 양천록의 의지에 따른 것이었으니 그의 성격이 어떠한지는 자명했다. 그는 도방을 적대하는 자들에게 자비를 베푼 전례가 한 번도 없는 사람으로 의창에서는 무자비의 대명사로 불리고 있었다. 그래서 그가 관산호를 아끼는 것이나 관산호가 그를 두려워하지 않는 것은 모르는 사람이 본다면 정말 이해하기 어려운 일이었다.

하지만 의창 북부의 밤거리에는 그를 두려워하는 사람만큼이나 좋아하는 사람도 많았는데, 그것은 그가 도방을 경영하면서도 나름대로 세운 원칙을 철저하게 지켜온 때문이었다.

도방은 의창 북부대로에서 홍루 한 곳과 도박장을 직접 경영하기도 하고, 같은 업종의 수십여 곳을 보호(?)하면서 그들 말로 세금을 받았는데 양천록은 그 세금을 무리하지 않은 액수로 책정했을 뿐만 아니라 받는 만큼 일을 확실하게 해주었다.

밤에 운영하는 장사 대부분이 그렇듯 그런 곳들은 언제나 시비가 끊이지 않고, 이권을 노리고 만들어지는 흑사회 단체도 많은 지역이라 그런 시비에서 그들을 보호하는 도방과 그들의 관계는 상호 공생 관계라 할 수 있었다.

"부두에서 일하는 자들 중 일부가 일을 그만두고 수년 전 의창 남쪽에 터를 잡으며 방회를 하나 만들었다. 청룡방이라는 이름만 그럴싸한 방회지. 들어본 적이 있느냐?"

양천록의 음성에는 비꼬는 기색이 역력해서 그가 청룡방에 대해 갖고 있는 감정이 어떤 것인지 삼척동자라도 모를 수 없을 정도였다.

“없습니다.”

양천록의 질문에 관산호는 고개를 저었다.

흑사회의 동정은 은밀해서 그쪽에 관심을 갖지 않은 일반인은 알 수가 없는 것이 정상이다.

관산호의 태도에 양천록은 고개를 끄덕이며 말을 이었다.

“그들의 세가 조금씩 커지는 듯하더니 달포쯤 전부터 우리 영역에 그놈들이 간혹 모습을 보이고 있다. 탐색이지. 처음에는 어떤 의도인지 몰라서 지켜만 보았더니 그 수가 점점 늘어나더구나. 그래서 그제 나타났던 놈들 네 명을 반송장 만들어서 청룡방에 보내주었다.”

그의 말을 들은 관산호는 눈살을 살짝 찌푸렸다. 그가 좋아하는 양천록이었기에 양천록이 어떻게 일 처리를 하는지 잘 아는 그였다. 반송장을 만들어서 보냈다고 했으니 보낸 자들은 아마도 다음날쯤 시체가 되었을 것이다.

관산호의 얼굴을 본 양천록은 피식 웃으며 말을 이었다.

“그들도 내가 이렇게 나오기를 기다렸을 것이다. 그들이 부하들을 내 영역에 보낸 것은 나를 도발하는 것. 준비가 되어 있지 않다면 도발을 하지 않았을 것이고, 그들의 도발에 내가 적당히 반응해 주었으니 이제는 본격적으로 복수전을 하러 올 것이다. 그것이 흑사회의 당연한 수순이지. 이기면 사는 것이고 지면 죽을 것이다.”

그의 말을 들으며 관산호는 나직하게 한숨을 내쉬었다.

그의 나이는 어렸지만 남다른 성장 과정을 거쳤기에 사람들 저마다 제각각의 살아가는 방식이 있다는 것을 이해하고 있었다. 그래서 그는 양천록의 삶이 거친 것이 그가 그렇게 살 수밖에 없기 때문이라는 것도 충분히 이해하고 있었다, 비록 동감하지는 못한다 하더라도.

“언제쯤입니까?

“글쎄, 수삼 일 내로 부딪칠 듯하다.”

“이기세요. 살아 있는 모습을 뵙고 싶습니다.”

“흐흐흐, 그러마.”

양천록은 괴소를 흘리며 관산호의 어깨를 세차게 쳤다.

관산호는 그런 양천록을 향해 허리를 숙여 인사하고는 신형을 돌렸다.

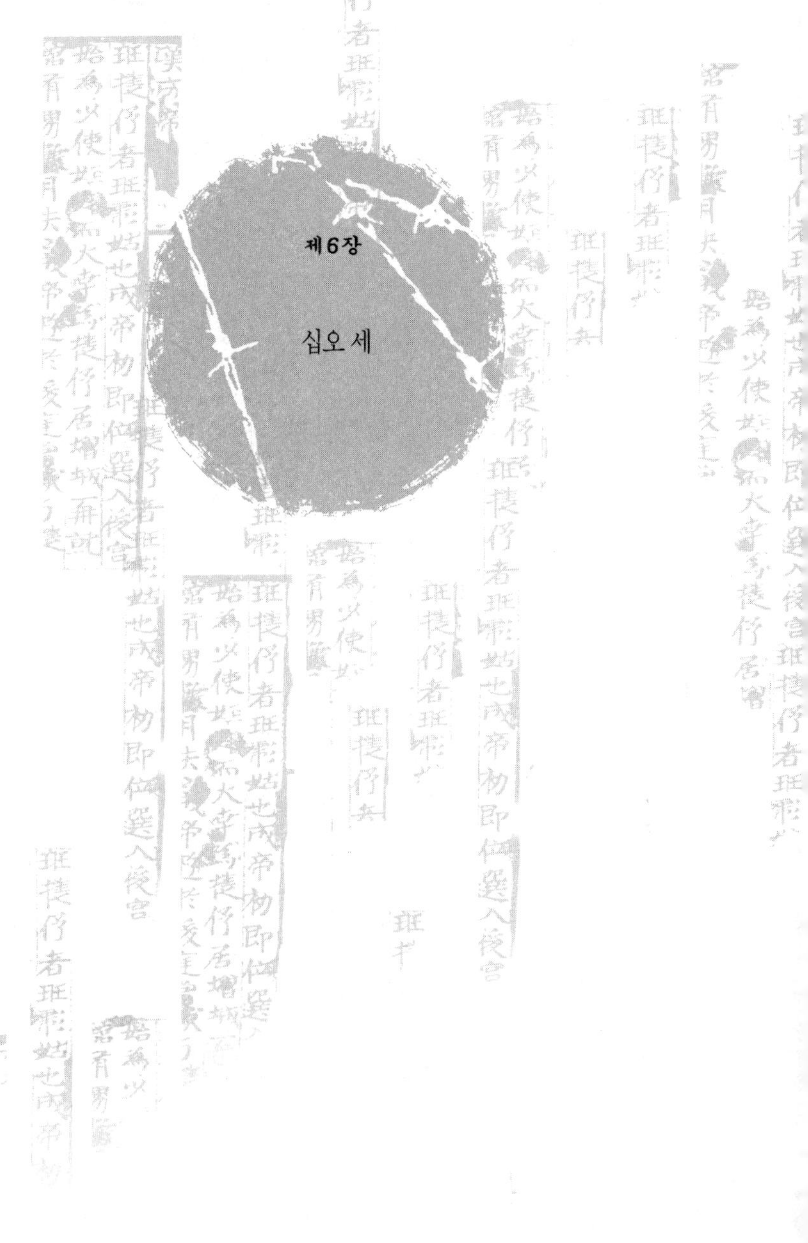

제6장

십오 세

鐵
血
無
情
路

강풍양이 기다리고 있는 방 앞에서 걸음을 멈춘 관산호는 크게 심호흡을 했다. 그의 어깨 위로 중천을 향해 달려가는 태양 빛이 황금빛을 뿌리며 내려앉았다.

그의 눈빛은 다른 때와 달리 깊이 가라앉아 있었다.

오늘은 그의 열다섯 번째 생일이었다.

보름이라는 시간이 쏜살같이 지나간 것이다.

"아버님, 저 왔습니다."

그가 정중한 음성으로 안을 향해 말하자 곧 안에서 응답이 왔다.

"들어오너라."

강풍양은 방 안 중앙에 놓인 탁자에 앉아 관산호를 기다리고 있었다. 그는 성큼성큼 방 안으로 들어와 그의 맞은편 의자에 앉는 관산호를 말없이 지켜보았다. 온화한 시선이었다.

"네가 이곳에 온 지 벌써 팔 년이 다 되어가는구나."

관산호를 바라보며 말문을 여는 강풍양의 음성에는 깊은 감회가 서려 있었다.

반은 손을 잡고 반은 안다시피 하며 데리고 왔던 꼬마가 이제는 그보다 키가 한 치는 더 큰 장부의 모습을 갖추어가고 있었다.

관산호도 그의 음성에 어린 감회를 느꼈다. 그의 약간 굳어 있던 얼굴에도 부드러운 미소가 떠올랐다.

"항상 감사드리고 있습니다, 아버님."

"이 녀석, 공치사 받고 싶지 않다."

강풍양은 덤덤하게 말하며 그의 앞 탁자 위에 놓여 있는 빛이 바랜 누런 봉투를 관산호의 앞으로 밀었다.

그것을 바라보는 관산호의 눈빛이 가늘게 흔들렸다.

존재는 알고 있었지만 보는 것은 처음인 물건. 그의 선친 관현문의 마지막 유언이 담긴 봉투였다.

그가 강풍양에게 무공을 배우고 싶다는 말을 처음 한 것은 열한 살 때였다. 강풍양은 당연히 그의 바람을 거부했고, 서운해하는 그에게 선친 관현문의 유언장에 대해 말했다.

벌써 사 년 전의 일이었다.

"이제 이것의 주인은 너다. 읽어보거라."

강풍양의 음성에서는 시원섭섭하다는 기색이 역력했다. 대단할 것은 없었지만 친구가 남긴 마지막 유언장이다. 긴 세월 동안 그것을 보관하기 위해 그가 쓴 심력은 만만치 않았다.

그런 강풍양의 노력을 알고 있었기에 관산호는 봉투를 잡으면서 다시 한 번 강풍양에게 깊이 고개를 숙여 인사했다.

"감사합니다, 아버님."

"쓸데없는 소리."

강풍양은 피식 웃으면서 팔짱을 꼈다. 그리고 눈을 감았다.

관산호가 다 읽을 때까지 관여하지 않겠다는 태도였다.

관산호는 봉인을 뜯어내고 봉투를 열었다.

여러 겹으로 접혀 있는 서신을 봉투에서 꺼낸 그는 조심스럽게 서신을 폈다.

오랜만이구나, 아들아.

이렇게 서신으로나마 다시 너를 만나게 된다는 것이 정말 고맙고 미안하다.

…중략……

흔들림없던 관산호의 눈빛이 조금씩 출렁이며 흐려졌다.

진정 오랜만에 느끼는 아버지의 체취였다.

비록 아무에게도 내색하지 않으며 살아왔지만 얼마나 그리워했던 체취던가!

너는 나와 함께 있을 때도 자유로운 구름과 새를 좋아했던 녀석이니 크면서 그 성격이 더욱 강해졌을 것이다. 풍양이와 함께 살면서 무공이란 것을 보았을 것이고, 아마도 그것을 배우고 싶어졌을 수도 있으리라 생각한다. 그럼에도 풍양은 네 바람을 막았을 것이고.

그것은 모두 내 뜻에 따른 것이다. 풍양은 무언가를 감추는 성격이 아니니 네가 무공을 배우고 싶어했다면 그것을 막는 것이 내 유언에 따른 것이라고 네게 알려주었겠지.

이제 내가 그런 유언을 남겼던 이유를, 그리고 네가 항상 그리워했던 네 어머니에 대한 것을 모두 말해주겠다.

내 유언은 네가 이 서신을 모두 읽는 순간 그 효력이 끝난다.

나는 네가 어떻게 살았으면 하는 바람은 있지만 그것을 네게 강요하고 싶지는 않다.

선택은 네가 하는 것이다. 그리고 그 선택에 대한 책임 또한 네가 지는 것이다.

그것이 남자니까.

관산호의 눈매가 거세게 흔들렸다. 그의 시선은 서신의 한

구절에 못 박혀 있었다.

어머니.

어린 시절 몇 번 입에 담아보고는 결코 입 밖으로 내본 적이 없는 말이다. 그 말을 입 밖으로 낼 때마다 고통스러워하던 아버지의 모습이 아직도 그의 기억 속에 선명하게 남아 있었다.

그는 계속해서 서신을 읽어나갔다.

이어지는 서신은 충격의 연속이었다.

나는 한족이 아닌 묘족이다.

현재 묘족은 한족에 밀려 대륙 남부로 밀려나 있지만 원래 묘족의 터는 산동성과 강소성 지역이고, 비록 적은 수이지만 아직도 그곳에는 묘족이 살고 있다.

나는 산동성의 화전민 마을에서 태어나 스물세 살까지 그곳에서 살았다.

내가 스물세 살이 되던 해 우리 마을을 덮친 역병으로 네 조부모님을 비롯한 마을 사람 구 할이 죽었다. 나도 살기 위해 고향을 떠나야 했지.

고향을 떠난 뒤로는 고행의 연속이었다. 이십삼 년 동안 밭을 일군 시골 총각이 무엇을 할 수 있었겠느냐. 게다가 한족도 아닌 묘족 청년이.

삼 년여를 그렇게 떠돌았을 때 인연이 닿아 무공이라는 것을 배울 수 있었다. 비록 그 인연이 짧아 일 년 정도밖에 배우지 못했지만 그것으로 내 몸 하나는 호신할 수 있었고, 그 무공 덕분에 개봉에 있는 천일표국에서 일을 하며 자리를 잡을 수 있었다.

그 와중에 풍양 그 친구를 만나 사귀었고. 풍양은 내가 묘족이라는 것을 알면서도 차별없이 나를 대한 드문 사람이었다. 대부분의 한족들은 내가 묘족이라는 것만으로도 나를 백안시했기에 나는 내가 이민족이라는 것을 숨기며 살았다.

하지만 풍양은 달랐다. 그는 민족을 떠나 사람을 사람으로 대할 줄 아는 사내였다.

표국에서 일한 지 오 년째 되던 해 나는 한 여인을 알게 되었다. 그녀를 처음 보았을 때 나는 내가 운명의 상대자를 만났다는 것을 바로 알 수 있었다.

그녀가 네 어머니다.

…중략…….

이제 너도 내가 풍양에게 그런 유언을 남긴 이유를 알게 되었을 것이다. 무림의 명망있는 고수인 풍양에게 너를 맡기며 무공을 배우게 하지 말아달라고 한 내 부탁이 무리한 것이라는 것은 나도 안다. 하지만 너를 맡길 만큼 내가 믿을 수 있는 사람은 이 세상에 풍양이 유일하니 어쩔 수 없는 일이었음을 이해해 다오.

그리고 네 어미를 원망하지 말거라. 네 어미는 최선을 다했고, 그렇게 할 수밖에 없었던 이유가 있었으리라.

비록 아쉬움과 안타까움은 사무치지만 이 아비에게 복수심은 없다. 그들은 미워할 수는 있어도 증오할 수는 없는 사람들이 아니겠느냐.

떠나기 얼마 전 완안 어르신께서 너를 가르치고 싶다는 제안을 해왔다. 하지만 나는 그분의 제안을 거절했지.

완안 어르신은 범상치 않은 분이셨고, 그런 분이 너를 데려다 가르치고 싶다 하시는 것을 내가 거절한 것은 노파심 때문이었다. 나는 네가 높은 무공을 익히고 그들, 그리고 네 어미를 찾아 나선다면 그로 인해 벌어질 일이 어떠할지 상상하기도 두려웠단다.

네가 무공을 배우는 것을 막아달라고 아비가 풍양에게 간곡히 부탁한 이유를 이해하겠느냐? 설령 네가 기연을 만나 천하를 독보할 수 있는 초강자가 된다 하더라도 그 힘으로 그들을 징계하는 것은 더 가슴 아픈 일이 될 수밖에 없기 때문이다.

아들아,

이제는 너도 네가 갈 길을 스스로 선택할 나이가 되었다.

어떤 선택이든 나는 그것을 존중하겠다. 그것이 설령 내 뜻과는 반대로 무공을 익히고 그들을 찾아가는 것이라 할지라도 말이다.

그렇지만 나는 네가 선대의 일에 얽매이지 않고 자유롭게 살기를 바란다. 인생은 웃으며 행복하게 살기에도 짧은 것이다. 한과 슬픔을 가슴에 담고 사는 삶은 불행하다. 나는 네가 그렇게 살기를 바라지 않는단다.

그럼에도 내가 지난 이야기를 해주는 것은 네가 혹여 어미를 원망하며 살아가지는 않을지, 또 후일 영문도 모르는 채 그들과 인연을 맺게 되었을 때 불행한 일을 당하지는 않을까 하는 우려 때문이다.

아들아,

내가 어떤 것을 바라든 그것이 네가 가고자 하는 길을 막는 걸 난 원하지 않는다. 하지만 네 길을 선택할 때 이 아비의 바람이 어떤 것이었는지를 한 번쯤은 돌아보아 주었으면 좋겠구나.

아들아,

네가 어떤 길을 가든 나는 너를 믿는다.

그리고 사랑한다.

팔짱을 낀 채 눈을 감은 모습으로 석상처럼 앉아 있던 강풍양은 맞은편에서 느껴지는 심상치 않은 기색에 눈을 떴다.

눈을 뜬 그가 제일 처음 본 것은 관산호의 두 뺨에 흘러내리는 굵은 눈물이었다. 그리고 다음으로 본 것은 찢어질 듯 부릅뜬 관산호의 붉게 물든 눈이었다.

그는 놀랐다.

관산호를 철사보로 데리고 온 후 그는 관산호가 눈물을 흘리는 것을 보지 못했다. 관산호는 심지가 강하고 어떤 일에도 쉽게 마음이 흔들리지 않는 성격이었다. 간혹 나이에 비해 감정이 너무 메마른 것이 아닌가 싶을 정도로 감상에 얽매이지 않았다.

그런 관산호가 눈물을 흘리고 있으니 놀라지 않을 수 없었다. 하지만 그는 아무 말도 하지 않았다.

서신의 내용이 무엇이든 그것은 관현문이 관산호에게 남긴 것이었다. 관현문이 죽어가며 관산호가 어느 정도 성장한 후 그것을 보도록 해달라는 부탁을 들었을 때부터 그 내용이 범상치 않을 것이라고는 이미 예상했던 터다.

관산호가 그에게 도움을 요청하지 않는다면 그가 개입할 여지는 없었다. 개입해도 되는 일이 있고 그렇지 않은 일이 있다. 지금 관산호가 직면한 문제는 그가 개입할 수 없는 일이었다.

강풍양이 눈을 뜬 후 일각여가 지났을 때다.

"죄송합니다, 아버님."

소매를 들어 눈물을 쓱 훔친 관산호는 말과 함께 강풍양을 향해 고개를 숙였다. 그의 두 눈은 아직 충혈되어 있었지만 표정은 평상시의 모습을 되찾고 있었다.

그의 눈을 바라보며 고개를 끄덕인 강풍양이 말문을 열었다.

"물어도 되는 일이냐?"

"죄송합니다."

관산호가 다시 고개를 숙이며 말한 후 굳게 입을 다무는 것을 본 강풍양은 나직하게 한숨을 내쉬었다.

관산호의 전신에서는 서신의 내용에 대해 말할 수 없다는 단호한 느낌이 전해져 오고 있었다.

"도움이 필요하면 언제든 말하거라."

"예."

짧게 대답을 마친 관산호는 자리에서 일어섰다.

*   *   *

혼천무극진기 제일단공 감응천인결(感應天人訣).

혼천무극진기는 천지의 도(道)와 하나됨을 이루고 싶은 열망 속에서 창안된 것이다.

무극진기의 첫 번째 단계 감응천인결은 천지의 흐름과 육신이 원활하게 소통될 때 완성된다.

관산호는 육신과 영혼이 공기 중에 녹아버리는 듯한 기이한 감각에 빠져 있었다. 방 안의 공기가 그의 몸을 자유로이 통과하고 있는 것이 손에 잡힐 것처럼 느껴지고 있었다.

혼천무극진기의 제일단공 마지막 열여덟 번째 자세를 취한 지 일 다경 정도가 지났을 때부터이다. 그는 언제나처럼 마보세로 양손의 장심이 중단전과 하단전을 덮은 자세를 취하고 있었다.

관산호는 오전에 강풍양으로부터 전해 받은 아버지의 유

언장을 읽으며 큰 충격을 받았다. 그러나 자시에 행해지는 혼천무극진기는 그 충격과 무관하게 평소대로 이루어지고 있었다. 그 수련은 그의 의지의 통제 하에 있는 것이 아니었기 때문이다.

심인지술의 두려운 점은 그로 인해 행해지는 일련의 행위에 행위자의 의지가 통하지 않는다는 점이었다. 의지와 생각이 피시술자의 것이 아닌 시술자의 것이 되는 것이다.

그러나 혼천무극진기의 일단공이 완성될 시점이 다가오면서 심인지술은 점차 약해져 가고 있었다. 물론 그 또한 시술자인 완안 노인이 의도한 바였기 때문에 가능한 것이었다.

혼천무극진기의 일단공이 완성되면 심인지술에 의한 강제적 수련 방식은 폐기되어야 했다. 일단공이 완성되면서 겪게 되는 정신과 육체적 희열은 심인지술이 사라지더라도 피시술자의 자발적 수련을 끌어낼 것이 확실했고, 그 이후의 수련은 심인지술로는 전수가 불가능한 것이었기 때문이다.

그러한 완안 노인의 안배는 어김없이 관산호에게서 나타나고 있는 중이었다.

심인지술이 약해지기 시작한 것은 약 오 개월 전부터였다. 육체는 아직 관산호의 통제에 따르지 않았지만 혼천무극진기를 수련하는 중에도 관산호는 조금씩 생각을 할 수 있었고, 요즘에는 생각만큼은 거의 자유롭게 할 수 있었다. 그런 현상이 벌어진 이후 관산호는 더욱 혼천무극진기를 수련하는 자시를 기다리게 되었다.

혼천무극진기를 수련하게 되면 전신이 마치 구름 위에 떠 있는 것처럼 가벼워지면서 전신의 감각이 극도로 개방되어 육신이 천지간에 흩어지는 듯한 기이한 감각을 느낄 수 있었고, 그 감각은 마치 폭포수에 전신을 씻어내리는 것처럼 믿을 수 없을 정도의 상쾌함을 그에게 안겨주었기 때문이다.

그런데 오늘 수련의 마지막이 다가오는 순간 그는 평소 느끼던 감각보다 수십 배는 더욱 증폭된 예민한 감각을 느끼게 되었다. 그것은 그의 육체와 마음이 서로 조화를 이루지 못하는 기묘한 이질감에 빠져 있던 어느 순간 불시에 그를 찾아왔다.

혼천무극진기의 수련에 따라 그의 육체는 점점 더 순수해지며 천지의 흐름과 맞추어가고 있는 반면, 오전의 충격에서 헤어나지 못한 그의 마음은 커다란 괴로움 속에 빠져 육체와의 균형이 깨어져 가고 있었다.

그런 부조화 속에서 혼천무극진기는 깨어진 균형을 회복하기 위해 평소보다 더욱 강하게 주위의 기운을 불러모았고, 그 강렬한 기운은 관산호에게 그동안 넘어서지 못했던 감응천인결의 마지막 벽을 넘어서는 힘을 주었다.

마보세를 취하고 있던 관산호의 전신이 마치 학질이라도 걸린 사람처럼 부들부들 떨리며 격렬하게 뒤틀리기 시작했다.

긴 머리카락은 허공을 향해 올올이 곤두섰고, 전신의 혈관은 터질 것처럼 부풀어올라 푸른 지렁이가 전신을 휘감고 있는 것처럼 변했다.

우두둑우두둑!

전신의 뼈는 부러지는 듯한 소리와 함께 쉴 새 없이 비틀리며 금방이라도 살가죽을 뚫고 튀어나올 것처럼 요동쳤다. 그런 격렬한 뒤틀림이 반 각 정도 지났을 때였다.

화아악!

관산호의 전신 모공에서 거무스름한 빛의 안개가 뿜어져 나오며 그의 전신을 순간적으로 가렸다. 검은빛의 안개는 뿜어져 나온 직후 흔적도 없이 사라졌다. 지켜보고 있던 사람이 있었다 하더라도 자신이 헛것을 보았다고 생각할 만큼 그것은 찰나간에 일어난 일이었다.

여전히 마보세를 취하고 있는 관산호의 전신은 언제 그런 일이 있었냐는 듯 평소처럼 안정되어 있었다. 머리카락은 차분히 가라앉아 있었고, 구릿빛으로 그을린 건강한 피부와 암벽처럼 단단하게 느껴지는 근육도 그대로였다. 외관상 그에게서 변한 것은 느껴지지 않았다.

하지만 그의 내부는 달랐다.

그는 지금 믿을 수 없는 쾌감 속에 빠져 있었다.

육신의 무게가 전혀 느껴지지 않았다.

두 발은 바닥을 딛고 있다는 것이 분명하게 느껴졌지만 바닥을 딛고 있는 그 자신의 무게는 전혀 느껴지지 않고 있었다. 새털처럼 그는 허공 속에 떠 있었다. 아니, 녹아들어 있었다.

그리고 환상처럼 그의 마음을 파고드는 목소리가 들려왔다.

─호아야! 축하한다. 이제 혼천무극진기의 일단공을 완성하였구나!

목소리와 함께 그의 심상 속에 떠오르는 모습.
완안 노인이었다.
그런데 완안 노인의 모습은 지금까지 매일 보아오던 모습이 아니었다.
평소 완안 노인은 만면에 환한 미소를 머금고 온화한 시선으로 그를 바라보고 있었다. 지금도 그것은 마찬가지였지만 완안 노인은 지금까지와는 다르게 마의가 아닌 눈처럼 하얀 백의를 걸치고 있었다.

─내 예상대로라면 지금 네 나이는 스물을 전후하고 있을 것이다. 오랜 시간 늙은이의 심술을 견뎌내느라 고생 많았다. 내가 직접 너를 가르칠 수 있었다면 이렇게 기이한 방법을 사용하지 않아도 되었을 텐데 사정이 여의치 않아 이런 방법을

사용하게 되었구나. 이 늙은이를 원망할 수도 있으리라.

말을 잇는 완안 노인의 얼굴에서는 미안한 빛이 가득했다.

─혼천무극진기는 너도 알다시피 사 단계로 이루어져 있
다. 남은 삼 단계와 내가 너에게 혼천무극진기를 전수할 수밖
에 없었던 이유에 대해서는 심인지술로 남기지 않았다. 혼천
무극진기의 이후 단계는 심인지술로 전할 수 없는 것이다. 그
것들은 특별한 연공 과정을 필요로 하기 때문이다. 그리고 네
게 혼천무극진기를 전수한 이유는 후일 나를 다시 만나게 되
었을 때 이야기해 주마. 내가 너를 보호할 수 없는 상황에서
네가 모든 것을 알게 되면 네가 너무 위험해지기 때문이다.
호아야, 너와 나의 만남은 아득한 세월 이전부터 예정되어 있
던 것. 너는 혼천무극진기의 예정된 주인이다. 네가 일단공을
완성할 즈음이면 내가 직접 너를 찾거나 내가 보낸 사람이 너
를 찾아갈 것이다. 그때까지 혼천무극진기의 일단공을 수련
하고 있으려무나. 이단공으로 넘어가지 않는다 하더라도 일
단공을 계속 수련하면 네 정신과 육체는 천지 기운과의 친화
력이 더욱 강해진다. 그것은 이단공으로 넘어갔을 때 수련의
진척에 큰 도움이 될 것이다. 한 가지 주의할 점은 네 몸을 다
른 사람, 특히 무공을 익힌 사람에게 진맥하게 하는 것은 가
능한 한 피하도록 하거라. 네게 혼천무극진기를 가르쳤지만

그것이 어떤 공능을 갖고 있는지 왜 안 가르쳐 주는지 궁금하겠지. 하지만 궁금하더라도 조금만 더 참거라. 혼천무극진기의 공능에 대해서는 아직은 모르는 것이 낫다. 그것을 알게되면 호기심 때문에 네가 무리를 하게 될 수도 있으니까. 한가지만 주의하려무나. 혼천무극진기의 일단공을 완성하게되면 인체의 경락과 맥이 일반인과 많이 다르게 된다. 그리고무공이 높은 사람이라면 네 몸의 경락과 맥이 다른 사람과 다르다는 것을 어렵지 않게 눈치 챌 수 있다. 그것은 네게 많은번거로움을 초래하게 될 것이다. 호아야, 이제 너는 심상 속에서 다시 나를 보지 않아도 된다. 속이 후련하느냐? 허허허,다시 너를 만날 시간이 기다려지는구나. 그때 네게 강제로 혼천무극진기를 가르쳤다고 이 늙은이를 구박하지는 않겠지?

　심상 속에서 이어진 완안 노인의 긴 이야기는 따스한 한마디와 함께 끝났다.
　관산호는 조금 멍한 시선으로 천장을 바라보며 서 있었다.
　'후련하느냐구요? 제가 후련할 것이라고 생각하셨습니까?어르신, 궁금증만 더 커집니다. 왜 제게 이런 방법을 새가면서까지 혼천무극진기를 가르치셔야 했는지, 그리고 무극진기가 대체 어떤 공능이 있는지 말입니다.'
　완안 노인의 모습이 마음속에서 신기루처럼 사라진 후 관산호가 가장 먼저 한 것은 혼천무극진기의 일단공이 완성되면서 무엇이 바뀌었는지 자신의 몸을 확인해 보는 것이었다.

혼천무극진기의 일천여 자에 달하는 구결을 되뇌이며 자신의 몸을 살펴본 관산호는 허탈해졌다. 그가 느끼기에 변한 것은 아무것도 없었다. 단지 몸에 좀 더 활력이 강해지고 정신이 맑아진 듯한 느낌이 그가 당장 느낄 수 있는 것의 전부였다.

혹여 혼천무극진기가 천고의 절학이 아닐까 하는 일말의 기대가 허무감으로 바뀌는 데는 채 일 다경의 시간도 걸리지 않았다.

'어르신, 왜 시간을 그렇게 길게 잡으신 겁니까? 어르신 말씀대로라면 앞으로 어르신을 만나려면 적어도 오 년은 더 기다려야 하는데… 그렇게 안배를 하셨다면 지금 제가 일단공을 완성한 것을 알고 저를 찾아오실 수는 없는 겁니까?

관산호는 완안 노인의 안배에 대해 강한 아쉬움을 느꼈다. 그는 지금 무언가 신비로운 능력을 가지고 있다고 생각되는 완안 노인의 직접적인 도움이 필요했다.

관산호는 침상에 누웠다.

멍하니 천장을 올려다보던 그는 오른팔을 들어 자신의 눈 위에 올려놓았다.

조금씩 그의 뺨 양옆의 이부자리가 젖어들었다.

그는 소리없이 울고 있었다.

'아버지……'

언제나 침상에 누워 계시던 분.

미안한 듯, 안타까운 듯 늘 자신을 따라다니던 시선의 주인.

일각의 시간도 제대로 함께 놀아준 적이 없는 분이었지만 아버지를 묻고 의부의 손을 잡은 채 광동성을 떠나던 그날의 서러움은 관산호의 뼛속 깊이 각인되어 있었다.

'아버지, 아버지의 바람을 따를 수는 없을 듯합니다. 무공을 익히겠습니다.'

관산호는 팔뚝으로 눈가를 쓸었다.

물기가 채 마르지 않았지만 천장을 올려다보는 그의 두 눈에서는 무시무시한 빛이 피어오르고 있었다.

돌아가신 아버지는 그가 무공을 익히는 것을 바라지 않으셨다. 항상 갖고 있던 궁금증은 풀렸다. 유언장을 읽으면서 아버지가 왜 그런 바람을 가졌는지도 충분히 이해할 수 있었다. 하지만 이해를 했다고 해도 그는 아버지가 바라는 대로 할 생각은 없었다.

무공을 익힐 것인가 말 것인가에 대한 그의 갈등은 짧게 끝났다.

그의 기억 속에 있는 아버지는 언제나 고통스러운 모습이었다. 그는 단 한 번도 편안한 모습의 아버지를 본 기억이 없었다. 그랬기에 편안한 모습의 아버지에 대한 기억을 가지고 있을 수도 없었다.

그는 알고 싶었다.

왜 자신의 아버지가 그렇게 사서야만 했는지.

왜 그들이 자신의 아버지를 그렇게 만들어야만 했는지.

그리고 과연 아버지를 그렇게 살도록 강요할 만한 자격을 그들이 갖고 있는지.

그리고 어머니…….

그러나 그 모든 것을 알기 위해서는 그가 강해져야 했다.

그것도 믿을 수 없을 만큼 강해져야만 했다.

그렇지 않다면 자신이 알고 싶은 것을 질문할 기회조차 얻을 수 없을 것이 분명했기에.

아버지의 유언장에 적힌 그들은 그도 알고 있는 자들이었다. 그들은 무가에서 자란 자라면 결코 모를 수 없을 정도로 유명한 자들이었으니까.

그리고 그들은 아버지가 그에게 무공을 익히지 말라고, 그들과 부딪치지 말라고 신신당부할 만큼 강한 자들이었다.

그런 자들에게 책임을 묻기 위해서 그는 강해져야만 했다.

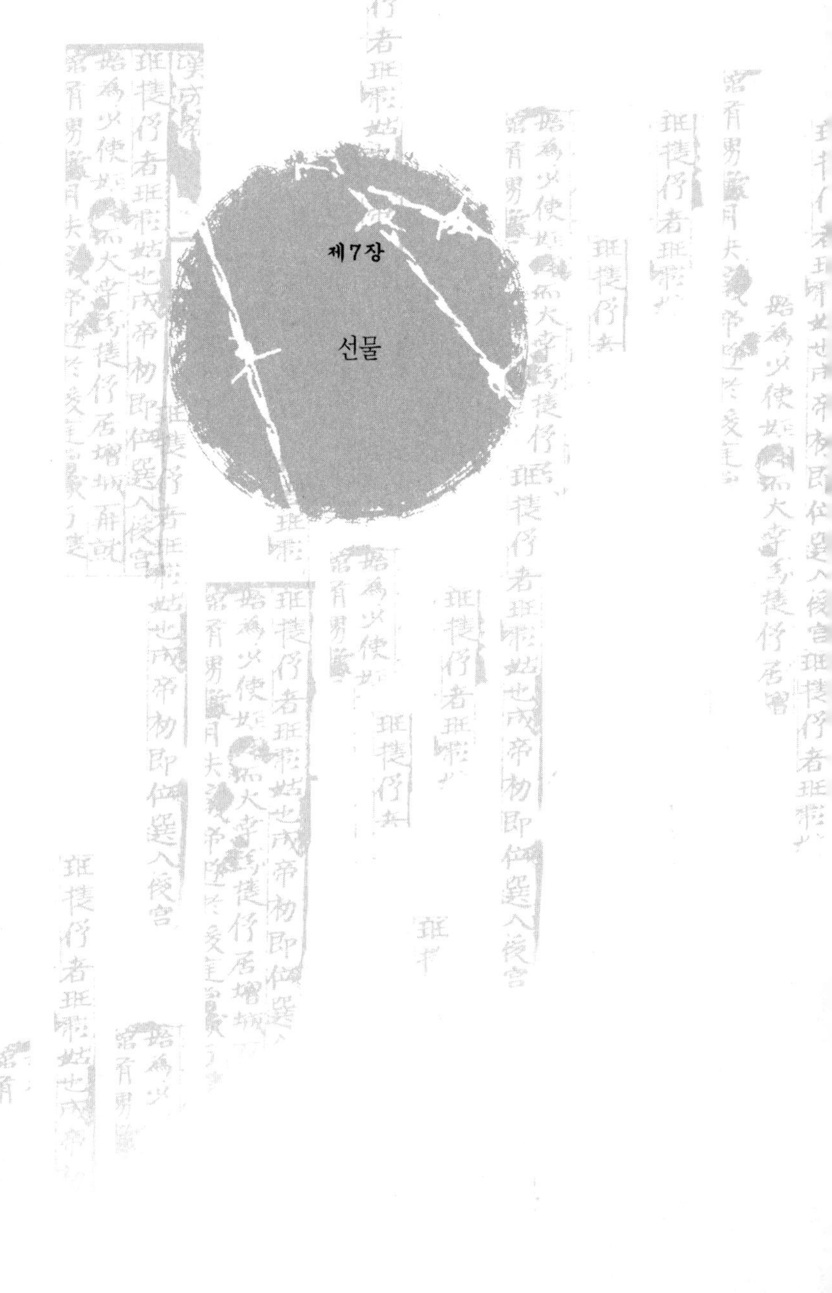

제7장

선물

鐵
血
無
情
路

"**살**아 계셨네요."

관산호는 싱긋 웃으며 침상 옆에 놓인 의자에 앉았다.

열린 창가의 침상에 누워 들어서는 그를 바라보고 있던 양천록의 인상이 일그러졌다.

"첫 말치고는 정말 싸가지없구나!"

"호호호, 성격이잖아요. 그런데 수월하게 이기시진 못했나 봐요?"

관산호는 눈으로 양천록의 전신을 훑으며 말했다.

양천록은 상체를 벗고 있었다. 하지만 평소 근육을 자랑하던 그의 상체가 드러난 것은 아니었다. 왼팔과 상체가 제대로 보이지 않을 정도로 휘감은 두터운 붕대가 그의 벗은 몸을 가리고 있었다.

"살아 있는 게 다행이야."

그들의 대화를 지켜보던 삼십대의 여인이 볼멘소리로 끼어들었다.

눈가에 가는 잔주름이 잡혀 있었지만 여인은 대단한 미인으로 성숙함과 우아함에 있어서는 젊은 여인들이 따라오지 못할 듯했다. 그녀는 양천록의 연인, 양천록은 강력하게 부인하지만 스스로 양천록의 처를 자처하는 장연령이었다.

그녀는 관산호를 보며 말을 이었다.

"그런데 어제는 왜 안 왔니? 생일이라서 기다렸는데……."

서운한 어투다.

관산호는 뒷머리를 긁적이며 대답했다.

"죄송해요. 일이 있어서 몸을 뺄 수가 없었어요."

양천록은 말을 하는 관산호의 눈가에 그늘이 스쳐 지나가는 것을 보았다.

그는 물었다.

"선친의 유언 때문이냐?"

"예."

"안 좋은 내용이었나 보구나."

"안 좋다기보다는……."

관산호의 말끝이 흐려졌다.

"알 수 있느냐?"

"죄송합니다. 말씀드리기 곤란해요."

관산호의 대답에 양천록은 고개를 끄덕였다.

"어쩔 수 없지."

사람은 홀로 가슴에 품고 가야만 하는 것들이 있다. 혼자서는 어려운 일이고, 타인의 도움을 받으면 쉽게 풀 수 있는 일이라 해도 그 자신이 홀로 풀어야만 하는 종류의 일도 있는 것이다. 세상을 어느 정도 알 만큼 나이를 먹다 보면 저절로 그것을 알게 된다.

관산호는 화제를 바꾸었다.

"청룡방은 해체되었겠네요?"

"물론."

양천록은 싱긋 웃으며 시원하게 대답했다.

그 대답을 들은 관산호가 장난스럽게 한숨을 내쉬며 말했다.

"휴우, 아저씨 은퇴하는 건 또 미루어졌군요."

"이 자식이 심사를 긁으려고 작정을 했나! 말이 이상타!"

말을 하는 양천록의 눈이 도끼눈이 되었다.

"산호가 맞는 말하는데 왜 그래요? 당신이 더 이상해요!"

이번에는 장연령이 도끼눈을 뜨고 양천록에게 말했다. 그녀의 말을 들은 양천록이 움찔하며 시선을 아래로 내렸다.

"험험, 당신은 왜 끼어드는 거야?"

그의 음성은 안으로 감겨 들어갔다. 천하에 거칠 것이 없는 그도 장연령만은 어려워하는 듯했다.

"끼어들 만하니까 끼어들죠. 이제 도방 일은 그만 해도 되잖아요. 내일모레면 오십인 사람이 왜 그 위험한 일을 계속하려고 하느냐구요!"

"아직 마흔셋인데……."

양천록이 작게 중얼거린 말은 오히려 장연령의 부아를 돋웠다. 그녀의 고운 눈매에 쌍심지가 켜졌다.

"뭐라고요?!"

그녀의 선이 고운 입술 사이로 전혀 어울리지 않는 새된 고음이 터져 나왔다.

옆에서 그들의 대화를 듣고 있던 관산호는 피식 웃으며 창밖으로 시선을 옮겼다.

한두 번 본 모습도 아니고, 겉으로 보기에는 양천록이 장연령의 기세에 주눅이 든 것 같지만 이 싸움에서도 장연령은 결코 양천록을 이기지 못할 것이다, 매번 그래왔던 것처럼.

관산호는 두 사람을 보며 배운 것이 하나 있었다.

사랑싸움에서 항상 지는 사람은 상대를 더욱 사랑하는 사람이라는 것이었다. 그래서 장연령은 양천록을 이기지 못하는 것이다. 나이답지 않은 깨달음이었다.

양천록과 장연령의 말다툼은 반 각 정도 지속되었다. 그러나 이 자리에 있는 사람은 그들만이 아니다. 다툼에 열중했을

때는 신경 쓰지 않았지만 그들은 곧 관산호의 존재를 자각했
고, 다툼을 멈추었다.

그들이 시선을 관산호에게 주었을 때까지 관산호는 창밖
의 후원에 시선을 둔 채 생각에 잠겨 있었다.

창밖을 바라보는 그의 시선이 깊은 것을 본 장연령이 걱정
스러운 어조로 물었다.

"정말 무슨 일이 있는 모양이로구나. 표정이 왜 그러니?"

그녀의 질문에 창밖에 두었던 시선을 두 사람에게로 옮긴
관산호가 불쑥 말문을 열었다.

"무공을 익힐 생각입니다."

"응?"

그의 말에 양천록은 눈을 크게 떴다.

"유언장에 그래도 된다더냐?"

"그렇지는 않습니다만 제가 원할 때는 막지 않겠다고 하셨
습니다."

"그래? 의외로구나. 네 선친께서 강 대협에게 그런 유언을
남겼다고 하셔서 난 그 유언장에서도 변함없이 계속 막으실
거라고 생각했는데."

양천록은 고개를 갸웃하며 말했다.

두 사람이 나누는 대화 내용은 장연령이 모르는 부분이었
다. 그녀는 궁금했지만 묻지 않았다.

양천록은 그녀가 알아야 할 내용이라면 숨기는 것이 없는

사람이었다. 그런 그가 말하지 않은 것이고, 자신을 친형수처럼 따르는 관산호도 그동안 언급한 적이 없는 것이었으니 그녀는 자신이 알 필요가 없는 것이라고 받아들였다.

알 필요가 없는 것은 물을 필요도 없다. 다른 경우라면 그녀도 다르게 반응했겠지만 두 사람을 잘 아는 그녀였기에 그저 그들의 이야기를 듣는 것으로 만족하기로 했다. 그녀는 열세 살에 기녀가 되어 산전수전 다 겪으며 오늘에 이르렀다. 사람을 파악하는 데는 도사라 불려도 손색이 없는 여인인 것이다.

"왜 무공을 배우려고 하는지는 모르겠다만 네게 목표가 생겼다니 난 좋게 받아들인다. 내 먹물 먹은 사람들에게 듣기로 공자라는 위인도 열다섯에 뜻을 세웠다는데 너도 열다섯에 뜻을 세웠으니 나중에 공자만큼은 되겠다. 호호호."

"훗, 아저씨는 너무 대단한 분과 저를 비교하시는군요."

양천록이 자신을 공자와 비교하는 말을 들은 관산호가 조금은 어이가 없다는 듯 피식 웃으며 말했다.

"그도 사람이고 너도 사람이다. 장래는 누구도 모르는 거 아니냐. 네가 그만한 사람이 되지 말라는 법도 없고. 껄껄껄."

껄껄거리며 웃던 양천록의 표정이 진지해졌다.

"강 대협의 사사를 할 생각이냐? 그분도 하북무림에서 널리 알려진 고수이시니 무공을 배우려고 한다면 네 여건은 꽤 좋은 편이다. 네게 다행한 일이고."

말을 하던 양천록의 표정이 뜨악해졌다. 관산호가 천천히 고개를 가로젓는 것을 본 탓이다.

"안 배운다고? 왜?"

"아버님은 강한 분이시지만 그분의 무공을 배워서는 공자만큼 유명해질 수가 없잖아요."

"뭐?"

양천록과 장연령 두 사람의 얼굴이 멍해졌다.

관산호는 돌려 말하고 있었지만 그들은 그 말에 깃든 의미를 어렵지 않게 파악할 수 있었던 것이다.

공자는 천수백 년의 세월이 흐른 당대에도 성인으로 존경을 받는 인물이다. 무공을 배워 그 정도의 인물이 되려 한다는 관산호의 말은 그의 목표가 광오할 정도로 높고 크다는 뜻이었다.

"흐어……."

양천록의 입에서 헛바람이 새는 소리가 흘러나왔다. 그만큼 놀란 때문이었다.

"흐흐흐, 알고 보니 미친놈이었구나. 네놈 배포가 큰 줄은 알았지만 거의 제정신이 아닌 정도일 줄은 몰랐다. 무공을 배운 자들 중 그런 말을 입 밖에 내는 사람은 아무도 없다. 당대 천하십대고수 중에도 그런 말과 비슷한 말을 한 사람이 있다는 얘기도 들어본 적이 없다. 뭐, 그래도 사내자식이 목표를 세웠으면 그 정도는 되어야지. 네 목표의 절반만 가도 천하제일은 따놓은 당상이겠다. 흐흐흐."

관산호를 보는 양천록의 눈은 흐뭇해 보였지만 장연령은 아니었다. 그녀의 두 눈에는 근심스러운 빛이 가득했다.

삼 년에 가까운 세월 동안 옆에서 관산호를 본 그녀였기에 그가 한번 입 밖에 낸 말은 결코 번복하지 않으며, 한번 결심한 것은 무슨 일이 있어도 행하고야 만다는 것을 잘 알고 있었다.

그녀는 관산호를 향해 차분한 음성으로 말했다.

"산호야, 내가 일을 하면서 무림인도 적지 않게 상대해 보았다. 그들 중에 작은 명성이라도 얻은 사람은 보통 서른이 넘었다. 이십대에 명성을 얻은 사람들도 있긴 했지만 그들은 정말 극소수였어. 그것도 좋은 가문이나 명문의 자제였지. 뿌리가 없는 낭인 중에 어린 나이로 높은 명성을 얻은 사람은 본 적이 없단다. 그들은 모두 학문만큼이나 어려운 것이 무공이라 쉽게 경지에 이르는 것이 불가능하다고 하나같이 말하더구나. 네 뜻이 높은 것은 칭찬할 만하지만 현실성이 결여된 경우에는 자신을 망칠 수도 있단다. 너는 무공을 정식으로 배운 적도 없잖니. 그런데 그런 꿈을 이루려면 무림인들이 흔히 말하는 절세의 기인을 만나거나 천고의 기연이라도 얻어 무공을 익혀야 할 텐데… 그것이 가능한 일인지 나로서는 감이 잡히지가 않는구나."

"염려해 주셔서 감사합니다, 아주머니."

관산호는 따스한 눈빛으로 장연령을 보며 말했다. 하지만 짧게 끊어지는 말이다.

그의 말을 들은 장연령이 나직하게 한숨을 내쉬었다. 관산호가 저런 태도를 보일 때는 이미 결심이 선 상태이다.

관산호는 그 나이로는 생각지 못할 만큼 성격이 진중해서 어떤 일도 즉흥적으로 결정하지 않는다. 하지만 일단 한번 결정을 하면 결코 남의 말에 귀기울이지 않는다는 것을 장연령도 잘 알고 있었다. 그 성격은 양천록과 비슷했다. 그러니 두 사람이 친해진 것이겠지만.

"네가 무공에 관심은 있었어도 꼭 배우겠다는 생각까지는 없었던 것으로 안다. 그런데 무공을 익혀야겠다고 결심한 이유가 뭐냐? 네 선친의 유언과 관계가 있다고 생각은 되지만 궁금하다."

양천록의 질문을 받은 관산호의 눈빛이 깊게 가라앉으며 강렬하게 빛났다.

"해야 할 일이 생겼습니다."

"무공을 익혀야만 가능한 일이냐?"

"예."

"다른 방법은 없고?"

"무공을 익히지 않으면 가능성이 거의 없는 일입니다."

"흠… 네가 신중하다는 것은 안다만 너무 이른 판단은 아니냐? 세상은 생각보다 넓어서 다른 방법이 있을 수도 있다.”

“······.”

양천록의 말에 관산호는 대답하지 않았다.

그런 그를 보고 양천록은 고개를 저었다. 관산호의 눈빛은 흔들림이 없었다. 그것은 그가 어떤 말에도 마음을 바꿀 생각이 없다는 것을 보여주는 뚜렷한 증표였다.

“네놈이 지금까지 한 말대로라면 강 대협이나 철사보 내의 무공으로는 가능하지 않은 일이겠구나.”

“······.”

“네가 무공을 배워 무엇을 하려는지는 모르겠다만 일단은 최고 수준의 무공을 익혀야 뭘 하든 하겠구나. 그런데 그런 무공을 익힐 수 있는 가능성이 얼마나 희박한지는 알고 있는 것이냐?”

관산호의 침묵을 지켜보며 말을 하던 양천록의 두 눈이 서늘해졌다.

그와 눈이 마주친 관산호가 진지한 얼굴로 말문을 열었다.

“예, 아저씨.”

단단한 표정이 된 관산호가 어깨를 바로 하며 대답했다. 그의 말이 이어졌다.

“그 때문에 이제는 이곳에 자주 오지 못할 것 같아서 미리 아저씨께 말씀드리려고 왔습니다.”

“흠, 그렇겠지. 늦게 시작하는 것이니 배워야 할 것들이 좀 많겠느냐."

고개를 끄덕이며 관산호의 말을 받은 양천록이 힘겨운 동작으로 상체를 일으켰다.

그의 움직임에 놀란 장연령이 그를 부축했다.

"왜 일어나요?"

"저놈에게 줄 것이 있어."

장연령의 부축을 받으며 침상에서 내려온 양천록은 말과 함께 관산호를 바라보았다.

"따라와라."

"예?"

양천록의 뜬금없는 지시에 관산호는 의아한 표정이 되었다.

"토 달지 말고 따라와."

지시에 가까운 양천록의 말에 관산호는 어리둥절했지만 꿀 먹은 벙어리가 되었다. 양천록의 지시에는 뭔가 이유가 있는 듯했지만 설명을 해줄 태세는 아니었다.

말을 마친 양천록은 지팡이와 장연령의 팔에 의지해 방을 나섰다.

장연령과 관산호는 그런 그를 말없이 따랐다. 한 걸음을 움직일 때마다 이마에 굵은 땀방울이 맺히면서도 표정 하나 찡그리지 않고 걸어가는 사람에게 할 말이 있을 리 없었고, 말릴 수 있는 분위기도 아니었기 때문이다.

양천록이 두 사람과 함께 도착한 곳은 그가 평소 무공을 수련하던 대청이었다.

대청에 도착한 그는 착잡한 눈빛으로 대청의 사방을 지탱하고 있는 기둥 중 좌상방(左上方) 기둥을 잠시 바라보더니 그쪽으로 걸어갔다.

기둥에 도착한 그는 망설이지 않고 기둥의 한 면을 손바닥으로 강하게 눌렀다.

그그극!

귀를 거북하게 만드는 소음과 함께 기둥 뒤쪽의 청석 바닥이 서서히 가라앉았다.

상황의 전개가 뜻밖이어서 장연령과 관산호는 조금 긴장한 모습으로 양천록의 행동을 지켜보았다.

두 사람이 이 대청에 들어와 본 적은 수를 헤아릴 수 없을 만큼 많았다. 하지만 이곳에 저런 기관 장치가 되어 있다는 것은 오늘 처음 알았다.

그 의미는 단 하나였다.

양천록이 두 사람에게 말하지 않을 정도로 중요한 무엇인가가 저곳에 있다는 것이다.

양천록은 드러난 구멍 안으로 손을 집어넣어 폭 한 자에 높이 다섯 치 정도 되는 철로 된 상자 하나를 끄집어내었다. 그리고 다시 기둥에 손을 대자 바닥은 예의 소음과 함께 원상으로 회복되었다.

철함은 오랫동안 사람의 손길이 닿지 않은 듯 붉은 녹으로 뒤덮여 있어서 칙칙한 느낌이 묻어났다. 길에서 보았다면 쳐다보지도 않았을 그런 물건이었다.

성한 왼손으로 철함을 잡은 채 묵묵히 그것을 내려다보는 양천록의 눈에는 회한이 가득했다. 잠시 석상처럼 그렇게 서 있던 양천록이 철함을 관산호에게 쑥 내밀었다.

"받아라."

"예?"

철함은 생각보다 가벼웠다.

얼떨결에 철함을 받아 손에 쥔 관산호가 의아한 얼굴로 바라보자 양천록이 말문을 열었다.

"갈등하긴 했지만 본래 네가 무공을 배웠으면 좀 더 일찍 주려고 했던 물건이다. 이제 네 마음이 결정되었으니 가져라."

"이게 뭡니까, 아저씨?"

"나도 잘은 모른다. 하지만 무림에서의 가치는 대단한 것일 것이다."

관산호의 질문에 답하는 양천록의 음성은 모호했다.

관산호는 양천록이 자신에게 준 물건의 정체를 모른다는 것을 알 수 있었다. 그래서 더 의아해졌다.

그의 궁금증을 알았지만 양천록은 말없이 다시 방으로 돌아왔다. 그가 침상에 앉을 때까지 관산호와 장연령은 입을 열지 않았다. 양천록에게 전해지는 무언인가가 그들의 입을 막고 있었다.

침상에 앉은 양천록은 두 사람이 자신을 빤히 바라보고 있자 조금 머쓱해진 얼굴로 말문을 열었다.

"나는 남부럽지 않은 어린 시절을 보냈다. 내가 열한 살 때까지 양가장은 항상 사람이 북적이는 곳이었지. 내 조부님 대부터 우리 집안은 세 척의 배를 가지고 철사보의 탄광에서 나온 석탄을 나라에 납품하는 업무의 일부를 맡아 상당한 부를 쌓았다."

말을 잇는 그의 음성은 어두웠다.

"할아버님은 내가 태어나기 전에 돌아가셨기 때문에 뵌 적이 없지만 부모님은 모두 살아 계셨고, 자상하신 분들이셨다. 흐흐흐, 그 모든 것을 끝장 낸 것이 그 물건이다. 열어봐."

그의 말에 관산호는 철함의 뚜껑을 열었다. 철함은 자물쇠가 채워져 있지 않아서 관산호가 뚜껑 부위를 잡고 힘을 주자 덜컥하는 미약한 소리와 함께 쉽게 그 안을 드러냈다.

"팔찌 같은데요?"

안의 물건을 확인한 관산호가 고개를 들어 양천록을 보며 말했다.

"그런 것 같네."

장연령도 관산호의 의견에 동의했다.

철함 안에는 두 개의 주먹만 한 물체가 들어 있었는데 둥근 형태인 데다 가운데에 폭이 세 치 정도로 뚫려 있었다. 아무런 빛도 없이 그저 검고 둥글기만 해서 귀하다는 생각은 전혀 들지 않아 보였다. 하지만 장연령과 관산호는 직감적으로 물건이 귀물(貴物)임을 느끼고 있었다. 철함은 뻘겋게 녹이 슬어 있는데도 그 물건들은 전혀 녹이 슬어 있지 않았기 때문이다.

"그런데 팔찌치고는 좀 이상하네요? 끊어진 부위가 전혀 없는데 이걸 어떻게 팔목에 찬담?"

물건을 살펴보던 장연령이 고개를 갸웃하며 양천록에게 물었다.

"평범한 물건이었으면 이 물건으로 인해 우리 가문이 폐허가 되지는 않았겠지. 산호야, 그걸 차봐라."

양천록이 관산호를 보며 말했다.

그 말에 관산호는 철함을 옆의 탁자 위에 놓고 팔찌처럼 보이는 물건을 꺼냈다. 하지만 팔찌를 차지는 않았다. 그의 얼굴에는 난감해하는 표정이 떠올라 있었다.

그의 주먹은 팔찌로 판단되는 물건의 구멍보다 반 배는 더 컸다. 손바닥을 펴서 송곳처럼 모아보아도 구멍보다 한 치는 더 컸다. 구멍에 들어갈 리 없었다.

그 물건이 팔찌라면 어느 부위든 한곳이 끊어져 벌어져야 했는데 그런 곳은 요리조리 살펴보아도 보이지 않았다. 무게로 보면 같은 크기의 쇠보다도 더 나가는 물건이었다. 그러니

물건이 고무줄처럼 늘어날 것도 아니었다. 난감해지지 않을
수 없었다.

관산호가 난감해하는 것을 지켜보던 양천록이 불쑥 손을
내밀어 그 물건 중 하나를 잡더니 송곳처럼 손가락을 모은 관
산호의 오른손에 쑥 끼웠다.

"응?"

지켜보던 장연령이나 당사자인 관산호 모두 놀라 눈을 크
게 떴다.

무게나 형태, 감촉으로 보아 그 물건은 금속임에 틀림없었
다. 그런데 양천록이 그 물건의 양쪽을 잡고 벌리자 그 물건
의 구멍이 두 치는 늘어났다. 양천록은 그렇게 늘어난 물건,
팔찌임에 분명한 그것을 관산호의 팔목에 채워 버린 것이다.

관산호의 팔목에 채워진 팔찌는 다시 줄어들기 시작하더
니 그의 팔목 두께에 딱 맞을 만큼만 줄어들고는 움직임을 멈
추었다.

"이것의 이름은 파천여의환(破天如意環)이라고 한다. 무엇
으로 만든 것인지는 나도 모르고, 누가 언제 어떤 목적으로
만든 것인지도 모른다. 그 기능이 어떤 것인지도 모른다. 하
지만 아는 것도 있지. 여의환에 대해 내가 아는 두 가지 중 한
가지는 네가 보는 것처럼 그것의 크기가 변화한다는 것이
다."

오른 팔목에서 전해지는 묵직한 감촉에 낯설어하면서도

관산호는 다른 하나의 팔찌를 양천록이 했던 것처럼 늘려 왼 팔목에 찼다. 그것을 지켜보면서 양천록은 말을 계속했다.

"그나마 내가 그 물건의 이름을 알게 된 것은 본 장이 무너질 때 나를 살려준 이인(異人)이 가르쳐 주신 덕분이다."

관산호는 잠시 팔찌에 쏠렸던 관심을 거두고 양천록의 말에 집중했다.

"그 물건은 아버님께서 납품 관계로 북경에 다녀오실 때 골동품상에서 구하신 것이다. 너도 본 것처럼 분명 금속임에도 늘어났다 줄어들었다 하는 것이 신기해 귀물이라고 생각은 하셨지만 당신께서는 돌아가시던 순간까지도 그 물건의 진정한 가치를 알지 못하셨지. 그래서 할아버님 대부터 교류가 있었고, 본 장의 어려움을 많이 해결해 주기도 했던 하중곤에게 별 생각 없이 얘기를 하셨다."

하중곤을 언급하는 양천록의 두 눈에서 무시무시한 살기가 흘러나왔다.

"하중곤의 별호는 천기객(天技客). 아는 것이 많고 손재주가 좋기로 유명했던 절정고수로 정사 중간이지만 정파에 가까운 성향을 갖고 있는 것으로 무림에 알려졌던 자다. 처음 여의환을 본 그는 바로 아버님에게 그 물건을 자신에게 팔라고 했던 것 같다. 하지만 아버님도 그 물건이 갖고 있는 신비한 기능을 보고 애착이 생겼던 터라 정중하게 거절하셨지. 하지만 하중곤의 제의를 거절하고 돌아오셨던 아버님은 나를

무릎에 앉히시곤 하중곤에게 그 물건을 팔아야겠다고 말씀하
셨다. 할아버님 때부터 교류가 있었던 강호의 기인이 원하는
것인데 당신이 너무 야박하게 거절한 것 같다시면서. 비록 하
중곤의 생활을 본 장에서 책임지고 있다고는 해도 그가 본 장
이 하는 일을 보호하고 있기에 우리가 받는 이득도 적지 않았
거든. 하지만 아버님은 그 말씀대로 행할 수가 없었다. 그날
밤 본 장의 담을 넘은 자가 있었다.”

되살아나는 기억에 견디기 어려운 듯 양천록이 잠시 입을
닫았을 때 장연령이 분노한 음성으로 소리쳤다.

“그 하가로군요?”

“…….”

양천록은 말없이 고개를 끄덕였다.

그의 시선이 창밖을 향했다.

“본 장은 순수한 상가여서 삼류급 호위무사 몇 명 외에는
힘쓸 줄 아는 사람이 없었다. 하인이 이십여 명 있었지만 그
들은 그저 평범한 사람들이어서 무공을 익힌 사람에게 대항
한다는 것은 가능하지 않았지. 본 장에 침입한 하가는 우리
가족을 단숨에 제압했고, 아버님에게 여의환을 요구했다. 월
담을 하는 자들은 보통 복면을 하지. 하지만 그날 밤 하가는
복면을 하지 않고 있었다. 공포에 질린 우리 가족은 그 의미
를 알지 못했다. 가족의 목숨으로 물건을 요구하는 하가에게
아버님은 망설임없이 여의환을 주셨다. 그 물건의 가치가 어

떠한 것이든 가족보다 중요한 것일 수는 없는 일이었으니까. 하지만 물건을 받은 하가는 그냥 돌아가지 않았다. 그의 잔혹한 수하에 의해 아버님이 먼저 피를 뿌리며 쓰러졌고, 어머님과 한 분의 형님, 그리고 두 분의 누님이 목숨을 잃었다. 마지막으로 남은 나를 향해 그가 손을 쓰려 할 때 본 장 근처를 지나가던 이인 한 분이 끼어들어 내 목숨을 구해주셨지.”

“하가는요?”

양천록이 지난 이야기를 하는 동안 눈물을 흘리며 듣고 있던 장연령이 한 맺힌 음성으로 물었다. 양천록을 바라보는 그녀의 두 눈에는 아픔이 가득 담겨 있었다.

양천록의 과거는 아는 사람이 거의 없었고, 장연령도 예외는 아니었다. 삼십이 년 전의 일인 데다 양천록이 그녀에게 말한 적이 없었기 때문이다.

“그는 죽었을 겁니다, 아주머니.”

장연령의 질문에 대답한 사람은 양천록이 아니라 관산호였다.

그의 대답에 눈을 빛낸 양천록이 물었다.

“그것을 어떻게 아느냐?”

“그가 살아 있다면 아저씨 성격으로 여기서 이렇게 살고 계시지 않았을 테니까요.”

관산호의 대답에 양천록은 쓴웃음을 지었다.

“네 말이 맞다. 하가는 그날 나를 구해주신 이인에 의해 목숨을 잃었다. 하중곤의 무공은 대단했지만 이인의 손에서 십 초를 버티지 못했다. 어린 마음에도 그런 자에게 우리 가족이 모두 죽었다는 것이 너무 어이없었지. 흐흐흐.”

양천록은 나직하게 웃고 있었다. 하지만 그 웃음에 담긴 절 절한 아픔이 관산호의 가슴을 울렸다. 그의 얼굴도 침중하게 변했다.

“나를 구해주신 이인의 말씀으로는 여의환을 본 무림인 중 욕심 내지 않을 사람은 하나도 없을 것이라고 단언하셨지. 그 것은 파천여의환의 마지막 주인이라고 알려진 사람이 무림사 에 너무도 유명한 사람인 데다가 그가 자신의 무공을 파천여 의환에 남겼다는 전설이 무림에 남아 있기 때문이라고 하셨 다.”

마른침을 삼킨 양천록이 말을 이었다.

“나는 그분을 따라가고 싶었지만 그분은 이미 제자를 두고 있었고, 살기가 강한 나와는 사제의 연이 없다고 말씀하시며 떠나가셨다, 여의환을 아무에게도 보여주지 말라는 신신당부 와 함께. 나는 여의환을 그분에게 드리고 싶었지만 그분께서 는 거절하셨다. 인연이 없는 신외지물은 복이 아니라 화에 불 과할 뿐이고 가족 모두를 잃는 대가를 치렀으니 그 물건의 주 인은 나라고 하시더군. 그분이 떠나신 후 나는 여의환을 방금 네가 보았던 그 장소에 집어넣었고, 그 후 몇 번 꺼내어 살펴 보았지만 내 능력으로는 그 안에 담긴 비밀을 풀 수가 없었다. 그래서 십여 년 전부터는 꺼내본 적도 없다. 그 물건의 주인은 나도 아니었던 거지. 이제 여의환의 주인은 너다. 그것의 비밀을 푼다면 네가 무엇을 하려고 하든 큰 도움이 될 거다."

관산호는 조금 긴장한 시선으로 자신의 팔목에 차여진 파천여의환을 살펴보았다. 그 모습을 보며 양천록은 말을 이었다.

"이인은 여의환이 아주 오래전부터 강호 상에 떠도는 물건이라고 했다. 정확히 언제부터인지 그분도 모를 만큼 오래전부터 말이다. 네가 본 것처럼 신비한 기능이 있어서 그 비밀을 풀려고 많은 사람들이 시도한 모양이지만 비밀을 푼 사람은 없는 듯하고, 마지막으로 여의환을 소유했던 사람이 강호 상에서 사라지면서 여의환도 모습을 감추었다고 한다."

"여의환의 마지막 주인이 누굽니까?"

"너는 혹시 권마(拳魔) 초륜(楚輪)이라는 이름을 들어본 적이 있느냐?"

양천록의 질문에 잠시 눈썹을 찌푸리며 생각에 잠겼던 관산호의 얼굴에 놀란 빛이 뚜렷하게 떠올랐다.

"설마 백오십 년 전의 절대오강 중 한 명인 그 권마 초륜을 말씀하시는 겁니까? 그가 여의환의 마지막 주인입니까?"

"그렇다."

양천록의 대답을 들은 관산호는 떨리는 눈길로 여의환을

내려다보았다.

어린 시절 의부인 강풍양에게 들었을 때 그를 경이에 빠지게 했던 전설이 지금 그의 앞에 현신한 것이다. 소리없는 전율이 그의 전신을 치달리고 있었다.

권마(拳魔) 초륜(楚輪).

백오십 년 전이라는 아득한 세월 이전에 존재했던 인물이지만 지금도 무가에서 자란 자라면 모를 수 없을 만큼 무림사에 위대한 족적을 남긴 인물이다.

백오십 년 전의 무림은 무림사에 유래가 드문 전성기였다.

실전된 무공들이 숱하게 복원되었고, 그에 버금가는 절기들이 무수하게 창안되었으며, 또한 그것을 가능하게 하는 기인 고수들이 속출했다.

수많은 영웅과 거마, 효웅이 천하를 질타했다.

군웅할거, 폭풍노도의 시대였다.

강자가 많다는 당대의 무림이지만 당대 최고의 고수들을 그 당시의 강자들과 비교한다면 손색이 있을 것이라고 할 정도이니 당시 무림이 얼마 만한 전성기를 누렸는지는 충분히 짐작할 수 있는 일이었다.

그렇게 기인 고수가 사막의 모래알처럼 많다는 당시의 무림에 다섯 명의 절대 초강 고수가 존재했다.

중원무림의 태산북두로 자타의 공인을 받았으나 인재의

부재로 오랜 침체기에 빠졌던 소림을 새로운 부흥기로 이끌었던 신승(神僧) 망아 선사.

천무 진인 장삼봉의 최후 심득을 검으로 구현해 내는 데 성공하며 살아서 검의 신선으로 추앙받았던 무당의 검선(劍仙) 태허 진인.

신비로 점철된 수백 년의 역사를 갖고 있으나 세상과 섞이기를 거부하며 구름 속의 신룡처럼 살아가던, 모용세가에서 배출한 희대의 천재 신유(神儒) 모용재.

흔히 마교라 불리는 패(覇)와 마(魔)의 성지 구중군마천의 주인 마조(魔祖) 우문천린.

두 주먹만으로 천하를 비웃으며 독보 강호했던 낭인 출신의 권마(拳魔) 초륜.

그들 오 인이 절대오강(絶對五强), 혹은 환우오천왕(寰宇五天王)이라 불리며 무림사에 한 획을 그었던 당시의 절대 초강 고수들이었다.

그들은 평생 동안 서로를 제외하고는 삼초지적을 만나지 못했다는 전설의 주인공들이다.

양천록은 지금 파천여의환의 마지막 주인이 그들 중 권마 초륜이라고 말하고 있는 것이다.

"여의환에 초륜의 절학이 숨겨져 있다는 전설이 진실인지 아닌지는 아무도 모른다. 하지만 무공을 익히려고 결심한 마

당이니 여의환에서 초류의 무학을 찾으려 노력해 볼 가치는
충분하고도 넘치지."

양천록은 그 말을 끝으로 입을 다물었다.

그의 깊게 가라앉은 두 눈이 별처럼 빛나는 관산호의 눈과
부딪쳤다.

"감사합니다, 아저씨. 반드시 이 물건의 비밀을 풀겠습니
다. 약속드립니다."

관산호의 어조는 담담했다. 그러나 그 말을 들은 양천록과
장연령의 얼굴에는 만족한 빛이 떠오르고 있었다. 관산호는
나이가 어리지만 입 밖으로 낸 말은 어긴 적이 없고, 약속은
반드시 지킨다. 그들은 그것을 잘 아는 사람들이었다.

"네놈을 믿는다. 언젠가 내 앞에서 권마의 무공을 시현해
다오. 기꺼이 구경해 주마."

"예, 아저씨."

관산호는 씨익 웃으며 말했다.

파천여의환이 양천록에게 어떤 의미가 있는 것인지는 알
고도 남았다.

그것은 양천록의 삶을 파멸시킨 물건이다. 평범하게 자랐
다면 능히 일대의 걸물이 될 만한 인물인 양천록을 흑사회의
파락호로 살게 만든 물건인 것이다.

그 악몽 같은 날 이후 양천록의 방황이 어떠했을지 관산호
의 눈에 선하게 그려졌다.

가문을 파멸시킨 자는 그날 죽었다. 복수의 대상이 없어진 것이다. 복수는 가능하지 않고, 그 원인이 된 여의환의 비밀은 풀리지 않았다. 그에게 남은 것은 허무뿐이었을 것이다.

양천록의 삶이 아프게 관산호의 가슴을 파고들고 있었다. 하지만 지금 그가 할 수 있는 것은 그들에게 웃어주는 것뿐이었다. 그 웃음이 그가 그들에게 해줄 수 있는 유일한 약속의 징표였으니까.

*　　　　*　　　　*

"붕대는 이제 그만 푸세요"

창밖으로 양가장을 벗어나는 관산호의 뒷모습을 바라보던 장연령이 웃음기 묻어나는 어조로 말했다.

"그럴까?"

양천록은 씨익 웃더니 천천히 팔과 상체를 휘어 감고 있던 붕대를 천천히 풀어냈다.

"호호호, 답답하셨죠?"

그 모습이 못내 우스운지 장연령은 소매로 입을 가리며 나직하게 웃었다. 맑은 웃음소리가 방 안에 깔렸다.

"조금."

풀어낸 붕대를 탁자 위에 내려놓은 양천록은 크게 기지개를 켰다. 붕대를 풀어낸 그의 상체는 그 나이의 보통의 장정과 많이 달랐다. 어지간한 사내 허벅지만 한 굵은 팔뚝과 아름드리 나무를 연상시키는 가슴과 배의 근육은 감탄스러울 만큼 잘 발달되어 있었다. 그리고 그의 상체 어디에도 상처의 흔적은 보이지 않았다.

그의 우람한 상체를 바라보는 장연령의 볼이 능금처럼 붉어졌다. 그녀는 어색함을 떨쳐 버리려는 듯 살짝 고개를 저으며 말문을 열었다.

"이렇게 복잡하게 진행할 필요가 있나요?"

"저놈 고집을 몰라서 그래? 대놓고 제안했으면 면전에서 거절당했을 거야."

"하지만 지금은 무공을 익히려고 하잖아요. 당신이 제안한다면 호아가 받아들일 가능성도 적지 않다고 생각해요."

장연령의 말에 양천록은 생각할 필요도 없다는 듯 고개를 가로저었다.

"산호가 자란 곳은 철사보야. 규모는 크지 않지만 의협의 기본에 충실하기로 따진다면 당세에 몇 안 되는 진정한 정파 명문이지. 그런 곳에서 자란 아이가 산호라는 것을 잊지 말라구. 게다가 저 아이는 천성적으로 낭인 기질이 너무 강해서 어느 한곳에 매이는 것을 못 견뎌해. 그런 산호가 내 정체를 알고도 순순히 나를 따라나설 가능성은 거의 없다고 보는 것이 옳아. 무리하게 강행한다면 괜찮은 어린 친구 하나를 잃게 될 가능성만 커질 뿐이지."

그의 말에 장연령의 붉은 입술 사이로 가는 한숨이 흘러나
왔다.

"호아가 당신도 찾아내지 못한 권마의 절학을 과연 찾아낼
수 있을까요?"

"인연이 닿는다면 가능하겠지. 그것을 찾아내지 못한다면
산호의 운과 나와의 인연은 거기까지야."

그의 이야기를 듣고 있는 장연령의 얼굴은 어두웠다.

그녀는 물었다.

"당신은 호아에게 너무 큰 기대를 걸고 있는 것 같아요."

"현재의 내가 운신할 수 있는 범위 내에서 산호를 만난 것
은 기적에 가까운 행운이야. 선택의 여지조차 없는 상황인데
기대를 하지 않을 수는 없지."

"정말 도박이라고밖에 드릴 말씀이 없군요."

중얼거리듯 말하는 장연령의 말에 양천록은 기이한 미소
를 머금으며 말을 받았다.

"인생은 어차피 한 판의 도박과도 같은 것이니까. 산호가
권마의 절학을 찾아내지 못한다면 그 아이는 스스로의 꿈도
이루지 못하겠지. 그리고 내 꿈도 함께 허무 속에 스러지겠
지. 나 혼자서는 그들을 상대하는 것이 가능하지 않으니까.
하지만 찾아낸다면 그 아이는 자신의 꿈을 이룰 기반을 마련
할 수 있을 것이고, 나 또한 접어둔 꿈을 다시 꿀 수 있게 될
거야. 아무튼 산호가 권마의 절학을 찾아낸다면 그 아이의 성

격상 후일 어떤 형태로든 나와 이어질 수밖에 없어.”

“그것을 어떻게 확신하시나요?”

“산호는 전형적인 정파의 대협이 되기에는 지나치게 능글
맞고 생각이 많지만 대협이 가져야만 하는 어떤 자질은 넘칠
정도로 갖고 있지. 그것을 알기에 내가 이런 도박을 할 수 있
는 것이고.”

“산호가 갖고 있는 자질? 그게 뭔가요?”

“은(恩)과 원(怨)의 구분이 분명하다는 것. 산호 스스로는
아직 잘 모르는 듯하지만 그 기질이 산호의 운명을 만들어 나
갈 거야. 그리고 파천여의환은 그런 산호와 나를 이어줄 운명
의 고리 역할을 할 것이고.”

양천록은 장연령을 등 뒤에 둔 채 천천히 팔짱을 끼며 창밖
으로 시선을 주었다.

“삼 년 전 산호를 보았을 때 이미 내 운명을 건 도박은 시작
되었어. 이것은 당신 말처럼 분명 도박이야. 하지만 나는 저
아이를 믿기에 이 도박에서 내가 이길 수 있을 것이라고 확신
해.”

그는 담담한 음성으로 중얼거리듯 말했다.

장대한 그의 전신에서 가공할 기세가 피어오르기 시작했
다. 그 기세는 완전하게 개방되지 않아 밖으로 흘러나가지 않
았다. 하지만 방 안에 들어와 있던 하오의 햇살은 소스라치게
놀라 창문 밖으로 정신없이 달아나고 있었다.

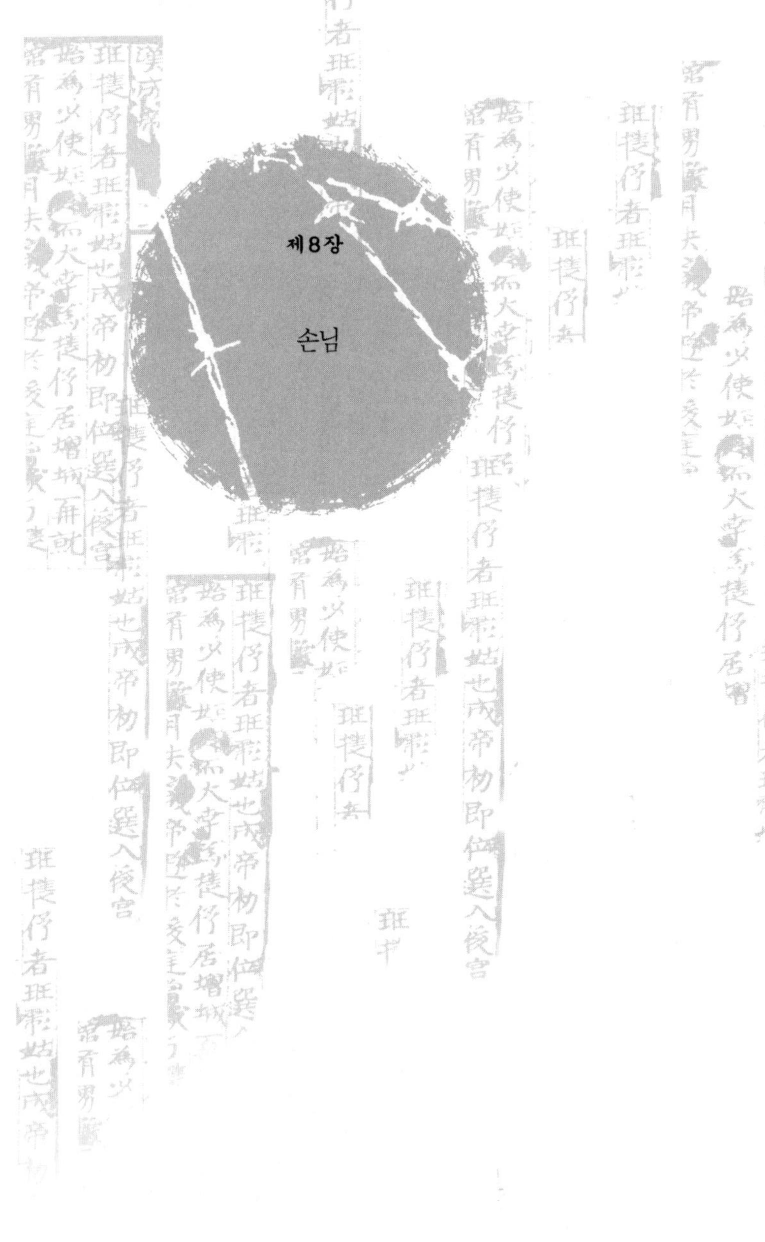

제8장

손님

鐵血無情路

"**대**사형"

대전을 휘감고 있던 신비로운 유백색의 운무가 갑작스럽게 흘러나온 음성에 놀라 미세하게 출렁거렸다. 그와 함께 영원처럼 이어질 것만 같던 대전 내의 침묵이 깨어졌다.

"왔느냐?"

"이사형이 계신 곳을 찾았습니다."

미세하게 출렁이던 운무의 움직임이 가라앉자 대전의 바닥에 한쪽 무릎을 꿇고 있는 흑색 장포를 걸친 사내의 등이 드러났다.

고개를 숙이고 있는 그의 긴 머리카락을 정수리에서 고정

시키고 있는 푸른빛 용 모양의 비녀가 구름 속의 용처럼 느껴
졌다.

"그곳이 어딘가?"

막중한 힘이 담긴 음성이 다시 대전을 뒤흔들었다. 그 음성
은 흑색 장포 사내의 정면에서 흘러나왔다. 하지만 그곳은 짙
은 운무에 휘감겨 있어 사람의 모습을 발견하는 것은 가능하
지 않았다.

"호북성 의창의 철사보라는 곳입니다."

"철사보?"

"주목할 만큼 큰 곳은 아닙니다."

"흠……."

"어찌할까요?"

"……."

흑색 장포의 사내는 입을 다물었다.

그가 할 일은 다했다.

이제는 지시를 기다려야 하는 시간이었다.

침묵은 잠시 후 깨졌다.

"둘째가 그곳에 머문 지 어느 정도 되었느냐?"

"은밀하게 생활하고 계셔서 정확하진 않으나 서너 달 이상
은 된 듯합니다."

"오래 머무는군."

"그렇습니다. 지난 십오 년 동안 이사형이 한곳에 이처럼

오래 머문 적은 처음입니다.”

“잠시 지켜보도록 해라. 그리고 그가 그곳에 머무는 이유가 무엇인지 파악해라. 내가 찾고 있는 것을 잘 아는 그가 행적이 노출되는 위험을 무릅쓰면서까지 그곳에 머물고 있음은 반드시 까닭이 있음이니.”

“알겠습니다. 하지만 실망을 안겨 드리게 될까 두렵습니다.”

“으하하하, 비록 둘째가 반 폐인이 되었다 하나 그가 지닌 능력은 나에 버금가는 것. 그런 둘째를 상대하는 일인데 네가 실패한다고 하여 너를 추궁하겠느냐? 추궁하려 했다면 지난 십오 년 동안 네게 둘째의 추적을 맡기지도 않았으리라. 최선을 다하라. 성패는 그 다음의 문제다.”

“감사합니다, 대사형.”

흑색 장포의 사내는 감복한 듯 깊숙이 허리를 숙이며 대답했다.

잠시 기다려도 예의 음성이 들려오지 않자 사내는 자리에서 일어섰다.

대사형은 떠난 것이다.

‘이사형, 이사형은 왜 그렇게 떠나신 겁니까? 소제는 아직도 이사형을 이해할 수가 없습니다. 대사형께서는 예전 이사형이 바라시던 모습으로 변하셨는데 왜 이사형은 대사형으로부터 계속 도망 다니시려 합니까?

사내는 내심 깊이 탄식하고 있었다.

＊　　　＊　　　＊

"오빠, 어디 갔다 왔어?"

양천록과 헤어져 미시 말(오후 3시경)에 철사보로 돌아온 관산호를 반긴 것은 날 선 강예령의 목소리였다.

"왜? 무슨 일 있어?"

관산호는 어리둥절한 표정으로 물었다.

현관 문 앞에서 그를 맞는 강예령의 얼굴은 진심으로 화난 표정이었다. 그에게 어리광을 자주 피우는 그녀지만 화난 표정은 일 년에 한 번도 보기 힘들다. 그로서는 어리둥절해지지 않을 수 없는 일이었다.

"아버지가 많이 찾으셨단 말이야!"

"아버님이? 왜?"

"손님이 오셨는데 그 사람들 만나는 자리에 오빠도 데리고 가고 싶어하셨는데……. 칫!"

강예령의 말을 들은 관산호의 얼굴도 진지해졌다.

강풍양은 관산호의 사생활에 대해 지나치다 싶을 만큼 관대해서 무공에 대한 것, 그리고 우문 선생의 독습과 같은 정해진 일과만 어기지 않는다면 거의 간섭을 하지 않았다. 물론 그것은 관산호가 건실하게 자라준 데 대한 믿음이 깔려 있는 것이었다.

그래서 강풍양이 관산호를 직접 찾는 경우는 극히 드물었는데, 그런 경우가 생긴다면 그에 상응하는 이유가 반드시 있었다. 그것을 아는 관산호였기에 안색이 진지해진 것이다.

"어디 계시냐?"

"영웅사자전(英雄獅子殿)에."

"형님도?"

"응."

강예령의 말이 끝나자마자 관산호는 신형을 돌렸다.

"지금 가려고, 오빠?"

"가봐야지."

"늦었어. 점심 식사가 끝났을 때쯤 찾으셨으니 지금은 끝날 시간인걸."

강예령의 말이 그의 등 뒤에 이어졌지만 관산호는 걸음을 멈추지 않았다.

영웅사자전은 철사보에 중대한 사안이 있을 때만 열리는 대회의장이다. 때문에 그 문을 열 수 있는 권한은 단씨 일가에만 있다. 그곳에 강풍양이 가 있다는 것은 보주인 단규천도 있다는 것이고, 그것은 찾아온 손님의 신분이 범상치 않다는 것을 뜻했다. 그런 장소에 강풍양이 그를 불렀으니 늦었어도 가지 않을 수 없었다.

영웅사자전은 철사보의 내원에 있고, 강씨 일가의 집과는 약 이백여 장 떨어져 있었다.

내원의 대문을 호위하는 무사들에게 가볍게 인사를 한 후 내원으로 들어선 관산호는 빠른 걸음으로 영웅사자전을 향해 걸었다.

무슨 일인지 알 수는 없었지만 강풍양이 그처럼 여러 차례 자신을 찾았다는 말을 들은 그는 마음이 급했다. 그는 뛰듯이 걸었다. 하지만 너무 늦은 듯했다.

영웅사자전의 입구에 도착해 문으로 향한 계단에 막 발을 딛던 관산호는 걸음을 멈추었다.

영웅사자전의 입구에 서 있던 사람들 중 중년인이 손짓으로 그를 막은 때문이다. 그의 좌우에는 호위무사 네 명이 각 이 인 일 조로 문의 양옆을 지키고 있었는데 그것은 평소에는 볼 수 없는 모습이었다. 회의가 있어도 호위무사들이 사자전을 지키는 경우는 거의 없었다. 그것만으로도 오늘의 손님들이 갖는 무게를 충분히 짐작할 수 있었다.

관산호는 걸음을 멈추고 중년인을 향해 고개를 숙여 인사하며 말했다.

"총관님, 아버님이 찾으셨다고 해서 왔습니다."

살이 많아 전체적으로 둥글둥글한 인상의 중년인은 살짝 눈살을 찌푸리며 말문을 열었다.

"늦었다. 지금 들어가는 것은 결례야. 기다려라."

철사보의 대내외 일반 업무를 총괄하고 있는 총관 장원국의 말에 관산호는 나직하게 한숨을 내쉬었다. 고집을 부릴 수 있는 일이 아니었다.

그때 사자전의 문이 열리며 십수 명의 사람이 계단을 걸어 내려왔다. 관산호는 그들 속에서 강풍양과 강천기의 모습을 찾을 수 있었다.

문을 열고 나오다 계단 위에 서 있는 관산호를 발견한 강풍양의 시선이 날카로워졌다.

"늦었습니다, 아버님."

관산호는 계단에서 비켜서며 강풍양을 향해 깊숙이 고개를 숙였다.

"음."

간단하게 그의 인사를 받은 강풍양은 시선을 다른 곳으로 돌렸다.

그의 옆에는 가슴까지 늘어진 탐스러운 검은 턱수염이 인상적인 중년인이 서 있었는데 그의 시선은 그 중년인을 향해 있었다.

가슴 부위에 거대한 황금빛의 사자가 수놓인 흑의를 걸친 중년인은 사각이 진 얼굴에 육 척 장신의 단단한 체구여서 위맹한 분위기가 절로 풍겨 나왔다. 그가 당대의 철사보주인 천성검 단규천이었다.

단규천의 좌우에는 강풍양을 비롯해 삼남일녀의 중년인들이 단규천을 호위하듯 걷고 있었고, 그들의 두세 걸음 뒤에는 단무혁과 단유화, 그리고 그 또래의 젊은 남녀 육칠 명의 모습이 보였다.

그들은 철사보의 오대가신과 그들의 후예들이었다. 그들은 어른들과 두세 걸음 떨어진 뒤에서 긴장된 신색으로 따라 내려오고 있었다.

관산호는 평소 조금 버릇없다 싶을 정도로 어른들과 가까운 그들이 그처럼 긴장된 모습을 유지하는 이유가 단규천과 어깨를 나란히 하며 걷고 있는 사람들 때문임을 단숨에 알 수 있었다.

관산호는 처음 보는 사람들의 면면을 차분한 시선으로 훑어보았다. 그들은 삼남이녀였는데, 도사 차림의 중년인 한 명과 문사 차림의 역시 중년인 한 명, 그리고 왼손에 고색창연한 검을 든 백의 무복 차림의 훤칠한 약관의 청년 한 명과 눈이 부실 만큼 아름다운 십칠팔 세가량의 소녀 두 명이었다.

관산호가 손님들을 살펴보는 사이 단규천은 장원국에게 지시를 내리고 있었다.

"손님들을 사군자원으로 모시도록 하게."

사군자원은 철사보에서 귀한 손님들을 머물도록 하는 곳이다.

"알겠습니다."

장원국은 읍을 하며 대답했다.

장원국에게서 시선을 돌린 단규천은 오른편의 도인에게

고개를 돌리며 말을 이었다.

"정명 도장, 며칠 푹 쉬시지요. 사흘 후에 뵙겠습니다."

청수한 풍모의 중년 도사는 오른손에 들린 불진을 들어 예를 표하며 단규천의 말을 받았다.

"허허허, 그러지요, 보주님. 사군자원의 아름다운 풍경은 강호에 유명하니 간만에 마음놓고 푹 쉴 수 있으리라 생각합니다."

정명이라 불린 도사가 단규천 일행에게 예를 표하자 그 옆의 중년 무사와 젊은 남녀 또한 마찬가지로 예를 표한 후 장원국의 안내를 받아 영웅사자전을 떠났다.

그들의 모습이 사라지고 난 후 단규천은 굳은 안색으로 강풍양을 비롯한 가신들을 돌아보았다.

철사보는 단중렴과 다섯 명의 의제가 연합해서 건설한 무가다. 지금 그의 주변에 있는 다섯 명이 그 다섯 의제의 후손들이자 이제는 단가의 다섯 기둥 역할을 하고 있는 사람들이었다.

철사보의 대외 무력투사를 담당하며 최강의 무력을 보유하고 있는 외단 철사자단주 강풍양.

단가의 경호와 철사보 자체 경비를 담당하는 내단 사자원주 담운성.

정보를 담당하는 사자밀각주 갈송.

상업을 담당하는 사자상단주 노일범.

사대가신의 업무를 총괄하며 철사보의 재산과 경영을 담당하는 사자풍림주 목인걸.

그들을 바라보는 단규천의 시선은 유현하게 가라앉아 있었다.

"저들의 제안에 대해 의논을 해봅시다."

"예."

강풍양과 다른 네 명의 가신은 간단한 답변과 함께 고개를 끄덕였다. 그들은 다시 영웅사자전 안으로 들어갔다.

영웅사자전의 문이 닫히자 강천기가 관산호에게 다가왔다.

"어디 갔었나?"

꾸짖는 어조였다.

강예령에 이어 만난 강천기조차 별로 좋은 안색이 아닌 것을 본 관산호는 뒷머리를 긁적였다.

"죄송합니다, 형님. 시내에 잠시 나갔었습니다."

"양가장에 갔었느냐?"

"예."

그의 대답을 들은 강천기는 눈살을 찌푸리며 말했다.

"양천록은 흑사회에 몸담고 있기에는 아까운 인물이기는 하지만 가까이 하기엔 가는 길이 우리와 너무 다르다고 여러 번 말했거늘……."

"……."

강천기의 말에 관산호는 아무 말도 하지 않았다.

의창이 터전인 철사보의 정보망은 타 지역이라면 다른 무가에 비해 약할지 모르지만 의창 내에서는 타의 추종을 불허한다. 게다가 양천록과 그와의 관계는 비밀이라고 할 것도 없어서 알 만한 사람들은 다 알았다.

그의 고집을 잘 아는 강천기는 나직한 한숨과 함께 단무혁에게 시선을 옮겼다.

그의 시선을 받은 단무혁이 말문을 열었다.

"우리로서는 어른들의 결정을 기다릴 수밖에 없다. 어르신들의 결정이 내려질 때까지 모두 돌아가 근신하도록 하자. 그들이 머무는 동안 개인 행동은 가급적 자제하도록 하고."

"알겠습니다."

단무혁의 말에 모두가 고개를 끄덕이며 일제히 대답했다. 단무혁의 시선이 관산호를 향했다.

"너도 밖으로 돌아다니지 말고 집에 머물도록 하고. 이유는 돌아가서 천기에게 듣거라."

"알겠습니다, 소보주님."

강천기와 다른 사람들이 일제히 대답했다.

단무혁은 단가와 가신 가문을 통틀어 이세대 후예 중 가장 나이가 많을 뿐만 아니라 일견 유약해 보이는 외모와는 달리 과단성과 통솔력이 있어서 이세대의 후예들은 그를 믿고 따랐다.

집으로 돌아온 강천기는 관산호를 데리고 방으로 갔다. 그들을 기다리던 강예령도 쪼르르 그들을 따라 들어왔다.

"그들은 누굽니까, 형님?"

궁금증을 참지 못한 관산호는 자리에 앉자마자 강천기에게 물었다.

자신을 바라보는 관산호와 눈을 마주친 강천기가 말문을 열었다.

"그들은 중원무련(中原武聯)의 인물들이다."

"무련이요?"

뜻밖의 대답에 놀란 관산호가 되묻자 강천기는 고개를 끄덕였다.

"그래. 도사 차림의 인물은 무당의 일대제자인 정명 도장이고, 문사 차림의 인물은 신분은 정확하게 모르겠다만 제갈세가의 인물로 제갈현이라고 하더군. 정명 도장과 어깨를 나란히 하고 있었으니 그 또한 제갈세가에서 그에 어울리는 직위에 있는 인물일 것이다. 그리고 젊은 남녀들은 무련에서 키우고 있는 차세대 인물들이라는데 이름이 서문찬, 서문하경, 제갈혜라는 것 외에는 아는 바가 없다. 내 강호 견식이 일천하지만 동배의 인물들 중 이름난 자들은 대충 알고 있는데도 들어본 적이 없는 이름들이니 강호 활동을 하지 않는 인물들인 듯하고, 내 느낌으로는 아마 수련 중에 잠시 외유를 하는 인물들인 듯했다. 하지만 기도가 평범하지 않고 정명 도장이

나 제갈현이라는 인물도 그들에게 함부로 대하지 않는 태도였으니 신분이 범상치 않을 것이다.”

“공식적인 방문입니까?”

“그렇지는 않다. 아버님의 말씀으로는 그들은 방문하기 한 시진 전 수하를 통해 방문 통보를 해왔다고 하시더군.”

“비공식이라… 그런 인물들이 왜 우리 보에?”

관산호는 고개를 갸우뚱하며 의아한 얼굴로 물었다.

그의 의문은 당연했다.

마도에 구중군마천이 있다면 정도에는 중원정도무인연합, 약칭 중원무련이 있다.

당대 무림에서 그만한 평가를 받을 만한 위상을 점하고 있는 초강 세력이 중원무련이었다.

밤하늘에 빛나는 별만큼이나 많은 것이 무림의 문파이다. 그중에서 양대 강세 중 하나로 꼽히는 중원무련이니 그 지닌 바 힘과 영향력은 두말할 필요 없을 만큼 강력하다. 하지만 중원무련의 역사는 그 힘과 영향력에 비해 대단히 짧았다.

중원무련은 십여 년 전 팽창 일로를 걷는 구중군마천을 견제하기 위해 유수의 명문정파 여럿이 연합하여 결성한 단체이다. 비록 전통의 구파일방과 육대세가 전부를 아우르지는 못했지만 그들 중 상당수가 참여하면서 불과 십여 년 만에 중원 정도를 대표하는 최강의 세력으로 발돋움했다.

비록 철사보가 호북 무림에서는 상당한 명성을 갖고 있지만 중원무련과 비교하는 것은 불가능했다. 비교 자체가 의미 없을 만큼 그 역량의 차이가 현격한 것이다. 그런 곳에서 철사보를 방문했으니 의문이 생길 수밖에.

관산호의 눈길을 받은 강천기는 진지한 안색으로 말문을 열었다.

"지금까지 난 중원무련에 대해 다른 세상의 사람들이라고만 생각해 왔는데 그들은 우리를 그리 멀게 생각하지 않았던 듯하다."

긴장이 되는 듯 강천기는 침을 삼키며 말을 이었다.

"오늘 온 사람들의 대표는 무당의 정명 도장이었다. 그는 무당십이검객 중 일인이고, 무림 중의 명성은 본 보의 보주님보다 더한 인물이다. 대표 자격은 충분하지."

관산호를 바라보는 강천기의 눈매가 가늘어졌다.

"그분들과 보주님, 그리고 아버님이 만나는 자리에 젊은 우리가 참석한 것이 크게 이례적인 일이라는 것쯤은 너도 짐작할 것이다."

강천기의 말에 관산호는 고개를 끄덕였다.

강천기의 말처럼 그것은 예에 어긋나는 것이어서 그도 이상하게 생각했던 바이다.

강천기의 말은 계속되었다.

"우리가 그 자리에 참석한 것은 그쪽에서 방문 통보를 하면서 우리의 참석을 요구했기 때문이다. 그 자리에서 제갈현이라는 인물에게 설명을 들었기에 그들이 우리의 참석을 왜 원했는지 알게 되었지만 보주님과 아버님은 그들의 요구가 아니라도 우리를 그 자리에 참석케 하려 하셨던 것 같다. 젊은 우리들이 중원무림의 허리를 구성하고 있는 유명 인사와 안면을 틀 기회가 흔한 건 아니니까. 그래서 아버님께서 너를 찾으셨던 것이고."

"죄송합니다."

관산호는 미안한 얼굴로 고개를 숙였다. 그런 그를 바라보는 강천기의 눈매가 부드러워졌다.

"네 탓이 아니다. 그들의 방문이 갑작스러웠던 것이니까. 사전 통보가 있었다면 너도 그들의 방문을 알았을 것이고, 그랬다면 네가 밖으로 나가지도 않았겠지."

관산호는 어느새 궁금한 빛을 지우고 차분한 표정으로 강천기의 이야기에 집중하고 있었다.

강천기는 그런 관산호를 보며 내심 고개를 끄덕이고 있었다.

인내심.

궁금한 것이 있어도 중간에 상대의 말을 끊지 않고 끝까지 듣는 것도 하나의 능력이다. 그리고 그것은 피가 끓는 십대가 갖고 있기에 진정 어려운 능력에 속한다.

관산호의 인내심은 강천기가 감탄할 정도로 특출난 데가 있었다.

"최근 구중군마천의 무력 증강이 중원무련 측에서 우려할 정도로 활발해졌다는 첩보가 입수되었다고 한다. 그렇다고 그들이 무련에 대해 어떤 도발을 하는 징후가 포착된 것은 아닌 것 같다만 중원무련 측에서도 군마천의 강대해져 가는 무력에 대한 대비를 할 필요성을 느껴 일군의 무사 집단을 키울 계획이라고 한다. 우리를 방문한 것은 본 보의 후예 중 그 무사 집단에 투신할 자질있는 젊은이를 추천해 달라고 요청하기 위해서이고. 어르신들의 기색을 보아서는 무련의 제안이 그리 놀라운 것 같지는 않았다. 뭔가 정보를 알고 계신 것 같았어. 하지만 놀라지는 않아도 당황하신 기색은 역력했다. 그 이유를 정확하게 알 수는 없지만 나는 어르신들에게서 무련이 우리를 방문하리라고는 예상하지 않으셨던 것 같은 느낌을 받았다."

강천기의 이야기가 끝이 났다.

강예령은 지루함을 참을 수 없다는 표정으로 강천기의 이야기가 진행되는 도중 방을 나갔다. 하지만 관산호는 전혀 지루한 표정이 아니었다.

두 사람은 잠시 침묵 속에서 생각에 잠겼다.

먼저 말문을 연 사람은 관산호였다. 그는 굵은 눈썹을 잔뜩 찌푸리며 물었다.

"형님, 무련이 뭐가 아쉬워서 우리와 같은 군소 문파의 후예를 받아들여 키우려 하죠? 이해하기 어렵군요."

“나도 그렇다.”

강천기의 얼굴에도 의아함과 곤혼스러움이 뒤섞인 표정이 떠올라 있었다.

“아무튼 요청이라……. 형식은 그렇지만 보주님이 거절하기 어려운 요구로군요.”

관산호의 말에 강천기는 고개를 끄덕였다.

“그래. 비록 우리가 중원무련에 가입되어 있지 않다고는 하지만 같은 정도를 걷는 문파다. 우리가 그들의 제안을 거절하게 되면 무련은 우리를 곱게 보지 않을 것이고, 당대 정도무림에서 무련의 영향력을 무시할 수 있는 개인이나 문파가 극소수에 불과하다는 것을 생각하면 그것은 장기적으로 볼 때 본 보가 정파에서 소외될 가능성도 있다는 뜻이 된다. 게다가 장강의 상황이 심상치 않은데 후일 우리가 장강과 전쟁이라도 벌이게 되었을 때 정파의 인물 중 아무도 우리를 돕지 않을 수도 있어.”

장강이 통일되고 비연채만이 아닌 장강수로연맹과 확전하게 되면 철사보 단독으로 장강과 전쟁하는 것은 불가능하다. 만일 그런 전쟁이 된다면 철사보는 불을 찾아드는 불나방처럼 산화할 것이 분명했다. 이란격석(以卵擊石:계란으로 바위치기)인 것이다.

“그거 최악의 가정인데요, 형님.”

관산호는 쓴웃음을 지으며 말했다.

강천기는 고개를 끄덕이며 관산호의 말을 받았다.

"그렇지. 하지만 언제든 현실화될 수 있는 가정이기도 하다. 중원무련은 그만한 힘을 갖고 있으니까."

"명색이 정파 아닙니까? 이해관계에 휘둘려서야 의협의 길을 걷는다고 할 수 있겠습니까?"

이번에는 관산호의 말을 들은 강천기가 쓴웃음을 지었다.

"세상사가 네 생각처럼 흘러간다면 고민할 필요도 없겠지. 무림은 형성기부터 강자존이라는 피의 율법이 지배해 온 곳이야. 힘이 없으면 이상을 말할 자격도 없는 그런 냉정한 곳이지. 게다가 중원무련은 수십 개의 문파가 연합하여 만든 단체라는 걸 잊지 마라. 그들에게 이해관계에 휘둘리지 않는 의협지로를 기대하는 것은 어리석어."

"흐흐흐, 형님. 갑자기 오십 년은 더 나이 들어 보입니다."

강천기의 말을 듣던 관산호가 괴이한 웃음소리와 함께 불쑥 말했다.

"뭐?"

그 말에 강천기는 눈을 부라렸다.

"흐흐흐, 말만 들으면 산전수전 다 겪은 노강호가 은퇴해서 키운 제자가 강호로 나갈 때나 할 법한 말 아닙니까?"

"이 자식이!"

관산호의 말에 얼굴이 벌게진 강천기가 주먹을 들어 관산호의 머리를 내려쳤다.

스윽.

하지만 피식 웃은 관산호가 상체를 뒤로 훌떡 젖히면서 그의 주먹은 맥없이 허공을 쳤다.

어차피 장난으로 내지른 주먹이다.

강천기는 손을 거두며 다시 진지해진 얼굴로 입을 열었다.

"보주님과 아버님을 비롯한 숙, 백부님들의 회의 결과를 기다리자. 무혁 형님을 비롯해 모두 자기 의견을 갖고 있지만 이번 건은 우리가 나설 일이 아니라는 것이 무혁 형님의 결론이고, 나도 형님의 의견에 동의한다. 당대의 무림 정세에 대해 우리가 모르는 부분도 어르신들은 잘 알고 계실 테니까. 어르신들이 어떤 결론을 내리든 그것은 보를 위한 최선의 선택일 것이니 우리로서는 따르는 것이 도리다."

관산호는 고개를 끄덕였다.

강천기의 말이 옳았다.

중원무림의 인물들이 철사보를 찾아온 의도가 그러하다면 젊은 사람들이 나설 일은 아닌 것이다.

*　　　　*　　　　*

"오라버니, 사자전에서 만난 젊은 사람들 중 눈에 들어오는 사람이 있었나요?"

반짝이는 눈으로 다탁 맞은편의 서문찬을 보고 있던 제갈혜가 물었다.

그들이 차를 마시고 있는 곳은 사군자원의 후원 정자였다.

비록 크지는 않으나 아담한 연못과 오악의 형상을 모방한 가산들이 적절히 배치된 사군자원의 후원은 호북성에서 가장 아름다운 후원 중 하나로 꼽히는 곳이었다.

서문찬은 미소가 담긴 눈길로 제갈혜를 응시했다.

제갈혜와 그 옆의 서문하경은 련에서 그와 함께 수련하는 여인들 가운데에서도 이 자리에 없는 백리빙과 더불어 삼미(三美)라 불리는 절세의 미인들이었다. 그리고 서문하경은 그의 사촌 누이동생이기도 했다.

그는 마시던 찻잔을 다탁 위에 내려놓으며 말문을 열었다.

"단무혁 외에는 눈에 들어오는 사람이 없었다. 단무혁의 자질도 그리 마음에 든다고 할 정도의 것은 아니었지만 그중에서는 그래도 그가 가장 나아 보이더군."

말을 마치고 입을 다무는 서문찬의 모습이 그림처럼 단아해서 제갈혜는 내심 탄성을 토했다.

이제 스물넷의 서문찬은 사내라고는 믿어지지 않을 정도로 수려한 외모의 소유자여서 어딜 가나 시선을 한 몸에 받았다. 게다가 그는 유서 깊은 무림세가의 장자로 태어나 어린 시절부터 최고 수준의 교육과 수련으로 단련되었고, 자질도 타고난 터라 무공과 학식 어느 것도 비슷한 연배의 인물들 중에서는 따라올 사람이 없다는 평가를 받는다.

한 가지 단점은 초일류의 환경에서 자란 사람들 대부분이 갖고 있는 오만함과 권위 의식을 그 또한 갖고 있다는 것이었지만 그의 자질과 배경은 그런 오만함과 권위 의식조차도 단점으로 보이지 않게 만들 만큼 뛰어난 것이었다.

당연히 서문찬은 젊은 여인들의 선망의 대상이 되었다.

"저는 우리가 사자전을 나설 때 문밖에 서 있던 소년이 인상적이었어요."

차분한 음성으로 말문을 연 사람은 서문하경이었다.

제갈혜의 성격이 활달하고 밝은 편이라면 서문하경은 말수가 별로 없고 차분한 편이었다.

"그 멀대같이 큰 꼬마?"

제갈혜는 고개를 갸우뚱하며 물었다.

그녀가 언급한 사람은 물론 관산호였다. 관산호의 외모는 실제 나이보다 서너 살은 더 들어 보였지만 그것은 일반인이 보았을 때였다. 상승무공으로 단련된 사람들의 눈썰미는 보통 사람의 그것과는 차원이 다르다. 그들 중 관산호의 실제 나이가 십오 세가량이라는 것을 눈치 채지 못한 사람은 아무도 없었다.

멀대라는 제갈혜의 표현에 가벼운 미소를 지은 서문하경이 고개를 끄덕이며 말했다.

"나이에 비해 균형이 잘 잡힌 몸매였어. 타고난 것도 있겠지만 무공을 배운 사람들도 그 나이에 그런 몸을 갖기는 쉽지 않잖아?”

“강 단주가 참석하지 않은 둘째아들이 있다고 했는데 당시 첫째아들인 강천기의 태도로 보아 그가 아마 강 단주의 둘째아들일 거다.”

서문하경의 말을 받은 것은 서문찬이었다.

“경매의 말처럼 잘 발달된 몸이었고, 단무혁에 비견할 수 있는 자질이 있어 보였지만 무공을 익힌 흔적이 없었다. 왜 그런 체격 조건의 아들에게 강 단주가 무공을 가르치지 않았는지 조금 이상하긴 하지만 어쨌든 그 둘째아들은 이미 늦었어. 그 나이에 무공을 시작해서 상승무공을 배우는 것은 희대의 천재가 아니라면 거의 불가능한 일이니까.”

십오 세면 몸의 근골이 굳기 시작하고, 몸에 쌓인 탁기로 인해 무공을 배울 터전인 근기의 흐름이 흐트러지고도 남는 나이다.

“오라버니도 이상하게 생각하셨어요?”

고개를 갸웃하며 대화에 끼어든 사람은 제갈혜였다.

“저도 그 소년을 보았을 때 조금 의아했어요. 오라버니의 말씀처럼 저도 그 소년에게서 무공을 익힌 흔적을 발견하지 못했거든요.”

서문하경은 말없이 고개를 끄덕였다. 제갈혜가 느낀 것은 그녀 또한 느낀 바였다. 하지만 관산호에 대한 그들의 관심은 곧 시들었다. 중견 무림세가의 후예, 그것도 가신의 차남이라는 관산호의 신분은 그녀들의 관심을 지속시키기엔 너무 보잘것없는 것이었다.

"그런데 철사보는 다른 세가들과는 분위기가 조금 다른 것 같지 않았나요?"

제갈혜의 질문은 서문찬을 향했지만 이어지는 말은 서문하경의 입에서 나왔다.

"저도 그렇게 느꼈어요. 지금까지 우리가 방문했던 다른 세가에서는 련에서 내놓은 조건을 들으면 모두 반색하며 기꺼이 우리 제안을 받아들였는데 이곳 보주님과 가신들은 그리 내켜 하지 않는 기색이었거든요."

"그렇지. 이상한 일이야. 무당을 비롯한 무련의 핵심 문파들이 비전무공의 일부를 련에 기부해 이번에 입련하는 사람들에게 가르칠 것이고, 기부한 무공을 익힌 사람들 중 원하는 사람들은 무련 핵심 문파의 정식 제자로 받아들일 것이라는 제안은 정말 그들에게는 삼생을 거쳐도 만나기 어려운 기연이 다름없는 것인데."

제갈혜는 이상하다는 표정으로 서문하경의 말을 받았다.

그녀들의 말에 서문찬도 동의한다는 듯 고개를 끄덕이며 입을 열었다.

"이곳에 도착하기 전 제갈 숙부께서도 철사보의 반응이 다른 곳과는 다를 수 있다고 말씀하셨다."

그의 말에 제갈혜와 서문하경은 눈을 반짝이며 귀를 기울였다. 그런 그녀들을 향해 서문찬이 말을 이었다.

"철사보를 세운 철협 단중렴은 자존심이 무척 강한 사람이었다고 한다. 그래서인지 그가 철사보를 세운 후 지금까지 단씨 가문은 비연채와의 전쟁 당시 무당파의 중재를 받은 것을 제외하고는 어떤 큰일이 있어도 외부에 도움의 손길을 요청한 적이 없을 만큼 독립적으로 보를 경영하는 것이 체질화되어 있다고 하시더군. 그리고 제갈 숙부는 철사보가 지금까지 작은 풍파는 겪은 적이 있어도 근 일 갑자의 세월 동안 탄탄대로를 걸으며 성장해 왔기 때문에 굳이 련과 직접적인 인연을 맺을 필요를 느끼지 않을 수도 있다고 하셨다. 내 생각으로는 아마도 그 때문이 아닌가 싶다."

그의 말에 잠시 시선을 내려 생각에 잠겨 있던 서문하경이 물었다.

"그럼 오라버니는 철사보 측에서 련의 제안을 거절할 수도 있다고 생각하시는 건가요?"

"하하하, 그렇지는 않다."

서문찬은 자신에 찬 웃음과 함께 고개를 저으며 말했다. 그의 눈가에는 엷은 비웃음이 떠올라 있었다.

"비록 이번 행사가 공식적으로 진행되는 것은 아니지만 련에서 많은 사람들을 중원의 군소 문파에 보내 자질있는 후기지수들을 모아 강력한 무사 집단을 양성하려 한다는 것은 이미 일정 규모 이상의 문파를 경영하는 인물들 사이에는 소문이 많이 나 있는 상태다. 우리가 사람을 보내지 않았음에도 자신들의 후인을 련에 보내고 싶다는 의사를 전하고 있는 문파도 많고. 철사보 정도의 규모와 명성을 얻은 문파라면 우리의 행사와 다른 군소 문파가 어떻게 움직이고 있는지 상황을 모르고 있었을 리 없지. 모르고 있었다면 어리석은 자들이고. 이런 상황에서 철사보에서 련과 인연을 맺지 않는다면 그것은 후일 정파에서 고립을 자초하는 어리석은 결정이 될 수밖에 없다. 철사보의 인물들 중 조금이라도 생각할 줄 아는 머리를 가진 사람이 있다면 우리의 제안을 거절하지 못할 것이다."

그는 잠시 말을 멈추고는 부드러운 눈길로 두 여인을 바라보다가 말을 이었다.

"게다가 련에서는 련과 인연을 맺고 싶어하는 군소 문파의 사람들에게 그 인연을 맺을 기회를 줄 뿐이지 오고 싶어하는 사람을 모두 받아들이겠다는 것도 아니고."

"입련(入聯) 시험(試驗)이 모종의 역할을 할 것이라는 말씀이세요?"

제갈혜가 재미있다는 듯 웃으며 물었다.

서문찬은 고개를 끄덕였다.

"그렇다. 제갈 숙부의 말씀으로는 입련 시험은 공개적으로 이루어질 예정이라고 하더구나. 그것은 타 문파의 사람들이 있는 곳에서 자신의 문파가 지닌 역량을 증명받는 자리가 된다. 그 시험이 있기 때문에 우리의 제안을 받은 문파는 더욱 거절을 못한다. 거절하면 입문 시험을 통과할 자질있는 후예가 없어 시험도 치르지 않았다는 소문이 날 것이고, 그것은 군소 문파의 입장에서 치명적인 오명이 되니까. 반대로 그 시험을 통과하고 련에 들어가는 후인을 둔 문파는 상당한 명성을 얻을 수 있게 된다. 우리의 공식적인 방문, 그리고 입련 시험 통과로 얻은 명성, 이어지는 련 내에서의 수련과 인맥 형성은 군소 문파에게는 미래를 위해 놓칠 수 없는 기회인 거지. 나는 철사보에서도 그런 여러 가지를 고려할 것이고, 결국 우리의 제안을 받아들일 수밖에 없을 것이라고 생각한다."

그의 음성은 자신에 가득 차 있었다. 그렇게 믿고 있었기 때문이다. 그리고 그의 믿음은 당대 무림에서 중원무련이 갖고 있는 힘과 영향력에 기반하고 있는 것이기에 그를 배신할 가능성이 없었다.

사군자원의 정원을 둘러싸고 있는 담장 너머로 조금씩 붉게 물들어가고 있는 서편 하늘이 내려앉고 있었다.

제 9 장

반감(反感)

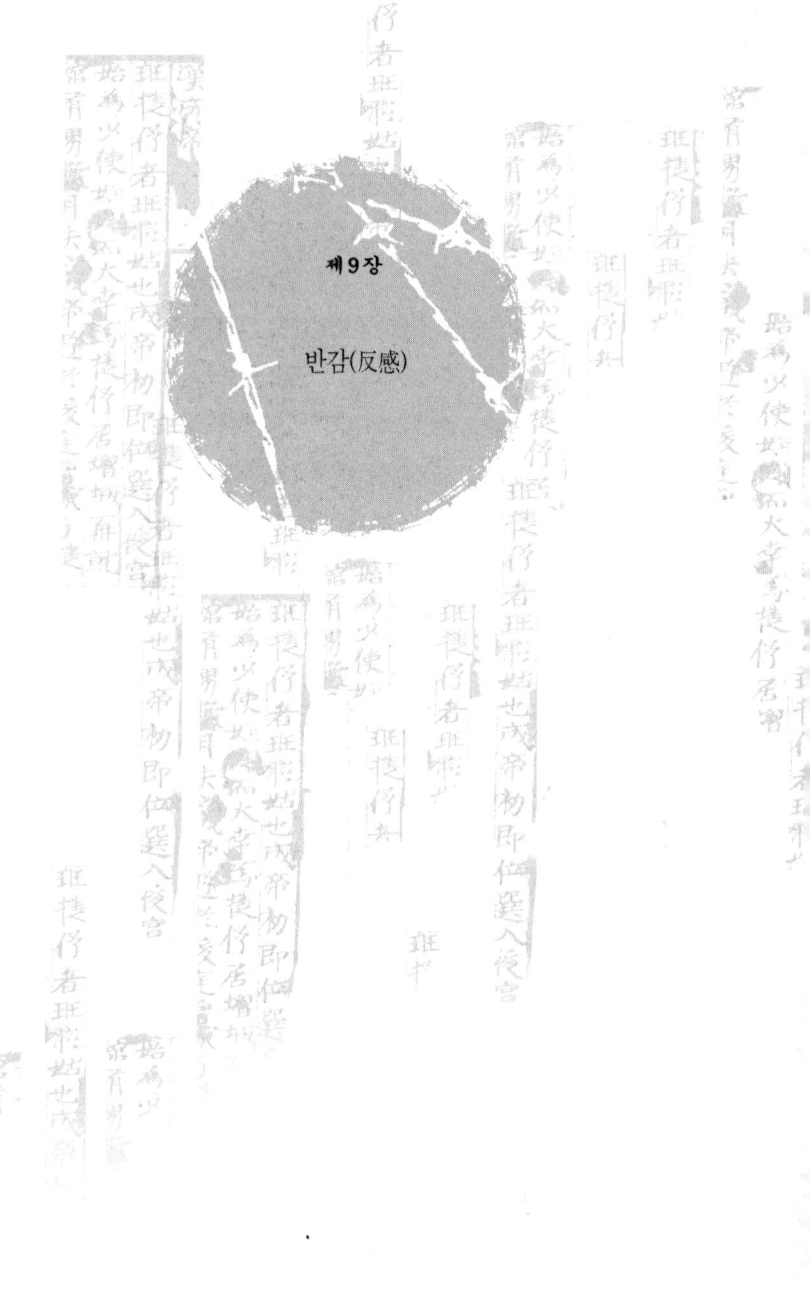

鐵
血
無
情
路

"잠시 후에는 정명 도장 일행을 만나야 하니 이제 사흘간의 회의를 정리하도록 하세."

단규천은 원형의 탁자에 빙 둘러앉은 다섯 명의 의형제이자 가신들을 훑어보며 말했다. 그들만이 모인 사석에서 그들의 호칭은 형제였다. 지금 그들이 모여 있는 곳은 단규천의 집무실인 철사자전(鐵獅子殿)이었다.

"……."

단규천의 말에 강풍양을 비롯한 다섯 명은 말없이 고개를 끄덕였다.

그들은 지난 사흘 동안 중원무련에서 그들에게 내놓은 제안을 어떻게 받아들이고, 또 어떤 결정을 내려야 하는지 회의를 해왔다.

"본 보는 조부님께서 창업하신 이래 주변의 어떤 강세에게도 의지하지 않으며 미래를 개척해 왔네. 본 보를 경영하며 다른 세력과 타협하고 협상하여 합종연횡하는 것은 언제든 있을 수 있는 일이고 과거에도 여러 차례 그런 전력이 있네만, 최근 무련의 움직임은 그런 형태가 아니라 거미줄처럼 군소 문파를 옭아매려는 저의가 있는 것이 아닌가 의심스러워. 현재의 시점에서 확연하게 드러난 것은 없지만 만사불여튼튼, 최악의 상황을 가정하고 대비책을 만들어두어야 할 필요성은 우리 모두가 느끼는 것일세. 이제 그들이 진정으로 원하는 것이 무엇인지 정리를 해보세. 아우 자네가 먼저 정리를 해주게나."

정보를 책임지는 사자밀각주이자 가신들 중 가장 연장자인 갈송을 바라보는 단규천의 눈빛은 차갑게 가라앉아 있었다.

갈송은 사자밀각을 맡고 있음과 동시에 철사보의 책사 역할을 하는 사람이다. 그의 정보 수집과 분석, 정세 판단 능력은 대단해서 단규천은 그의 말이라면 팥으로 메주를 쑨다고 해도 믿을 정도로 그를 신임했다.

"중원무련에서 이번에 본 보와 다른 중소 규모의 문파들에게 한 제안은 겉으로 드러난 단기적인 목적과 드러나지 않은 장기적인 목적이 혼합되어 있다고 판단됩니다.”

대답하는 갈송의 음성은 나직했다. 직책 때문인지 그는 평소에도 큰 소리를 내는 법이 없고 흥분하는 경우는 연중 한 번도 드물다. 그를 아는 사람들은 그것을 직업병이라고 했다.

그는 자신에게 집중된 시선을 차분하게 받으며 말을 이었다.

“단기적인 목적은 그들이 공식적으로 밝힌 것처럼 구중군마천의 팽창을 견제하기 위해 필요한 만큼의 무력을 증강하는 것입니다. 그들이 원하는 재원이 이십대를 전후한 나이의 무공 기초가 튼튼한 젊은이들이니 십 년 후면 그들로 구성된 상당한 규모의 무력 집단을 만들어낼 수 있을 것입니다.”

“십 년이 단기라……. 그럼 장기적으로 그들이 원하는 것은 뭐라고 생각하십니까?”

불을 토하는 듯한 눈빛으로 갈송에게 질문을 던진 사람은 강풍양이었다. 철사보 내에서 강풍양의 서열은 단규천과 갈송 다음이다.

“중원무련은 장기적으로 중원 정도무림의 질서를 중원무련 중심으로 재편하고자 하는 의도를 갖고 있는 것으로 보이네. 그리고 이번 중원무련의 행사에 있어서 드러난 목적은 그다지 중요하지 않다는 것이 내 판단일세. 나는 그들이 단기적인 목적보다는 장기적인 목적을 이루기 위해 이번 행사를 진행하고 있는 것으로 보고 있네.”

“…….”

아무도 입을 열지 않았다.

사흘 동안 여섯 사람은 잠을 자는 시간도 아껴가며 만났고, 많은 이야기를 나누었다.

때문에 이 자리에 있는 사람 중 갈송이 정리하는 내용을 처음 듣는 사람은 아무도 없었다. 하지만 그들은 같은 내용을 반복해서 듣고 있음에도 불구하고 가슴이 내려앉는 듯한 충격을 피하지 못하고 있었다.

말을 잇는 갈송의 음성도 확연하게 어두워지고 있었다.

“중원무련이 젊은 무재(武才)들을 받아들여 강호의 절정고수로 키울 계획으로 대강남북 전역의 군소 문파들에 중원무련의 인물들을 파견하기 시작한 것은 삼 개월 전부터였습니다. 그들과 접촉한 문파는 제가 파악한 것만도 그 수가 대략 삼백여 문파에 달하며 파악하지 못한 문파까지 더한다면 거의 오백여 문파에 육박할 것으로 추정됩니다. 그들 문파에서 한 명 내지 두 명의 후인을 무련에 보낸다면 적어도 오백에서 천 명에 달하는 젊은 무재가 무련에 모이게 됩니다. 그들은 자파의 명예를 걸고 무련에서 내건 입련 시험에 도전할 것이고, 대부분 그 시험을 통과할 겁니다. 그들이 무련에 속한 거대 문파에서 제공한 무공을 익히고 그들이 제안한 것처럼 사승 관계를 맺은 후 강호에 출도할 즈음에는 그들 개개인의 역량은 그들을 배출한 문파에서 수용 가능한 수준을 넘어설 것이고, 그런 역량을 갖고 중원무림의 연줄마저 갖고 있는 그들이 자파에서 갖는 힘은 그 문파 내에서는 누구도 넘보지 못할 수준이 될 것이 분명합니다. 그들이 자신들을 키우고 힘을 실어준 무림에 적극적으로 협조하게 되었을 때 무림의 영향력 하에서 자유로울 수 있는 개인이나 문파가 과연 중원 정파무림에 몇이나 존재할 수 있겠습니까?"

"몇 가지 짚고 넘어가야 할 것이 있습니다, 형님."

갈송의 말을 끊은 사람은 상업을 담당하고 있는 사자상단주 노일범이었다.

사람들의 시선이 일제히 그를 향했다.

그는 미간에 굵은 내천 자를 그리며 갈송에게 물었다.

"제안을 받은 군소 문파에서 자신들의 후예를 모두 무림에 보낼까요? 그리고 그들이 보낸 후인들의 대부분이 무림의 입련 시험을 통과할 것이란 결론은 어떤 근거에서 나온 겁니까? 그리고 마지막으로 구중군마천이 그들이 제 역할을 할 수 있을 만큼 성장할 동안 과연 손놓고 지켜보고만 있을 거라고 보시는 겁니까?"

그의 질문에 갈송은 고개를 끄덕이며 대답했다.

"넷째 아우의 의문은 당연합니다."

그의 대답은 모두를 향한 것이었다.

"그에 대해 저도 많은 생각을 했습니다. 아우의 첫 번째 질문의 대답은 무림의 제안을 받은 자들은 자신들의 후인들 중

가장 쓸 만한 자들을 보낼 수밖에 없다는 것입니다. 보내지 않는다고 당장 무련에서 눈에 띄는 불이익을 주지는 않을 테지만 후일 그들 문파를 무림의 주요 행사에서 배제시킬 것입니다. 눈 밖에 난 자들에 대한 응징으로 그것은 당연히 예상할 수 있는 일이죠. 물론 후일이라도 사람들의 시선을 의식해서 그런 배제는 드러나지 않게 이루어지겠지만 분명 진행될 겁니다. 그리고 그렇게 무련의 눈 밖에 난 문파는 정도무림에서 매장되겠죠. 무련은 지금도 막강한 영향력을 갖고 있고, 미래에는 더욱 강력한 영향력을 갖게 될 것이 자명하니 그 정도야 큰 힘을 들이지 않아도 가능합니다. 게다가 생각해 보십시오. 무련에서 그런 조치를 취하지 않는다고 해도 무련에 후인을 보낸 다른 군소 문파는 무련의 무력 중추에 소속된 후인을 보유하고 있다는 것만으로도 무림 중의 위상이 재고될 것이 분명합니다. 하지만 무련에 후인을 보내지 않은 문파가 미래에 직면할 상황은 후인을 보낸 문파에 비해 상대적으로 쇠락하게 될 것이 뻔하지 않겠습니까? 그런 미래가 바로 눈앞에 보이는데 무련에 후인을 보내지 않을 문파가 과연 있겠습니까?"

그의 질문에 대답을 할 수 있는 사람은 없었다. 그리고 사흘에 걸친 긴 회의는 그 질문에 대한 결론을 내기 위해서이기도 했다.

갈송의 말이 이어졌다.

"두 번째 질문에 대해서 저는 그들 중 구 할 이상이 통과할 것이라고 생각합니다. 그것은 무련의 입련 시험이 명예와 경쟁심을 유발시킬 목적으로 실시하는 것이지, 시험에 도전할 자들 중 쓸 만한 자들을 골라내려고 실시하는 것이 아니라고 보기 때문입니다. 무련의 입장에서는 하나의 문파라도 더 끌어안는 것이 그들의 장기적인 목적에 부합되는 것이죠. 세 번째 질문에 대한 대답을 하기 전에 먼저 말씀드릴 게 있습니다. 중원무련에서 지금 진행하고 있는 행사는 반년 전 구중군마천에서 먼저 진행했던 것이라는 겁니다. 무련과 그들의 행사가 다른 점은 그들이 그 일의 진행을 은밀하게 했기에 크게 소문이 나지 않았다는 것이죠. 하지만 정보를 다루는 사람들 사이에서 반년 전 구중군마천의 행사는 그리 큰 비밀도 아닙니다. 그만한 규모의 행사가 완벽하게 보안 유지된다는 것은 불가능한 일이니까요. 그들은 무련과 동일한 과정을 거쳐 중원 전역에 흩어져 있는 마도 문파에서 상당수의 인재들을 거두었고, 지금 그들을 단련시키고 있습니다. 그들의 목적도 무련과 크게 다르지 않으리라고 봅니다. 그 정도의 인원을 가르치는 것은 구중군마천과 같은 초강세에게도 다른 곳에 힘을 분산시킬 수 있는 여유를 주지 않을 것입니다. 결국 십여 년 내에 그들이 무련을 자극하기는 곤란하다는 결론이 나옵니다. 그것은 무련의 입장도 구중군마천과 마찬가지고요."

“자네는 우리도 누군가를 보낼 수밖에 없다고 생각하는군.”

단규천의 말에 갈송은 나직한 한숨과 함께 고개를 끄덕였다.

“그렇습니다, 대형. 현재의 우리 역량으로는 중원무련의 의도를 읽는다 하더라도 그들의 제안을 거절한 뒤 겪게 될 뒷일을 감당할 수 없습니다.”

단규천의 시선이 강해졌다. 그의 눈빛에 담긴 것은 강렬한 분노였다.

“자네는 무련의 진정한 목적이 중원 정파무림을 그들의 영향력 하에 완전하게 장악하고자 하는 것이라고 했지?”

“예.”

“지금 돌아가는 상황을 보면 나 또한 자네의 분석이 신뢰할 만하다고 생각되네. 하지만 그것은 패도를 걷는 자들이나 할 짓이 아닌가. 그들은 명문정파들의 연합일세. 대체 왜 그들이 그런 행보를 보인다고 생각하는가?”

그의 질문을 받은 갈송의 얼굴에 곤혹스러운 빛이 떠올랐다. 그는 고개를 숙이며 말했다.

“죄송합니다, 대형. 대형께서 갖고 계신 궁금증에 대해 저도 상당한 시간 동안 궁리했지만 답을 찾지 못했습니다.”

갈송의 입술 사이로 긴 한숨이 흘러나왔다.

“무련의 수뇌부가 어떤 생각을 갖고 있는지 판단하기에는 제가 갖고 있는 정보의 양이 너무 적습니다.”

단규천은 씁쓸한 얼굴로 고개를 끄덕였다. 갈송은 철사보가 갖고 있는 능력의 한계를 말하고 있었다. 그는 화제를 바꾸었다.

"우리가 무련에 사람을 보내고 후일 그들이 그것을 빌미로 우리를 옭아매려 한다면 그것은 어떤 형태가 되리라고 보는가?"

"우리가 갖고 있는 모든 것을 그들이 원하는 순간에 쓰려고 할 겁니다. 무력, 정보망, 그리고 재산이 주된 목표가 될 것이고요."

"분타나 향처럼?"

"최악의 경우 그렇게 취급되는 상황도 가능하다고 생각합니다."

"……."

갈송의 대답을 들은 단규천은 눈을 감았다. 그가 눈을 감은 채 말이 없자 집무실 안은 침묵에 잠겼다.

그 침묵을 깨뜨린 사람은 사자상단주 노일범이었다.

"저는 둘째형님처럼 그렇게 부정적으로만 생각할 일은 아니라고 생각합니다, 대형."

단규천은 눈을 떠 그를 보았다.

철사보의 정보를 관장하는 사람은 갈송이다. 그는 물론 독자적으로 운용하는 정보 조직 사자밀각을 보유하고 있다. 하지만 그의 정세 판단은 상업을 주관하는 노일범의 사자상단에서 나오는 정보에 상당 부분 의존하고 있는 것도 사실이었다.

사자상단에서 상업에 종사하는 사람들이 중원 대부분의 지역을 돌아다니며 알게 된 내용 중에는 사자밀각에서 파악하지 못하는 것들도 있을 정도였다.

"자네 생각을 말해보게나."

그의 시선을 받은 노일범이 이를 한번 물더니 말문을 열었다.

"저도 기본적으로는 둘째형님의 생각과 같습니다. 무련의 의도가 어디에 있든 우리로서는 후인들 중 누군가를 그곳에 보낼 수밖에 없습니다. 하지만 무련에 보낼 사람이 누구든 그가 그곳에서 수련을 하는 동안 우리도 능력이 닿는 한 무련이 의도하는 대로 모든 것이 이루어지지 않도록 대비를 해야 합니다."

다른 사람들의 시선을 의식한 그는 잠시 마른 입 안을 축이고는 다시 입을 열었다.

"무련의 수뇌부가 갖고 있는 진정한 목적이 무엇이든 그들이 현재의 행사를 거침없이 진행하게 된 배경에는 구중군마천이 무림의 패권을 추구하는 것으로밖에 해석할 수 없는 행보를 보이고 있기 때문입니다. 그래서 규모를 불문하고 정파를 표방하고 있는 문파에서는 구중군마천에 대비한다는 명분하에 진행하고 있는 이번 무련의 행사를 거절하기 어렵다는 한계가 있습니다. 하지만 그런 한계는 우리만 있는 것이 아닙니다. 무련도 한계가 있습니다.”

“그게 뭔가?”

“그들이 정도무림의 문파들로 이루어진 연합체이기 때문에 필연적으로 가질 수밖에 없는 한계입니다. 무련 수뇌부의 의도가 무엇이든 무련을 구성하고 있는 하부와 중추는 의심할 여지없는 정파 무림인들입니다. 힘을 투사해 강압적으로 일을 처리하는 것은 마도에서나 가능한 방식입니다. 정파인들은 그런 식의 일 처리에 태생적인 거부감을 갖고 있죠. 비록 내놓고 하지는 않는다 할지라도 어떤 결정도 힘으로만 밀어붙일 수는 없습니다. 무련에 소속된 무인의 숫자가 일만을 상회하는 상황입니다. 일회성에 그친다면 모를까 무력이 아닌 방법으로 본 보와 같은 정도의 규모를 가진 문파를 배제시켜 그 기반을 무너뜨리는 데에는 많은 시간을 필요로 합니다. 그런 시간 동안 아무리 은밀하게 작업한다 해도 보안 유지는 불가능합니다.”

노일범은 단규천과 다른 사람들을 둘러보며 말을 이었다. 그의 음성에 힘이 들어가고 있었다.

“정파인들의 특성상 적절한 명분도 없이 힘으로 밀어붙이는 방식이 계속된다면 무련은 그에 반발하는 사람들로 인한 내부 분란으로 그 존립이 위태롭게 될 겁니다. 그것이 그들의 한계입니다. 하지만 현재 상황에서 그들의 제안을 정면으로 거부하고 눈 밖에 나는 것은 현명한 선택이 아닙니다. 그러니 그들의 제안을 받아들여 일단 시간을 번 후 무련의 영향력이 완성되기 전에 본 보의 독자성을 확보할 수 있는 방법을 찾아내야 합니다. 물론 그것은 무련을 크게 자극하지 않는 방법으로 진행되어야 할 것입니다. 그렇게 한다면 무련 측에서 우리를 고깝게 본다 할지라도 완전히 배제시킬 수는 없을 테니까요."

"생각해 놓은 방법이 있는가?"

단규천의 질문에 노일범은 안색을 굳히며 대답했다.

"죄송합니다, 대형. 아직 구체적인 복안은 없습니다. 하지만 저는 무련과 직접적인 연을 대고 있는 상황에서 그들의 영향력을 이용하여 본 보의 힘을 키울 수 있다고 생각합니다. 그들의 의도를 정확하게 읽는 것도 중요하지만 닥친 상황 속에서 그것을 피할 수 없다면 상황을 긍정적으로 볼 필요도 있다고 생각합니다."

"흐음……."

단규천은 나직한 신음을 토해냈다. 하지만 크게 실망한 얼굴은 아니었다. 아직은 시간이 있었기 때문이다.

그의 시선이 강풍양을 향했다.

"셋째의 의견은 어떤가?"

"정세 분석과 판단은 둘째형님과 넷째아우가 저보다 훨씬 더 낫습니다. 제가 다른 형제들보다 나은 것은 이것뿐이죠."

강풍양은 웃으며 자신의 왼손에 들린 애도(愛刀) 풍뢰(風雷)를 들어 보였다.

"지금은 이것이 필요한 시기가 아니니 저는 다른 형제들의 의견을 따르겠습니다, 대형."

"알겠네. 다른 형제들은?"

"저희들 또한 셋째형님 의견과 같습니다."

사자원주 담운성과 사자풍림주 목인걸의 대답을 들은 단규천이 결론을 내렸다.

"무련에 후인을 보내겠네. 그리고 그 아이들이 무공을 수련하는 동안 본 보의 독자성을 확보할 수 있는 최선의 방법을 찾아보세."

"그럼 누구를?"

갈송이 물었다.

"나는 무혁이와 해광이를 보내고자 하네. 이의가 있는가?"

단규천의 말에 아무도 입을 열지 않았다.

무혁이라면 물론 단무혁이고 해광은 노일범의 독자인 노해광을 말한다. 그 두 사람은 철사보 내에서 자타가 공인하는 최고의 후기지수들이다.

강풍양 또한 이의가 없었다.

강천기가 무공에 자질이 없다는 것은 이미 모르는 사람이 없었고, 관산호는 무공을 배운 적이 없으니 무련에서 요구하는 조건에 맞지 않았다.

단규천의 말이 이어졌다.

"무련에서 제공한다는 무공은 배우는 사람의 자질과 노력이 따라준다면 그를 절정의 반열로 끌어올려 줄 수 있는 것이라고 했네. 그러니 가장 자질있는 아이 둘을 보내겠네. 그들이 강해진다면 본 보의 힘도 강해지는 것이 아니겠는가."

"알겠습니다."

"가보세. 그들이 기다리고 있겠군."

창밖으로 보이는 태양의 기울기를 가늠한 단규천이 자리에서 일어났다. 그를 따라 다른 사람들도 자리에서 일어섰다.

정명 도장 일행을 만나러 가야 할 시간이었다.

*   *   *

무련의 인물들이 떠난 후 철사보의 분위기는 어수선해졌다. 무련의 방문 목적과 단규천의 결정 내용이 알려진 때문이었다.

무련의 입련 시험까지는 두 달의 시간이 남아 있었다. 의창에서 무련의 총본영인 혁련세가가 있는 섬서성 서안까지는 뱃길과 말을 이용하면 열흘거리다. 시간적으로는 충분한 여유가 있다고 할 수 있었다.

그리고 갈송의 예상으로는 철사보에서 보내기로 한 단무혁과 노해광이 그 시험을 통과하지 못할 가능성은 거의 없었

다. 하지만 모든 일이 예상대로 이루어진다는 보장은 없는 법
이다. 준비는 해야 했다.

단무혁과 노해광은 무련의 인물들이 보를 떠난 당일 오후
한 달 반 예정의 폐관에 들었다. 그리고 단규천을 비롯한 오
대가신들은 각자의 집무실이나 서재에서 기약없는 장고(長
考)에 들었다.

그들에게 주어진 시간은 십 년이었다. 강산도 변한다는 세
월이니 길다고도 할 수 있을 것이다. 하지만 철사보라는 군소
문파가 무련이라는 초강대 세력의 영향력에서 자유로울 수
있는 역량을 키우기에는 터무니없을 만큼 짧은 시간이기도
했다.

저녁 식사 시간이 지난 후여서 창밖으로 보이는 하늘은 칠
흑 같은 묵빛으로 물들어 있었다.

강풍양은 무거운 눈길로 자신의 앞에 나란히 앉아 있는 강
천기와 관산호를 바라보았다. 관산호와는 달리 그의 눈길을
받은 강천기는 고개를 푹 숙였다.

그는 부친을 볼 면목이 없었다. 그래서 고개를 들지 못하고
있는 것이다.

그는 철사보의 무력을 책임지고 있는 철사자단의 단주이
며, 단규천에 이어 철사보 제이의 고수라고 자타가 공인하는
강풍양의 장자다. 그리고 전례대로라면 강풍양의 뒤를 이어

철사자단을 이끌어야 할 사람이었다.

하지만 그는 무련으로 갈 두 사람에 포함되지 못했다. 무련으로 가는 것의 이면에 어떤 목적이 있든 그가 그 안에 포함되지 못했다는 것은 작게는 그의 무재(武才)에 대해 윗사람들이 불신하고 있다는 명백한 뜻이었고, 크게는 강풍양에게 불명예스러운 일이었다.

그는 무련의 제안을 받아들이기로 결정한 철사보 수뇌부의 판단이 어떤 논의 과정을 거쳐 이루어졌는지는 알지 못했다. 하지만 그 결정이 고심 속에서 이루어졌으며 향후 철사보의 미래에 중대한 영향을 미칠 것이라는 것 정도는 충분히 느끼고 있었다.

그런데 지금 그는 철사보와 강풍양에게 전혀 도움이 되어주지 못하고 있었다. 고개를 들어 강풍양의 얼굴을 볼 면목이 있을 리 없는 것이다.

"내가 너희를 부른 이유를 아느냐?"

긴 시간 침묵하던 강풍양이 강천기와 관산호를 향해 물었다.

"무련에서 방문한 인물들 때문이 아닌가 조심스럽게 짐작하고 있습니다만 하교해 주십시오, 아버님. 세이경청하겠습니다."

언제나처럼 멀뚱하게 눈을 뜨고 있는 관산호 대신 강천기가 대답했다.

"혁아와 광아가 폐관에 들어간 것은 알고 있을 것이다."

고개를 끄덕인 강풍양의 말문을 열었다.

"그 아이들은 무련의 입련 시험을 치르게 될 것이고, 시험을 통과하면 무련에서 십 년 동안 많은 것을 배우게 될 것이다. 나는 그 아이들이 시험을 무리없이 통과하리라고 생각한다. 기초가 튼튼하며 나이에 비한다면 성취가 작은 것도 아니니까. 그리고 그 아이들은 무련의 수련 과정을 통해 강해질 것이다. 하지만 그 아이들이 강해지는 것만으로는 부족하다. 너희에게 지금 모든 것을 말해줄 수는 없지만 본 보는 큰 위기 앞에 놓여 있다. 그 위기를 타개하기 위해서는 보에 속한 사람들은 자신이 갖고 있는 최고의 능력을 발휘해야만 하고, 아직 개발되지 않은 능력을 발굴해 내야 한다. 전자가 우리와 같은 사람들이라면 후자는 너희와 같은 후인들의 몫이다. 나는 너희들이 혁아와 광아가 돌아왔을 때 그들과 함께 보를 위해 일하기에 충분한 능력을 갖추고 있기를 바란다."

그의 시선이 관산호를 향했다.

"나는 너도 철사보 사람이 되어주었으면 한다. 가능하겠느냐?"

강풍양의 질문을 받은 관산호의 눈에 뚜렷한 갈등의 빛이 떠올랐다.

쉽게 대답하지 못하는 관산호를 보며 강풍양은 안타까운 듯 긴 한숨을 내쉬었다.

"휴우… 나는 너를 친아들과 같이 생각한다. 하지만 내가 원하는 것을 네게 강요하고 싶은 생각은 없구나."

관산호는 선친이 남긴 유언의 내용을 알고 있다는 듯 선친과 같은 말을 하는 강풍양을 놀란 눈으로 보았다. 하지만 그리 놀랄 일은 아니었다. 그의 선친과 강풍양은 마음을 나눈 친구였으니까. 친구란 서로 무엇인가 통하는 것이 있을 때 이루어지는 인간 관계인 것이다.

"네가 선부의 유언을 읽은 후 무공을 익히겠다고 했을 때부터 나는 네가 갈 길을 막지 않기로 마음먹고 있었다. 하지만 솔직한 내 마음은 너를 철사보에 붙잡고 싶구나. 천기는 너도 아는 것처럼 무공에 관심이 별로 없다."

강풍양의 시선이 잠시 강천기를 향했다. 그의 시선을 느낀 강천기의 이마가 탁자와 부딪칠 것처럼 낮아졌다.

강풍양의 말이 이어졌다.

"때문에 후일 천기가 내가 이끌고 있는 철사자단을 맡을 가능성은 별로 없다. 철사자단은 철사보를 지키는 최후의 보루와 같은 힘이다. 무위가 탁월하지 않은 자가 그런 철사자단을 이끌 수는 없는 노릇이니까. 비록 무공을 배우기엔 네 나이가 많긴 하지만 네 자질은 보기 드문 것이어서 늦은 배움을 어느 정도 극복할 수 있을 것이다. 게다가 너는 무공에 대한 관심도 천기와 비할 바 없이 크지 않느냐. 그런 네가 후일 내 뒤를 이어 철사자단을 맡아주었으면 하는 것이 내 바람이다."

강풍양의 이야기를 들으며 입술을 지그시 깨물고 있던 관산호의 입술이 천천히 벌어졌다.

"죄송합니다, 아버님. 제겐 해야 할 일이 있습니다. 그 일은 제가 철사보에 매어 있는다면 할 수가 없는 일입니다."

그의 대답을 들은 강풍양의 얼굴에 실망의 기색이 완연해졌다.

그는 탄식하며 말했다.

"흠, 네 뜻이 그러하다면 어쩔 수 없는 일이지."

관산호는 그의 양자였지만 친아들인 강천기보다 적은 정을 준 적이 없다. 그런 그의 바람을 면전에서 거절하는 관산호에게 화를 낼 법도 하건만 강풍양의 얼굴에서는 서운해하는 빛은 읽을 수 있을지언정 노여워하는 기색은 보이지 않았다.

관산호는 어렵고 힘들다고 해서 마음에 없는 말로 그 순간을 모면하는 성격이 아니었다. 그리고 해야 할 일이라면 어떤 일이 있어도 하고야 마는 것이 관산호였다.

소년기를 그와 함께 보낸 양자이니 관산호의 그런 성격을 모를 리 없는 그다. 그리고 그 또한 앞에서 한 말과 뒤에서 하는 말이 다른 자를 싫어했다.

그도 관산호도 의식하지 못하고 있었지만 실상 한창 성장하는 관산호의 성격 형성에 가장 큰 영향을 미친 사람이 그인

것이다. 그러니 관산호의 대답을 듣고 그가 노여워할 까닭이
없었다.

강풍양은 잠시 생각에 잠긴 얼굴로 침묵하다가 다시 말문
을 열었다.

"지난 일 갑자의 세월 동안 철사보는 의창을 중심으로 하
는 호북성 남부무림에서 단단한 입지를 굳혔다. 혹자는 호북
남부무림의 중심으로 본 보를 꼽는다. 그리 틀리지 않는 말이
다. 하지만 그 위치는 호북 남부무림, 그것도 정파에 국한되
었을 때 어느 정도 고개를 끄덕일 수 있는 말이다. 범위를 호
북성 전체로 확대하고 정파와 사파, 마도의 문파들과 낭인으
로 떠도는 무인들까지 포함한다면 본 보의 위치는 호북성에
서 중상(中上) 정도라고 보는 것이 객관적이라고 할 수 있다.
호북성 중북부에 위치하고 있는 무당파와 제갈세가와는 비교
도 할 수 없는 것이 현실이고."

"아버님, 왜 그런 말씀을……?"

평소 담대하기 그지없던 강풍양이 보여주던 모습과는 어
딘지 다른 모습을 보는 듯한 어색함에 강천기는 조금 불안함
을 느끼며 물었다.

강천기를 바라보는 강풍양의 눈빛이 부드러워졌다. 그의
눈은 사랑하는 아들을 보는 아버지의 눈이었다.

"나는 너와 호아를 가르칠 스승을 찾아볼 생각이다."

"예?"

예상치 못한 강풍양의 대답에 강천기가 눈을 크게 떴다.

단가와 오대가신은 각 가문의 비전 절기라 부를 수 있는 몇 가지 무공을 제외하고는 대부분의 무공을 공유할 뿐만 아니라 허심탄회하게 서로의 무공에 대해 연구하고 조언하는 관계였다. 그것은 학문 또한 마찬가지여서 철사보 내의 가르침을 따라가는 것만으로도 강천기는 자신의 몸이 두 개가 아님을 한탄할 정도인데 강풍양은 거기에 또 다른 스승을 구하려 한다는 것이다.

"청출어람청어람(靑出於藍靑於藍)이라는 말이 있지. 청색은 남색에서 나오지만 남색보다 더 푸르다는 그 말은 스승보다 제자가 더 뛰어날 때 쓰인다. 그래서 후인을 가진 사람이라면 누구나 좋아할 수밖에 없는 말이고, 그런 후인을 갖기를 바란다. 하지만 스승이 갖고 있는 능력이 보잘것없는 것이라면 그 스승보다 뛰어난 제자라고 해도 결국 보잘것없는 능력을 갖게 될 뿐이다."

관산호는 말을 잇는 강풍양의 눈에서 옅은 그늘을 보았다. 그것이 무엇인지 정체를 알 수는 없었지만 그는 가슴이 답답해졌다.

"철사보에 있는 비전만을 배워서는 철사보를 벗어날 수 없다는 것이 내 생각이다. 천기야, 나는 네가 이곳에 있는 비전들보다 더 나은 것을 배울 수 있는 기회를 만들어주고 싶구나. 호아도 마찬가지다. 네가 무공을 배울 생각을 갖고 있으

면서도 나나 보주에게 무공을 가르쳐 달라는 말을 하지 않는
것은 이곳의 무공들을 익혀서는 네가 앞으로 하고자 하는 일
을 하는 것이 어렵기 때문이 아니겠느냐? 내 생각이 맞느냐?"

관산호는 대답할 말을 찾지 못한 채 고개를 숙였다. 강풍양
의 판단은 옳았다. 하지만 그것을 그렇다고 말하는 것은 강풍
양의 평생 배움이 그에게 전혀 도움이 안 된다고 말하는 것이
나 다름없었다.

그의 성격이 어떠하든 그것은 자식으로서 결코 할 수 없는
일이었다.

"대답이 없음은 긍정이리라. 하하하."

강풍양의 입술 사이로 나직한 웃음이 흘러나왔다. 그 웃음
의 여운은 길었다.

고개를 숙인 관산호의 가슴속이 서서히 끓어오르고 있었
다.

내용을 알지는 못했지만 그렇게 호기 넘치던 의부를 이렇
게나 의기저상하게 만든 것은 중원무련의 인물들이 던져 준
무엇 때문임이 분명했다.

그는 강풍양을 한 사람의 대장부로 깊이 존경했고, 의부로
서의 그를 누구보다도 더 깊이 사랑했다. 그런 사내에게 좌절
감을 선사한 자들을 어떻게 좋게 기억할 수 있을 것인가.

중원무련에 대한 반감이 최초로 그의 가슴속에 뿌리를 내
리는 순간이었다.

"몇 달은 걸릴 것이라고 본다. 하지만 최대한 빨리 너희들을 가르칠 수 있는 사람을 찾을 생각이니 그렇게들 알고 물러가거라."

"예, 아버님."

강천기와 관산호는 허리를 숙여 강풍양에게 인사하고 방을 나섰다.

방을 나서던 관산호는 고개를 돌려 그의 의부를 돌아보았다.

그리고 그는 처음으로 느꼈다.

허리를 꼿꼿하게 세운 채 앉아 있는 강풍양의 장대한 신형이 그의 생각보다 많이 왜소하다는 것을. 그리고 그의 손을 잡고 광동성을 떠나던 패기 넘치던 장년인도 세월 앞에서 늙어가고 있다는 것을.

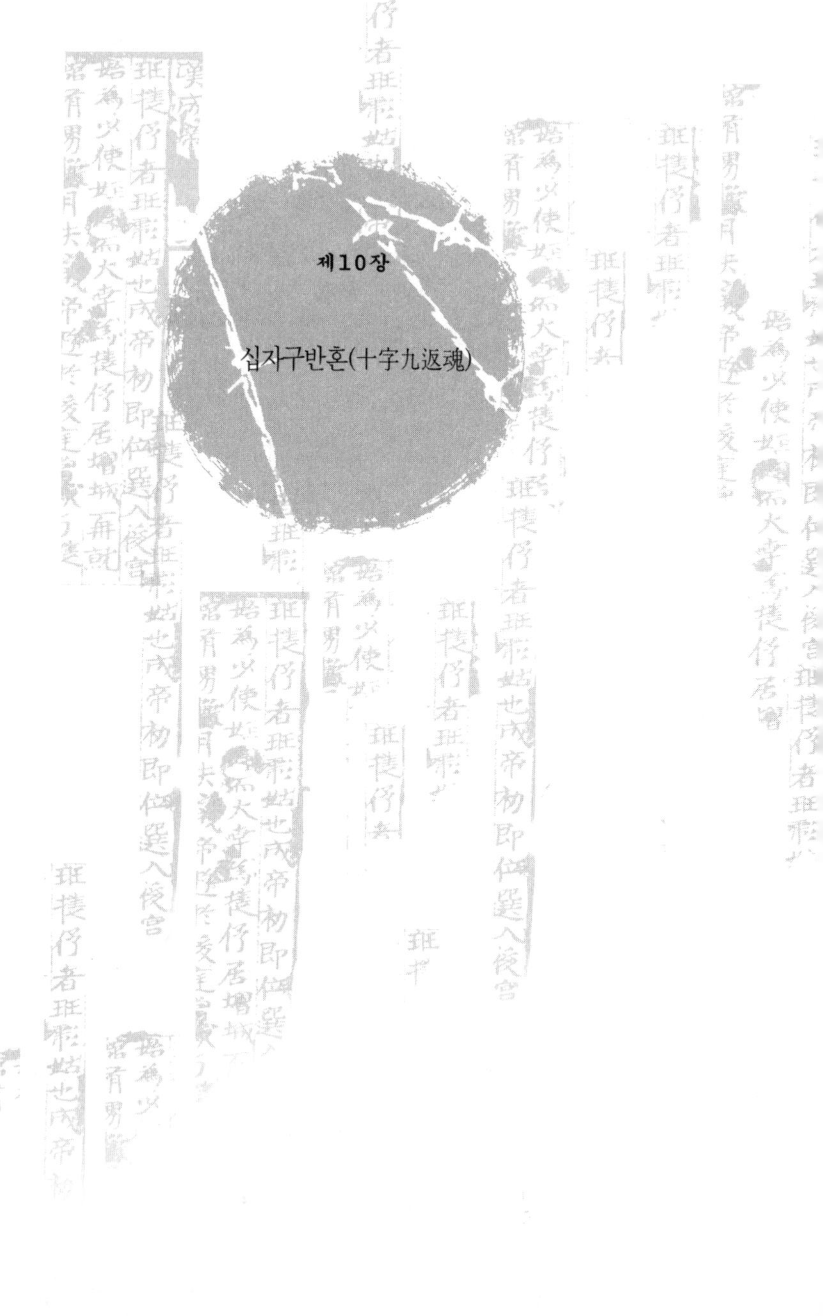

제10장

십자구반혼(十字九返魂)

鐵
血
無
情
路

강풍양과 헤어진 관산호는 자신의 방으로 돌아왔다. 그는 의자에 앉아 오른손에 든 창룡지존부를 천천히 손바닥으로 만지고 있었는데 그의 시선은 탁자 위에 놓여진 손때가 까맣게 묻은 얇은 책자 한 권에 머물러 있었다.

책자 옆에는 질 좋은 나무로 만들어진 함이 하나 놓여 있었다. 그 크기로 보아 책자가 들어 있던 것인 듯했다.

잠시 노려보듯 책자를 보고 있던 관산호는 창룡지존부를 탁자 위에 놓고 책자를 집어 들었다.

'정말 오랜만에 꺼내보는군.'

정확하게 기억할 수는 없지만 책자를 꺼내보지 않은 지 이미 반년이 넘은 듯했다.

책자는 손때가 많이 묻어 있을 뿐만 아니라 만들어진 지도 상당히 오래된 듯 무척 낡아 있었다. 그는 조심스러운 손길로 천천히 책장을 넘기기 시작했다. 하지만 책을 보는 것 같지는 않았다. 읽는다고 하기에는 책장을 넘기는 속도가 너무 빨랐던 것이다.

책은 불과 삼십여 장에 불과해서 그가 책을 모두 보는 데는 불과 반 각의 시간도 걸리지 않았다.

'여기에 적힌 내용의 이 할을 해석하는 데 삼 년 반이 걸렸다. 나중에는 꿈속에서도 책의 내용이 나타날 정도였어.'

관산호는 쓴웃음을 지었다.

그가 손에 든 책에 쏟아 부었던 시간과 노력은 실로 믿어지지 않을 정도의 것이었다. 하지만 그런 노력에도 그는 책 내용의 이 할 이상을 해석할 수 없었고, 반년 전부터는 책을 꺼내어본 적도 없었다. 그의 능력으로는 그 이상의 해석이 불가능하다는 것을 깨달았던 것이다.

그가 책을 그처럼 빨리 읽을 수 있었던 이유.

그것은 책에 적힌 내용을 그가 거꾸로 외울 정도로 잘 알고 있었기 때문이다.

함을 열자 안에 든 파천여의환의 모습이 보였다. 그는 그는 창룡지존부와 책을 파천여의환의 옆에 놓고 함을 덮은 후 침상에 깔린 이불을 들어냈다. 이불이 걷힌 침상의 한복판으로 함의 크기만 한 폭과 깊이의 움푹 파인 부분이 나타났다.

그는 상자를 그 움푹 파인 부분에 밀어 넣고 다시 이불을 덮었다. 그리고 방구석에 놓인 모래주머니를 사지에 차기 시작했다. 매일의 일과인 달리기를 할 시간이었다.

그때였다. 벌컥하는 소리와 함께 문이 열리며 강예령이 방에 들어왔다.

"오빠, 보에 무슨 안 좋은 일이 있는 거야?"

그녀는 방에 들어서자마자 관산호에게 물었다.

갑작스런 질문에 관산호는 어리둥절해하며 되물었다.

"왜?"

"어른들도 그렇고 오빠들도 그렇고, 다들 표정이 어두워서…… . 물어도 아무 말 안 해주고…… ."

강예령은 시무룩한 어조로 대답했다.

강풍양도 관산호에게 모든 것을 말해주지 않았다. 그래서 그도 보 내의 돌아가는 사정을 잘 모를 정도인데 그보다 어린 강예령에게 무언가를 말해주는 사람이 있을 리 없었다.

"나도 잘 몰라. 아버님도 그렇고 어르신들도 말씀이 없으시니…… . 너무 궁금해하지 말아. 때가 되면 알게 되겠지."

관산호는 싱긋 웃으며 강예령의 어깨를 다독였다.

"오빠는 속도 편해. 나는 분위기가 이상해서 하루 종일 좌불안석이었는데…… ."

"방에 가서 쉬어. 예뻐지려면 잠을 많이 자야 한다는데 궁

금한 게 너무 많으면 잠이 잘 안 올 거야. 우리 예쁜 낭자, 미
모 상할까 겁난다."

장난스러운 관산호의 말에 강예령은 조금 밝아진 얼굴로
입술을 삐죽였다. 관산호의 말에 불안해하던 그녀의 마음이
많이 풀어진 듯했다.

"오빠도 너무 많이 뛰지 마. 내공도 모르면서 너무 심하게
몸을 혹사하는 것은 좋지 않다고."

강예령이 정식으로 무공에 입문한 것은 다섯 살 때다.

"알았습니다, 고수님. 하하하!"

강예령을 향해 넓죽 포권을 한 관산호는 크게 웃으며 방을
나섰다. 하지만 대문을 나서는 그의 얼굴은 언제 웃었냐는 듯
평소의 표정 없는 모습으로 돌아가 있었다.

탁탁탁탁!

빠르고 힘차게 지면을 내딛는 그의 발길에 마른 먼지가 풀
썩이며 일어났다.

'아까 말씀드렸어야 했는데 시기를 놓쳤다.'

무심하던 그의 얼굴에 곤혹스럽다는 표정이 떠올랐다.

'스승님을 구해주시겠다니… 예상하지 못한 일이야. 휴
우……'

강풍양의 방에서 있었던 대화는 너무 무거워 그는 자신이
갖고 있던 계획과 의견을 미처 말씀드리지 못했다. 의부의
분위기가 다른 어떤 말도 입 밖에 낼 수 없게 만들었기 때문

이다.

'조만간 말씀드리자. 시간이 더 지나기 전에 그분을 찾아가야 한다.'

생각을 이어가던 관산호의 얼굴이 무언가 결심한 듯 굳어졌다.

그는 무가에서 자란 소년이었다. 덕분에 나이가 들어갈수록 상승무공을 익히기 어렵다는 말은 어렸을 때부터 귀에 못이 박히도록 들어왔다. 그리고 지금 자신의 나이가 무공에 입문하기에는 늦은 나이라는 것도 잘 알고 있었다.

시간이 흐를수록 그가 상승무공을 익히기는 점점 더 힘들어질 터이다. 그가 어떤 결심을 했는지 알게 되었을 때 의부는 많이 힘들어할 것이다. 하지만 결단은 빠르면 빠를수록 좋았다. 시간은 그의 편이 아니었다.

강풍양은 관산호가 무공에 관심을 갖게 된 것이 자라난 환경 때문이라고 생각하고 있었다. 그 자신이 그랬던 것처럼 맨주먹으로 바위를 부수고 아름드리 나무를 꺾는 사람들을 주변에서 어렵지 않게 보며 자란 관산호가 무공에 대해 관심을 갖는 것은 당연해 보였기 때문이다.

하지만 사실은 그의 추측과는 많이 달랐다. 어린 시절 관산호 또한 무공에 관심을 보인 것은 사실이었다. 하지만 그것은 아이들이 신기한 것을 보았을 때 자연스럽게 갖는 호기심 이상은 아니었다. 그러던 그가 무공에 진지하게 관심을 갖게 된

데에는 특별한 계기가 있었다.

그 계기는 그가 지금까지 누구에게도 말하지 않은 그만의 비밀이었다. 그리고 그 비밀은 그가 강풍양의 무공을 배우지 않고 다른 길을 찾으려 하는 것과 직접적인 연관이 있는 것이었다.

"허허, 열심이구나."

"엇, 공손 할아버지!"

생각에 잠긴 채 달리기를 하던 관산호는 걸음을 멈추고 길 옆에 서서 웃고 있는 공손우를 향해 고개를 숙여 인사했다.

"며칠 안 보이시던데, 편찮으셨어요?"

그의 질문에 공손우는 손을 들어 가볍게 저었다.

"아니다. 집 밖으로 나오기 귀찮아 안에만 있었다. 그런데 무슨 고민이 있느냐? 안색이 좋지 않구나."

공손우의 말을 들은 관산호는 어색한 표정으로 손을 들어 자신의 얼굴을 쓸었다.

"조금 생각할 일이 있었는데 겉으로 드러날 정도예요?"

"네 눈이 다른 곳을 보고 있더구나. 길에 잔돌이 적지 않은데 그렇게 딴 곳에 정신을 팔면서 달리면 넘어져 다치게 된다. 조심하거라."

"예, 할아버지. 저, 가보겠습니다. 들어가세요."

탁탁탁탁.

다시 달려가는 관산호의 등을 흐뭇한 미소로 지켜보던 공손우의 안색이 갑자기 벼락이라도 맞은 듯 돌처럼 굳어졌다.

'저것은?

그의 시선은 관산호의 정수리에 꽂혀 있었다.

'설마 그럴 리가……?

축시 중반을 넘어가는 시간 새벽—2시경—이라 정적이 사위를 뒤덮고 있었다. 밤하늘은 구름 한 점 없이 맑았지만 초승달만으로 어둠을 밀어내는 것은 역부족이었다.

미끄러지듯 어둠 속의 더 짙은 어둠. 그늘을 통과하던 검은 그림자 흑영은 이층 건물이 나타나자 벽에 바짝 붙으며 걸음을 멈추었다. 그가 걸음을 멈춘 곳은 일층에 있는 반쯤 열린 창문의 아래였다.

잠시 창문 안쪽의 동정에 귀를 기울이는 듯하던 흑영의 모습이 그 자리에서 허깨비처럼 꺼지듯 사라졌다.

지금 무공을 아는 사람이 옆에 있어 그의 운신을 보았다면 크게 경악했을 것이다.

모든 경신술은 기를 허리 아래로 보내 외부에 방사하며 얻어지는 탄력을 사용한다. 그런 경신술에는 여러 단계가 존재하지만 크게 보면 두 가지로 분류할 수 있다.

하나는 기를 발바닥의 용천혈로 방사함과 동시에 허리와 무릎, 발목의 관절을 움직이며 얻어진 탄력을 결합하여 운용하는 것으로 무림상에 존재하는 대부분의 경신술이 그에 속했다. 다른 하나는 신체 부위의 조작이 전혀 없이 기의 운용만으로 경신술을 펼치는 단계로 무림에 전설처럼 전해지는 능공허도, 축지성촌, 허공답보, 일위도강과 같은 것들이 이에 속했다.

물론 후자는 그저 전설일 뿐이었다, 당대 무림에서도 그와 같은 경공을 펼치는 사람을 보았다는 무림인은 존재하지 않았으니까. 천하십대고수 중 경공에 있어서만큼은 천하제일이라는 귀영자(鬼影子)가 그런 경지에 도달했을지도 모른다는 소문이 있지만 그것을 본 사람은 아직 없었다.

관절을 조작하는 경신술을 펼치기 위해서는 아무리 작아도 예비 동작이 수반된다. 그런데 방금 창문 아래 서 있던 흑영의 운신은 예비 동작이 전혀 없었다.

흑영의 운신에 예비 동작이 없었다는 것. 그것은 한 가지를 말해주고 있었다.

흑영의 운신이 신체 관절을 움직임으로 해서 발생하는 탄력에 전혀 의존하지 않고 있다는 것이고, 그것은 흑영이 기로 신체를 완전하게 제어하는 경지에 도달한 절세의 고수라는 의미였다.

흑영은 방 안에 있었다.

반쯤 열린 창문으로 스며들어 온 달빛이 등을 돌린 채 침상에 누운 사람을 바라보고 있는 흑영의 어깨에 내려앉았다. 이불로 하반신만을 가리고 나이답지 않게 잘 발달된 상체를 드러낸 채로 침상에 누워 잠을 자고 있는 사람은 관산호였다.

관산호의 감각은 경이로울 정도로 뛰어난 것이었고, 잠을 자고 있다 해도 그 감각이 완전히 무력화된 것은 아니었음에도 그는 자신의 침상 옆에 서 있는 흑영의 존재를 눈치 채지 못하고 있었다.

흑영의 존재를 감지하기에는 아직 그의 능력은 너무나 미약했다.

'이 녀석은 잘 때도 표정이 없구먼. 허허.'

관산호의 얼굴을 내려다보는 흑영의 눈매가 온화해졌다.

큰 키에 비해 지나치게 마르고 병약해 보이는 모습.

그는 공손우였다.

부드럽던 그의 눈매가 서늘하게 굳어진 것은 찰나였다. 그의 시선은 관산호의 정수리 부위에 못 박히듯 고정되어 있었다.

'잘못 본 것이 아니었다.'

관산호의 정수리 부위에서 신기루처럼 어른거리며 허공으로 피어오르는 반투명한 안개와 같은 것이 그의 눈에 들어왔다.

'천지일원기(天地一元旗)……. 혼천무극진기의 전승자만이 가질 수 있는 하늘과 땅을 잇는 깃발……. 어떻게 이 아이의 몸에서 저것이 나타날 수 있단 것인가?

경이와 혼란으로 가득 찬 그의 두 눈은 격랑을 만난 난파선처럼 끊임없는 잔떨림을 보이고 있었다. 비록 지금은 크게 손 상되었다고는 하나 한때 신화지경(神化之境)을 바라보던 무공 의 소유자였던 그가 평정심을 잃을 만큼 그는 큰 충격을 받고 있었다.

관산호의 정수리에서 피어올라 하늘로 오르는 듯한 신비 로운 반투명의 빛은 천지일원기라는 이름을 갖고 있었다. 하 지만 그 이름을 아는 자는 온 천하를 통틀어도 십여 명에 불 과했고, 오직 그들만이 그 빛을 알아볼 수 있을 뿐 다른 사람 들이 그것을 알아보는 것은 불가능했다.

천지일원기는 소유자의 원영지기(元靈之氣)와 천지간의 영 기(靈氣)가 상통하고 있어야만 나타나는 것이고, 외부로 형상 화된 그것은 보통 사람의 눈으로는 결코 볼 수 없었다. 그것 을 보기 위해서는 특별한 감각을 가져야만 하는 것이다.

천지일원기를 알아볼 수 있는 사람들도 그것을 볼 수 있는 능력을 갖기 위해 근 이백 년에 이르는 세월 동안 대를 이어 연구했고, 수많은 시행착오를 거친 후에야 가능했다.

그리고 그 사람들의 후예 중 한 명이 공손우였다.

'탈태환골이 진행 중이다. 이 아이는 분명 혼천무극진기의 일단공을 완성했다.'

그의 시선은 관산호의 전신을 핥듯이 훑고 있었다.

혼천무극진기의 일단공을 완성하게 되면 여러 가지 특징 이 나타난다. 그중에 대표적으로 꼽을 수 있는 것이 두 가지가 있다.

하나는 정수리의 백회혈에서 천지일원기가 피어오른다는 것이고, 다른 하나는 탈태환골한다는 것이다.

무림 중에 알려지기로 탈태환골이 가능하기 위해서는 신화지경에 도달한 내, 외공이 있어야만 했다. 하지만 혼천무극진기를 익혀 탈태환골하는 경우는 그런 내, 외공이 필요하지 않았다.

혼천무극진기는 탈태환골에 필요한 기(氣)를 체내의 내공으로 충당하는 것이 아니라 천지간의 대자연지기(大自然之氣)를 끌어다 쓰기 때문이다. 그것은 혼천무극진기가 무림 중의 다른 신공 유와 판이하게 다른 특징 중의 하나였다. 그리고 혼천무극진기로 인한 탈태환골은 한순간에 진행되지 않는다.

일반적으로 무림에 알려진 탈태환골은 그것을 이루었을 때 신체가 무공을 익히기에 최적화되면서 젊어지고 생사현관이 타통되며 내공이 샘솟듯이 솟아난다고 한다. 그래서 무공을 익힌 자라면 자신이 탈태환골하는 꿈을 꾸지 않는 자들이 없다. 하지만 혼천무극진기의 탈태환골은 달랐다.

혼천무극진기의 탈태환골은 신체의 원영지기를 천지간의 기운과 합일시킬 수 있도록 만드는 데 목적이 있었다. 그리고 그러한 합일을 단시간 내에 이루는 것은 천지의 기운이 갖고 있는 무한한 힘과 유한한 인간의 기운이 갖고 있는 힘의 균형상 오히려 위험한 것이었다.

때문에 혼천무극진기의 탈태환골은 그 진행이 느릴 수밖에 없었다. 혼천무극진기는 소유자가 천지의 기운을 무리없이 받아들일 수 있는 그릇이 될 때까지 탈태환골을 진행하는 것이다.

'이 아이가 이곳에 온 것은 팔 년 전. 그 후 이 아이에게 무공을 가르친 사람은 아무도 없었다. 게다가 지난 반년간 살펴본 바로는 은밀하게 무공을 가르치는 사람도 없었거늘……. 대체 언제 이 아이가 혼천무극진기를 배운 것일까?

생각에 잠긴 공손우는 점점 더 혼란을 느끼는 듯 이마와 미간에 주름이 가득 잡히고 있었다.

'천지일원기가 외부로 드러날 정도라면 이 아이가 혼천무극진기의 일단공을 완성했다는 것인데, 칠팔 년의 세월로 그러한 경지에 이른다는 것은 나라 해도 가능하지 않은 일이다.'

그의 자질은 그가 존경하는 대사형도 인정했던 것으로, 어린 시절 그는 스승으로부터 가히 백 년에 한 명 나올까 말까한 자질의 소유자라는 평가를 받았었다.

그런 그가 본 관산호의 자질은 탁월한 것이었지만 그를 넘어설 정도는 아니었다. 그는 그렇게 판단하고 있었다. 그렇다면 결론은 간단했다.

'이 아이는 이곳에 오기 전에 이미 혼천무극진기를 배우고 있었다고 볼 수밖에 없다. 하지만 이것을 가르친 사람이 그라면 혼천무극진기의 일단공을 완성한 지금 이 아이를 이대로 방치하는 것이 얼마나 위험한 일인지 누구보다도 그가 더 잘 알고 있을 텐데… 이게 도대체 어떻게 된 일인가?

공손우는 나쁘지 않은 두뇌의 소유자였다. 아니, 천재라 불려도 손색이 없는 두뇌의 소유자라고 해야 옳았다. 하지만 그런 그도 관산호의 정수리에서 피어오르는 천지일원기를 어떻게 해석해야 할지 갈피를 잡지 못했다.

공손우는 눈을 감았다.

일각에 가까운 시간이 흘렀다.

눈을 뜬 그의 두 눈에 찰나간 푸른빛 섬광이 떠올랐다 사라졌다.

'어떻게 해서 이 아이가 혼천무극진기를 익혔는지는 알 수 없는 일이지만 그것의 주인이 되게 내버려 둘 수는 없다. 이 아이를 태어나게 하기 위해 했던 희생이 얼마나 가혹한 것이었는데……. 그로 인해 천하의 운명이 풍전등화가 되었는데 어떻게 이 아이를 혼천무극진기의 주인으로 남겨둘 수 있단 말인가!'

그의 두 눈 깊숙한 곳으로부터 무시무시한 빛이 폭발하듯 솟아올랐다. 벌거벗은 관산호의 전신을 훑던 그의 시선은 관산호의 오른쪽 어깨에 고정되어 있었다.

인두로 지진 것처럼 선명하게 열십 자 형태로 박혀 있는 아홉 개의 점.

'십자구반혼(十字九返魂)! 너를 찾기 위해 십오 년 동안 대륙 전역을 헤맸다. 너는 결코 혼천무극진기의 주인이 되어서는 안 된다. 그것은 결코 있어서는 안 되는 일이야. 네가 혼천무극진기의 주인이 된다면 하늘이 우리를 희롱하는 것이다.'

지그시 입술을 문 공손우는 바닥에 결가부좌를 틀고 앉았다. 눈을 반개한 그의 양손은 가슴 앞에서 한 치 정도 간격으로 떨어진 채 장심을 마주 보고 있었다.

잠시 후 공손우의 자글자글 주름진 두 손이 손목 부위부터 잘 제련된 강철과도 같은 검푸른빛으로 물들기 시작했다.

슈우욱!

한순간 그의 양손을 물들이던 검푸른빛이 살아 있는 듯 꿈틀거리며 허공으로 치솟았다. 허공으로 치솟던 빛은 공손우의 미간과 한 자 정도 떨어진 곳에서 상승을 멈추고는 조금씩 작아지는 듯하더니 폭 한 치 정도의 원구를 형성했다.

공손우의 이마에 굵은 땀방울이 맺히며 전신이 진동했다. 그의 얼굴은 참혹하게 일그러져 있었다.

'육성의 파멸천강력(破滅天罡力)으로 혼천무극진기의 기운을 제거할 수 있을 것인가? 모험이다. 내 예상대로 되지 않는다면 산호는 죽을 것이다. 하지만 하지 않을 수 없구나.'

공손우의 얼굴에 한순간 진한 갈등의 빛이 떠올랐다. 관산호가 죽을 수도 있다는 가능성이 그를 갈등하게 만든 것이다.

하지만 그 빛은 곧 사라졌다. 그가 본 천지일원기가 의미하고 있는 것은 너무나 중대해서 그로서는 이대로 있을 수 없었다.

그는 관산호에 대해 상상 이상의 지극한 감정을 갖고 있었지만 천지일원기는 그의 감정 정도는 가볍게 사그라뜨릴 만큼 무거운 의미를 가진 것이었기 때문이다.

공손우의 안색이 시체처럼 창백하게 변했다.

지난날 그가 입은 내상은 너무나 극심한 것이어서 십오 년 가까운 세월이 지난 지금도 그가 갖고 있었던 본연의 능력을 절반도 발휘하지 못하게 만들고 있었다.

그는 육성의 파멸천강력을 끌어올리는 것만으로도 전신의 경락이 찢겨 나가는 듯한 고통을 느꼈다. 그것은 분근착골보다도 몇 배는 더 참혹한 것이어서 혹독한 수련으로 수십 년을 보낸 공손우와 같은 사람이라 할지라도 참아내는 것은 불가능에 가까운 것이었다.

하지만 공손우는 믿어지지 않는 인내력으로 고통을 견디어내고 있었다. 그가 참지 못한다면 관산호의 운명은 그가 생각한 것과는 전혀 다른 방향으로 전개될 것이기에.

그것은 절대로 용납할 수 없는 일이었다.

흐릿하지만 강철의 검푸르고 단단한 그것과 비슷한 빛을 발하던 구체가 서서히 움직이기 시작했다. 끝없이 계속될 것 같던 구체의 움직임은 관산호의 하단전, 기해혈(氣海穴) 상공 세 치 위에서 정지되었다.

그리고 하강이 시작되었다.

관산호의 하체는 이불에 덮여 있었지만 구체의 움직임에는 아무런 지장을 주지 못했다. 이불과 맞닿는 듯하던 구체는 솜 뭉치에 물이 스며들 듯 이불 속으로 사라졌다.

잠시 후,

혼천무극진기의 수련을 마치고 달게 잠을 자던 관산호의 표정 없던 얼굴에 조금씩 표정이 생겨났다. 미간이 좁혀지고 굵은 눈썹이 일그러졌다. 그의 얼굴은 시간이 지날수록 붉게 물들어갔고, 벌거벗은 상체는 굵은 힘줄이 지렁이처럼 튀어나와 기이한 무늬를 만들었다.

관산호는 들짐승이 전신을 물어뜯어 갈가리 찢어놓는 듯한 막대한 고통을 느끼며 감각이 깨어나고 있었다. 그는 어지간한 아픔은 눈빛조차 변하지 않을 만큼 인내심이 강했지만 지금 그의 전신에서 느껴지는 고통은 그가 살아오면서 경험했던 그런 것과는 차원이 다른 것이었다.

'이건 꿈이야. 일어나야 한다.'

그는 자신이 잠을 자고 있으며, 이 고통은 꿈속에서 느끼는 허상이고 눈을 뜨면 사라질 것이라고 생각했다. 하지만 그는 미칠 듯 고통스러워하면서도 눈을 뜨지 못했다.

그것은 그의 심신이 공손우의 기세에 완전하게 제어되고 있기 때문이었다. 지금 공손우가 허락하지 않는 한 관산호는 손가락 하나 까딱할 수 없는 상황인 것이다. 그의 전신이 검

붉게 물들며 금방이라도 터질 듯 부풀어올랐다.

악몽과도 같은 시간이 흘러갔다.

비 오듯 땀을 흘리며 격공전력(隔空傳力)의 수법으로 관산호의 몸 안에 있는 파멸천강력의 정수 천강지기를 움직이던 공손우의 입가에 떠올랐던 고통의 빛이 약해졌다. 그의 입가엔 희미하지만 만족스런 미소가 떠올라 있었다. 기쁨이 고통을 누른 것이다.

'혼천무극진기가 소멸되려 한다.'

관산호의 백회 부위에서 솟아오르던 천지일원기의 신비로운 빛이 그 힘을 잃어가며 흩어지고 있었다.

혼천무극진기는 무림의 다른 심법이나 신공류와는 달리 단전에 내공을 전혀 축적하지 않는다.

무극진기의 일정 단계에 도달하면 천지간에 존재하는 대자연지기를 단전에 축적된 내공처럼 끌어다 쓸 수 있다. 그 힘은 대자연지기의 일부를 받아들여 만들어내는 내공과는 비교할 수 없이 정순하며 거대한 힘이었다.

무극진기의 실제가 그러했기 때문에 수련자의 단전에 내공을 축적할 이유가 없었다. 그래서 무림의 일류고수인 강풍양조차 관산호의 몸에서 내공을 발견할 수 없었고, 무극진기를 단순한 체술 정도로 생각하게 되었던 것이다.

그럼 육체에 내공이 축적되지 않는 혼천무극진기를 공손우는 어떻게 소멸시키고 있는 것일까.

무극진기의 일단공인 감응천인결은 수련자의 원영지기를 대자연지기와 가장 근접한 상태까지 순수하게 만들고, 수련자의 육체가 무리없이 대자연지기를 받아들일 수 있도록 그 신체와 경락, 혈맥의 구조를 최적화하는 데 그 목적이 있었다.

그리고 그러한 일단공이 마무리되면 대자연지기는 혼천무극진기의 정화(精華)인 원영지기와 호응하여 그 경계 지점에 강력한 대자연지기의 기해(氣海)를 형성하기 시작한다.

그리고 무극진기의 최후 단계에 도달하면 그 기해조차 사라지고 시전자의 기운과 천지의 기운이 따로 존재하지 않는 경지에 도달하게 되지만 그 이전까지 기해는 유지되며 무극진기의 수련 정도가 깊어질수록 더 두텁고 강력해진다.

만약 무극진기의 수련자가 무공을 사용하려 한다면 언제든 그 기해 속에서 필요한 만큼의 기를 받아들여 사용할 수도 있었다. 하지만 무림사에 대자연지기를 내공처럼 사용하는 그런 무공이 존재했다는 기록은 없다.

당세에 혼천무극진기라는 것이 존재한다는 것 자체를 아는 사람도 몇 명 되지 않는 것이다.

대자연지기와 무극진기의 정화인 원영지기의 경계점.

그곳이 백회였다.

천지일원기는 대자연지기가 무극진기를 수련한 자의 경계점에 기해를 형성하기 시작했을 때 나타나는 징표였던 것이다.

공손우는 혼천무극진기를 수련한 적이 없었지만 그것의 수련이 진척되었을 때 어떤 현상이 벌어지는지에 대해서는 그것의 창안자에 버금갈 만큼 해박한 지식을 갖고 있었다. 이백 년에 걸친 선대의 연구가 그것을 가능하게 했다.

그 지식을 바탕으로 그는 혼천무극진기를 소멸시킬 수 있는 나름대로의 방안을 강구했고, 그것을 시행하고 있었다. 그리고 그가 시행한 방법은 그의 눈앞에서 분명한 효과를 보여주었다.

그가 혼천무극진기를 소멸시키기 위해 구상한 방법은 의외로 간단했다.

백회혈이 원영지기와 대자연지기의 경계점이 되기 위해서 혼천무극진기의 일단공 감응천인결은 수련자의 상단전을 개방한다. 그리고 그곳에 원영지기가 머물 터를 닦는다.

혼천무극진기의 정화인 원영지기란 도가(道家) 수행자들이 우화하기 전 도달한다는 원영신(原靈身:기(氣)로 이루어진 육체)의 근간이 되는 기운을 말한다. 그리고 혼천무극진기에서의 무극(無極)은 태극과 음양오행 이전의 단계, 즉 극한의 순수를 의미한다.

공손우는 그런 원영지기와 무극의 상태를 깨뜨리기 위해서는 그 순수함에 다른 색을 입혀 원영지기의 성질을 변화시키고, 상단전에 집중된 원영지기를 하단전으로 이동시키면

될 것이라고 판단했다.

그의 판단은 관산호가 익힌 혼천무극진기의 성취도가 아직 일단공에 머물고 있다는 것에 기초하고 있었다.

그가 알기로 무극진기가 대자연지기를 자유로이 움직일 수 있는 것은 무극진기가 삼단공에 도달해야 가능한 일이었다. 그러기 위해서는 관산호의 원영지기가 상단전을 완벽하게 통제할 만큼 터를 잡아야 하는데 그렇게 자리잡는 것은 이단공이 완성되어야 한다. 하지만 아직 관산호는 무극진기의 이단공에 입문하지도 못한 상태여서 그의 상단전에 머물고 있는 원영지기의 기운은 미약했다.

그래서 그는 자신이 사용한 파멸천강력의 내력 중 일성을 관산호의 하단전에 심고 있었다. 그것은 극심한 내상으로 인해 가뜩이나 흐트러진 그의 심신을 위태롭게 만들 수 있었지만 그는 차후에 일어날 일 같은 것은 신경 쓰지 않고 있었다.

그가 자신의 내공을 관산호의 하단전에 심으려고 하는 이유는 혼천무극진기가 상단전을 중심으로 관산호의 원기—원영지기—를 자리잡게 하므로 하단전에 다시 중심을 만들어 원기를 하단전으로 이동시켜 상단전의 역할을 중지시키려고 하기 때문이었다.

그렇게 되면 상단전과 일체화되어 원영지기와 대자연지기의 경계점 역할을 하던 백회혈이 힘을 잃게 되고, 그 경계점을 중심으로 형성되기 시작한 대자연지기의 기해(氣海)가 흩

어지면서 결국 혼천무극진기는 소멸되리라는 것이 그의 추측
이었던 것이다.

이것은 위험한 모험이었다.

타인의 육체에 자신의 진기를 보내어 운용하는 경우는 드
물지 않다. 간단히 예를 들면, 고수라 불리는 대부분의 무인
은 내상을 입은 사람을 자신의 진기로 치료할 수 있는 능력을
갖고 있다. 물론 지금 공손우가 시전하는 것과 같은 격공전력
의 수법은 무림인들도 들어는 보았겠지만 평생 가야 한 번 볼
까 말까 할 만한 것으로 초절정고수들이나 가능한 방법이다.

그렇게 타인의 육체에 자신의 진기를 보내어 운용하였을
때 그렇게 운용된 진기의 일부는 운용 도중 소멸되고, 소멸되
지 않은 진기는 시술자에게 되돌아온다. 그렇지 않은 경우 피
시술자는 생명이 위태로운 지경에 빠지게 된다.

무공을 익혔든 익히지 않았든 모든 사람은 원기를 갖고 있
다. 그 원기는 태어날 때부터 갖고 있는 것으로 태어났을 때
는 일정한 성질을 갖고 있으며 사람마다 각기 그 성질이 다르
다.

무인들이 익히는 심법이나 신공류 또한 각자의 성질을 갖
고 있다. 무공에 무지한 사람들이 하는 오해 중의 하나가 한
스승 밑에서 같은 심법을 배운 사람들의 내공은 같은 성질을
갖고 있을 것이라는 것이다.

그런 경우가 과연 존재할까. 결론은 결코 그런 일은 있을

수 없다는 것이다.

심법이나 신공을 수련하면 천지간에 존재하는 기운 중 일부를 끌어들여 단전에 축적하게 되는데 그때 축적되는 기운은 순수한 천지의 기운이 아니다. 수련자의 원기에 의해 미세하게나마 변형된 기운이 축적되는 것이다.

그 미세한 차이 때문에 다른 사람의 신체에 자신의 내공을 보내어 그곳에 머물게 하는 것은 극단적으로 위험한 일이 된다. 시술자와 피시술자의 내공이 피시술자의 신체 내부에서 충돌하면 가장 가벼웠을 때 사지가 마비되는 정도로 끝난다. 대부분의 경우 피시술자는 즉사한다.

그 때문에 문파의 원로들이 죽어갈 때 자신의 내공을 후인들에게 남기지 못하는 것이다. 만약 그렇지 않고 한 문파에서 같은 무공을 익힌 사람들의 내공 전수가 어렵지 않은 일이었다면 소림이나 무당과 같은 역사가 긴 거대 문파에서는 천 년 내공을 지닌 무인들이 드물지 않게 나왔을 것이다.

하지만 불가능하다고 알려졌던 그 내공 전수가 지금 공손우와 관산호 사이에서 성공하려 하고 있었다.

그것은 공손우의 생각처럼 그가 익힌 파멸천강력이 가히 불가일세의 절대신공이기 때문이라는 이유도 있었지만 그 때문만은 아니었다. 오히려 그의 의도를 성공하게 만들고 있는 것은 믿어지지 않게도 그가 소멸시키려는 혼천무극진기였다.

혼천무극진기는 순수하기 이를 데 없는 대자연지기를 근간으로 하는 신공이어서 특정한 한 가지의 성질을 갖고 있지 않았다. 그래서 무극진기는 파멸천강력의 기운과 충돌하지 않을 수 있었고, 그런 가운데 파멸천강력의 정수 천강지기(天罡之氣)는 관산호의 하단전에 터를 만들 수 있었던 것이다.

관산호의 상단전에 머물던 원기가 하단전에 터를 잡기 시작한 천강지기의 강대한 인력(引力)을 이기지 못하고 서서히 하단전으로 이동하기 시작했고, 그 흐름은 시간이 갈수록 점점 더 빨라졌다. 그와 함께 그것을 감지한 공손우의 입가에도 미소가 짙어졌다.

하지만 어느 순간,

공손우의 입가에 드리워졌던 미소가 씻은 듯 사라졌다. 대신 찢어질 듯 부릅뜬 그의 두 눈에 믿을 수 없다는 불신의 빛이 강하게 떠올랐다.

'무슨……?

그의 창백한 얼굴이 파멸천강력을 끌어올렸을 때보다도 더 참혹하게 일그러졌다.

관산호의 하단전에 터를 만들던 천강지기가 그의 뜻과는 상관없이 격렬하게 뒤틀리며 거대한 소용돌이를 만들고 있었다. 그런 현상이 벌어짐과 동시에 공손우의 통제 하에 있던 천강지기가 썰물처럼 관산호의 하단전으로 빨려 들어갔다.

관산호의 하단전에서 발생한 기의 소용돌이는 너무나 강

력해서 공손우는 순간적으로 아무런 방도를 세울 수 없었고, 그 찰나의 순간 그가 보유한 천강지기의 대부분은 관산호의 하단전으로 흘러들어 갔다.

그리고 하단전으로 이동하던 관산호의 원기의 흐름이 서서히 정지되는가 싶더니 상단전으로 되돌아가기 시작했다. 원기가 막 기해혈에 도착하기 직전 벌어진 일이었다.

그와 동시에 하단전으로 밀려들어 갔던 천강지기가 오히려 임맥을 거슬러 올라 원기의 뒤를 따르기 시작했다. 공손우의 예측대로라면 아직 관산호의 상단전에 머무는 원영지기의 힘은 미약해서 결코 이런 일은 발생할 수 없었다.

그는 이해할 수 없었다. 그리고 그것은 당연한 일이었다. 그는 선대로부터 내려오는 혼천무극진기에 대한 해박한 지식을 갖고 있었지만 그 지식을 남긴 그의 선대 중 누구도 혼천무극진기를 익히며 연구했던 사람은 없었다. 그래서 그들의 연구는 중대한 허점을 갖고 있을 수밖에 없었다.

그들 중 누구도 대자연지기가 갖는 실제 힘이 어느 정도인지 알고 있지 못했던 것이다. 단지 이러할 것이다라는 추측만이 가능했을 뿐.

공손우가 익힌 파멸천강력의 천강지기는 가히 인세에 드문 가공할 힘을 갖고 있었다. 하지만 그 힘의 평가는 인세의 것이었다. 대자연지기와 비교한 것이 아닌 것이다.

비록 관산호의 백회혈이라는 경계점에 형성되기 시작한

대자연지기의 힘은 아직 미약했지만 그 뿌리를 천지에 두고 있는 순수한 힘이었다.

대자연지기는 자신을 끌어당겨 안정시키던 관산호의 원기가 멀어지며 상태가 불안정해지자 다시 안정 상태로 돌아가기 위해 강력한 인력을 발생시켜 원기를 끌어당겼고, 그 힘을 이기지 못한 원기와 그것을 끌어내리던 천강지기까지 함께 끌려 올라가기 시작했던 것이다.

공손우가 본래의 능력을 온전히 갖고 있었다면 아직 미약한 대자연지기의 인력을 끊어내고 천강지기를 통제할 수 있었겠지만 불행히도 그의 능력은 온전했던 시절의 절반에도 미치지 못했다.

공손우의 얼굴이 하얗게 변했다가 퍼렇게 질려갔다. 옷 밖으로 드러난 그의 얼굴과 목, 두 손의 굵은 힘줄이 미친 듯이 튀어 올라 구렁이처럼 꿈틀거렸다.

'이겨내야 한다. 질 수는 없다. 내 비록 지난날의 능력을 갖고 있지 못하다고는 하나 아직 소년기도 벗어나지 못한 아이의 힘에 질 수는 없다. 절대로.'

그는 전력을 기울여 천강지기를 통제하려 노력했고, 그 노력이 통해서일까.

관산호의 원기를 따라가던 천강지기가 서서히 움직임을 멈추며 강력한 힘으로 원기를 끌어들이기 시작했다.

서로를 끌어당기려는 천강지기와 대자연지기의 인력은 막

대한 힘으로 관산호의 내부에서 부딪쳤다.

우두둑우두둑!

관산호의 전신에서 뼈가 부러지는 듯한 소리가 쉴 새 없이 들리고, 전신이 두 배는 되어 보일 정도로 부풀어올랐다. 그의 이목구비는 부풀 대로 부푼 살덩이들 속에 묻혀 굴곡이 사라졌고, 탄탄하던 상체의 근육은 부풀어오를 대로 부풀어올라 돼지의 방광처럼 둥그렇게 변했다.

그곳에 있는 것은 관산호가 아니라 하나의 거대한 살덩어리로 이루어진 괴물이었다. 그를 졸졸 따라다니는 강예령이라 해도 지금의 그의 모습을 본다면 그가 관산호라는 것을 믿지 못할 것이다.

…….

얼마의 시간이 흘렀을까.

"커억!"

사투를 벌이던 공손우의 입술 사이로 격렬한 신음 소리와 함께 한 사발은 됨 직한 핏덩어리가 터져 나왔다.

툭!

그리고 그의 가슴 앞에서 장심을 마주 보고 있던 두 손이 힘없이 그의 무릎 위로 떨어졌다.

그는 한 손으로는 입가의 피를 닦고 한 손으로는 바닥을 짚으며 자리에서 일어났다. 힘겨워 보이는 동작이었다.

'혼천무극진기……. 무섭구나. 아직 이단공조차 완성되지

않았는데도 이처럼 강한 힘을 갖고 있다니……. 소멸은 실패
했다. 하지만 호아의 무극진기를 중단전에 봉인(封印)해 놓았
으니 그것만으로도 다행스러운 일이다. 봉인된 무극진기의
힘이 미약하니 천강을 뚫고 나오는 것은 불가능하다. 게다가
호아가 수련한 무극진기와 천강이 서로 충돌하지 않으니 생
명에는 지장이 없을 것이고. 후일 호아가 천강의 힘을 얻는다
면 무극진기는 완전하게 소멸할 것이다. 이것으로 만족할 수
밖에…….'

그는 침상에 누워 있는 관산호를 내려다보았다. 이곳에 들
어올 때와 마찬가지로 온화한 빛을 담은 눈길로, 그러나 그
눈에는 섬광처럼 번뜩이던 빛이 사라지고 보이지 않았다. 그
의 두 눈은 평범한 노인처럼 힘이 담겨 있지 않았다.

관산호는 대법이 시행되기 전처럼 단잠에 빠져 있었고, 언
제 터질 듯 부풀어올랐냐는 듯 탄탄한 근육으로 뭉친 상체는
구릿빛의 윤기가 흘렀다.

공손우는 혼천무극진기의 완전한 소멸은 성공하지 못했지
만 관산호의 원기를 중단전에 봉인하고 그것을 천강지기로
포위하는 데 성공했다. 마치 호수의 가운데 자리잡은 섬처럼
관산호의 원기는 천강지기라는 호수에 갇힌 것이다.

무극진기의 정화인 원기가 천강지기에 의해 봉인되면서
대자연지기를 끌어들이던 원기가 갖고 있는 인력은 끊어졌
고, 당연히 백회혈을 경계점으로 축적되던 대자연지기는 흩

어져 다시 천지로 돌아갔다.

대자연지기가 천지로 돌아갔다는 증거로 관산호의 백회혈에서 솟아오르던 천지일원기의 모습이 이제는 보이지 않았다. 그것이 공손우가 혼천무극진기를 봉인했다고 확신하는 명확한 근거가 되었다.

그렇게 혼천무극진기를 봉인하기 위해 공손우가 한 희생은 막대한 것이었다.

'그나마 갖고 있었던 내력의 구 할을 잃었다. 게다가 수명까지 줄어 이제는 반년도 버티기 어렵다니……. 계획했던 대로 일을 추진할 시간이 남아 있지 않구나. 허허허, 이런 어처구니없는 일이…….'

그의 얼굴에 허탈한 빛이 스쳐 지나갔다.

관산호의 원기를 봉인한 천강지기는 공손우의 내력 중 구 할로 이루어졌다. 그것은 그가 그만큼의 내력을 잃었다는 것을 뜻했다.

내력의 구 할이 사라지면서 간신히 억눌러 놓았던 지난날의 내상이 그의 전신 경락을 태풍처럼 휩쓸며 오장육부를 망가뜨리고 있었다. 그리고 그는 더 이상 그것을 제어할 수 있는 힘을 갖고 있지 않았다.

내상의 고통은 끔찍한 것이었다. 하지만 공손우의 얼굴 어디에서도 고통의 빛은 읽을 수 없었다. 그에게 있어 내상의 고통 정도는 고통에 속하지도 못했다. 그보다 더 끔찍한 고통

속에서 수십 년을 단련한 사람이 그인 것이다.

'그곳은 아직 완성되지 않았다. 지금 호아를 그곳에 데리고 간다면 성공할 수 없다.'

공손우는 곤혹스러운 얼굴이었다.

그는 내력의 구 할을 잃고 수명까지 줄었다. 하지만 그런 것은 이미 그의 관심 밖이었다. 목숨에 대한 애착은 스승으로부터 검(劍)을 하사받던 날 버렸다. 그리고 십오 년 전의 그날 이후 무공에 대한 미련도 버렸다.

버릴 것이 아무것도 없는 그였기에 내력을 잃고 수명을 잃은 지금 그에 대한 아쉬움도 없는 것이다. 게다가 그에게 중요한 것은 천하의 미래였지 그의 미래가 아니었다.

지금 그가 허탈해하는 것은 자신이 잃어버린 것 때문이 아니라 내공과 수명이 줄어듦으로 인해서 관산호를 위해 안배했던 것들이 어긋나려 하기 때문이었다.

'그곳의 준비가 완료되기 위해서는 아직 반년 정도의 시간이 더 필요하다. 그래서 그 시간이 지나고 나서 호아가 자연스럽게 그곳으로 갈 수 있는 계기를 만들려고 나름의 안배를 했던 것인데……. 일이 이렇게 꼬이다니, 일은 사람이 꾸미나 그 성사는 하늘에 달렸다더니[謀事在人 成事在天], 옛 어른들의 말씀이 하나도 틀린 것이 없구나. 허허허.'

내심 허탈한 웃음을 흘리던 그의 얼굴이 무거워졌다.

'무리하면 대사형의 눈을 피할 수 없다. 사제들 중 누군가

가 이미 내 흔적을 발견하고 나를 추적하고 있을 수 있는 상
황에서 나와 호아가 갑작스럽게 사라진다면 대사형은 나와
호아의 관계를 눈치 챌 것이고, 호아에 대한 추적도 같이할
것이다. 그리고 그분과 사제들의 능력이라면 내가 곁에 없는
호아가 그분의 수중에 떨어지는 데 일 년도 걸리지 않을 것이
다. 그곳의 비밀을 아무리 철저히 지킨다 해도 그 이상의 시
간을 벌어주지는 못할 것이다.'

관산호를 바라보는 그의 눈빛은 그 끝을 알지 못한다는 무
저갱처럼 깊게 가라앉아 있었다. 살아오며 단 두 명을 제외하
곤 천하의 그 누구도 두려워하지 않던 그가 두려움에 떨고 있
었다.

그만큼 그가 아는 사람들의 능력은 가공스러웠기에. 하지
만 그 두려움은 그 자신이 아니라 관산호로 인한 것이었다.
그는 이미 목숨에 대한 미련을 초탈한 사람이었다. 그 자신을
위해서라면 세상에 두려울 것이 없는 사람인 것이다.

그의 생각은 계속되었다.

'내가 그분의 시야에서 호아를 벗어나게 해주려면 우리 둘
이 동시에 움직이면 안 된다. 하지만 이제부터라도 호아의 기
초를 잡아주지 않는다면 안배가 완성된 후라도 호아가 그것
을 얻을 가능성은 거의 없는데……. 그것을 얻지 못한다면 어
떤 무공으로도 그분을 막지 못한다.'

그는 자신의 생각에 확신을 갖고 있었다.

‘진퇴유곡이로구나……. 내게 남은 시간은 없고 안배도 아직 완성되지 않았고. 그리고 봉인된 무극진기를 소멸시키기 위해서는 호아의 내부에 심은 천강지기가 완성되어야 하는데…….’

번민에 빠진 공손우의 탄식이 거듭되었다. 무겁게 굳은 그의 안색은 펴질 기미를 보이지 않고 있었다.

그는 절세의 능력을 지닌 사람이었지만 그가 펼친 대법과 관산호가 보여주는 모습 사이에 기이한 부조화가 있다는 것을 깨닫지 못하고 있었다. 얼마 전 그가 내심 중얼거렸던 것처럼 일은 사람이 꾸미나 그 성사는 하늘에 달린 법.

창밖으로 사위를 뒤덮고 있던 어둠이 조금씩 옅어지고 있는 것이 보였다.

힘을 잃은 노인과 밤새 어떤 일이 있었는지 알지 못하는 소년이 머물고 있는 방의 창문 틈으로 새벽의 어스름한 빛이 기웃기웃하며 넘어 들어오고 있었다.

제11장

상익청(商翊淸)

鐵血無情路

쿵쿵쿵쿵!

'왜 이렇게 답답한 느낌이지?'

언제나처럼 아침에 일어나 후원에서 장작을 패던 관산호
는 눈살을 찌푸리며 도끼질을 멈추었다.

이른 아침이었지만 아직도 사위는 어두웠다.

날씨가 좋지 않았다.

하늘을 가린 시커먼 먹구름이 이리저리 몰려다니는 것이
금방이라도 비가 쏟아질 듯했다.

그는 평소에 만들던 양의 절반에도 미치지 못하는 장작더
미 옆에 도끼를 내려놓고 장작 위에 털썩 주저앉았다.

‘이상하게 가슴이 답답해. 이런 적이 없었는데?’

그는 손으로 가슴을 어루만졌다.

아침에 일어났을 때 그는 자신의 몸에서 지금까지 느낄 수 없었던 미묘한 무언가를 느꼈다.

가장 먼저 느낀 것은 가슴이 답답하다는 것이었다. 지금까지 그는 감기 한번 앓아본 적이 없을 정도로 건강했다. 가슴이 답답했던 적은 더 더욱 없었다. 그랬기에 마치 가슴에 무언가를 얹어놓은 듯 답답한 그 느낌이 더욱 생소했고 기분이 나빴다. 하지만 그는 원인을 알 수가 없었다.

가슴이 답답하다고 몸이 아프거나 한 것도 아니었다. 아니, 오히려 그의 몸은 어제보다 더욱 활력이 넘쳤다. 그것이 두 번째 이상한 점이었다.

머릿속은 더욱 맑아진 기분이었고, 몸은 힘이 넘쳤다. 기분만 그런 것이 아니었다.

장작을 패도 이전보다 절반 이상 속도가 빨라졌다. 세 번은 내려쳐야 빠개지던 장작이 두 번의 도끼질만에 힘없이 빠개졌다. 그 또한 이해할 수 없는 일이었다. 하룻밤 자고 일어난 것밖에 없는데 힘이 강해질 수는 없는 일이었기 때문이다.

무가에서 자란 관산호다. 힘과 무공에 관한 그의 견문도 적지 않았지만 자신과 같은 경우가 있다는 말은 들은 적도 본 적도 없었다.

‘무극진기의 흐름도 이상해졌어.’

보름째 비가 내리지 않아 바짝 마른 지면을 바라보는 관산호의 눈길에 곤혹스러움이 가득 떠올랐다.

그의 진정한 고민은 세 번째의 이상 때문이었다.

잠에서 깬 그는 답답함을 느끼고 그것을 해소하기 위해 혼천무극진기를 운용했었다. 그리고 그는 자신의 몸에 분명 무언가 이상이 생겼다는 것을 깨달을 수 있었다.

혼천무극진기는 다른 심법이나 신공류와는 달리 기를 단전에 축적하지 않는다. 때문에 기를 경락에 따라 순환시키면서 기를 강화시키고, 그렇게 강화된 기를 다시 단전에 축적하는 그런 과정을 거칠 이유가 없었다.

그래서 무극진기 일단공의 수련은 구결을 암송하면서 신체에 존재하는 모든 혈(穴)을 개방하고, 그 개방된 혈을 통해 대자연지기를 신체에 받아들였다가 내보내는 것이 전부였다. 관산호는 그러한 무극진기의 단순한 수련이 자신의 신체와 경락에 쌓인 탁기를 씻어내고 원기를 강화시키고 있다는 것을 알지 못했지만.

당연히 무극진기의 열여덟 단계로 이루어진 일단공의 움직임은 혈을 개방하기에 최적의 자세를 취하는 것일 뿐 그 이상의 의미를 갖고 있지 않았다.

팔 년의 세월 동안 반복해서 수련해 온 혼천무극진기이다. 그런데 오늘 아침 그는 익숙한 무극진기의 움직임이 아닌 다른 움직임을 느껴야만 했다.

　무극진기의 수련과 함께 그의 신체 외부에서 느껴지던 상쾌한 기류 대자연지기는 여전히 확연하게 느껴졌다. 하지만 그 기운은 그의 신체로 유입되지 않았고, 대신 하단전에서 기묘한 기운이 일어나더니 그 기운은 그가 한 번도 운행해 보지 못한 경로를 통해 그의 전신 경락을 운행했고, 마지막에는 다시 하단전으로 돌아왔다.

　그는 무극진기의 구결대로 대자연지기의 기운을 끌어들이려 했지만 대자연지기는 그의 신체로 유입되지 않은 채 쉼없이 그의 혈(穴)과 충돌만을 반복했다.

　게다가 하단전으로 되돌아온 생소한 기운은 그곳에 머무는가 싶더니 수련의 마지막 단계에서 임맥을 거슬러 올라 중단전으로 갔고, 그곳에서 마치 밑 빠진 독에 부어진 물처럼 흔적도 없이 사라졌다. 이것은 관산호를 당황하게 만들었다.

　항상 그의 내부로 유입되던 기운이 들어오지 못하던 것도 그렇지만 하단전에서 일어나 그의 경락을 운행한 후 다시 하단전으로 돌아왔다 중단전으로 사라진 그 기운은 분명 운기행공에 의해 형성된 내공이라고밖에 볼 수 없었다. 그것이 그의 상식이었다.

　하지만 그는 내공심법을 배운 적이 한 번도 없는 사람이다. 강씨 가문의 비전인 풍뢰비결조차 배운 적이 없는 그인데 어떻게 운기행공이 가능할 것이며, 또 가능하다 할지라도 단 한 번 만에 뚜렷하게 느낄 만한 내공이 경락을 운행할 수 있단

말인가? 게다가 중단전으로 거슬러 올라 사라지다니……. 그
의 상식으로는 불가해한 일이었다.

지금 그런 일이 그의 신체 내부에서 벌어지고 있는 것이다.

'이게 어떻게 된 일일까? 방바닥에 있던 희미한 얼룩은 또
무엇이고. 밤사이 누군가 내 방에 다녀간 것일까?'

아침에 일어난 그는 방바닥에 묻어 있는 얼룩을 발견할 수
있었다. 그 얼룩은 희미했고, 누군가 치운 흔적이 역력해서
남아 있는 양은 거의 없었지만 그것의 정체가 무엇인지 알기
는 어렵지 않았다. 생김새보다 냄새 때문이었다.

피비린내.

그 얼룩에서 풍기는 것은 분명 피비린내였다.

분명 밤새 누군가 그의 방을 다녀간 것이다.

하지만 그뿐이었다.

누가 다녀갔는지, 어떤 일이 그의 몸에 벌어졌는지는 추측
도 불가능했다.

무가에서 자랐기에 무공에 대한 그의 지식도 결코 적은 것
은 아니었다. 하지만 지난밤 그의 몸 안에서 벌어진 일은 가
히 천외천(天外天)의 그것이었다.

천하의 절세고수라도 그의 몸 안에서 벌어진 일을 추측하
는 것은 거의 불가능한 일이라 할 수 있는데 하물며 그가 추
측할 수 있을 리 없었다.

"웬일이야, 오빠가 게으름을 다 피우고?"

후원으로 들어서는 길목에 나타난 사람은 강예령이었다. 그녀는 장작은 패지 않고 앉아 있는 관산호를 신기한 듯 보고 있었다.

장작의 양으로 보아 아직 끝난 것 같지 않았다. 그런데도 쉬는 관산호의 모습은 정말 보기 드문 일이었다.

생각에 잠겨 있던 관산호는 의아한 얼굴로 고개를 들어 강예령을 보았다. 아직 강씨 남매의 무공 수련이 끝나려면 반 시진 정도가 더 남았다.

그가 물었다.

"아버님이 계신데 어떻게 빠져나왔어?"

"아빠 심부름. 오빠를 찾아오라고 하셨어. 우문 선생님한테 가기 전에 아빠한테 먼저 들르라고 하시던데?"

"이 시간에?"

강풍양이 그를 찾은 이유를 알 수 없어 잠시 고개를 갸우뚱하던 관산호는 자리에서 일어났다.

우문상에게 가야 할 시간까지는 아직 한 시진 정도가 남았다. 그리고 지금 간다 해도 강천기를 가르치는 의부를 만나려면 반 시진 정도를 기다려야 한다. 하지만 의부가 찾으니 먼저 가서 강천기에 대한 가르침이 끝날 때까지 기다리는 것이 자식 된 도리다.

"오래 기다렸느냐?"

　방으로 들어선 강풍양은 의자에 앉아 있다가 일어서서 자신을 맞는 관산호에게 물었다.

　"아닙니다. 방금 전에 왔습니다."

　"앉아라."

　강풍양은 맞은편에 앉은 관산호를 말없이 바라보았다.

　관산호는 앉은키가 그와 비슷할 정도로 키가 컸다. 온화한 강풍양의 눈과 맑고 강한 관산호의 눈이 허공에서 얽혔다.

　강풍양의 입가에 미소가 떠올랐다.

　아직 스물도 안 된 소년이었지만 그는 관산호를 보면 항상 마음이 든든했다.

　관산호는 다른 사람들에게는 먼저 말을 붙이는 적도 웃음을 보여주는 적도 없을 만큼 냉정한 구석이 있었다. 단무혁을 비롯한 다른 가신들의 후예들에게는 덜했지만 그렇다고 크게 다르지는 않았다. 하지만 그와 강천기, 강예령은 예외였다. 관산호는 그에게 언제나 믿음직한 아들이었고, 강천기에게는 자랑스러운 동생, 그리고 강예령에게는 거목처럼 언제나 기대어 쉴 수 있는 강인한 오빠였다.

　"할 말이 있어 불렀다."

　"경청하겠습니다, 아버님."

　관산호의 말에 고개를 끄덕인 강풍양은 말문을 열었다.

　"너는 가문의 무공을 배우지 않으려 한다. 나는 그것을 내가 좋은 스승을 구해주면 해결할 수 있다고 생각했다. 하지만 다시 생각해 보니 조금 이상하더구나. 내가 스승을 구한다는 말을 하기 전에 너는 이미 가문무공을 배우지 않겠다고 마음을 굳힌 상태였다. 너는 신중한 아이다. 계획이 없다면 그런 결정을 할 리가 없지. 네가 어떻게 무공을 배우려 하는지 물어보고 싶구나."

강풍양의 말에 관산호는 잠시 탁자 위로 시선을 내렸다. 시선은 흔들림이 없었지만 입을 열 기색도 보이지 않는다.

하지만 강풍양은 관산호가 입을 열 때까지 기다렸다.

관산호의 그런 태도가 무언가를 고민할 때의 버릇임을 잘 알고 있기 때문이었다.

그의 기다림은 길지 않았다.

관산호 또한 강풍양이 질문한 것에 대해 이미 말을 하기로 마음을 먹고 있었던 때문이다.

"아버님 사 년 전 제가 상익청(商翊淸)이란 분에 대해 여쭈었던 것을 기억하십니까?"

"상익청? 비무자(非武子) 상익청(商翊淸). 상 대협을 말하는 것이냐?"

"예, 아버님."

강풍양은 잠시 눈을 감고 생각에 잠겼다.

그가 눈을 떴다.

"내가 네 선친의 유언에 대해 말을 한 그날의 질문 말이로구나."

사 년 전 관산호는 그에게 무공을 배우고 싶다고 했고, 그
는 관현문의 유언에 대해 말하며 관산호의 바람을 막았었다.
그날의 기억이 떠오른 것이다.

"그렇습니다."

"기억이 난다. 그와 네가 무공을 배우려는 계획과 관계가
있느냐?"

강풍양은 의아함이 교차하는 얼굴로 물었다.

"사 년 전 그분을 만난 적이 있습니다. 그분은 제게 배움을
원한다면 언제든 당신을 찾아오라고 하셨습니다."

"상 대협이 말이냐?"

강풍양의 얼굴에 참을 수 없는 놀람의 빛이 뚜렷하게 떠올
랐다.

비무자(非武子) 상익청(商翊淸).

별호에서 알 수 있는 것처럼 엄밀하게 말하면 그는 무인이
되 무림인이라고 하기 어려운 사람이었다.

그 자신이 언제나 자신은 무림인이 아니라고 주장하는 사
람인 데다 무림인으로 보기에는 수십 년 동안 그가 보여준 행
동이 특이했기 때문이다.

그는 강호상에 이름이 알려진 후 삼십 년이 넘는 지금까지
무림인과 비무나 결투를 한 적이 한 번도 없었다. 게다가 자
신에게 도전하는 무림인을 면전에서 박대하고 서슴없이 등을

돌리는 행동을 예사로 해왔다. 그리고 그런 그의 행동을 보고 그를 모욕하는 무림인들을 향해 그는 분노하는 것이 아니라 오히려 웃음을 보여주었다.

정, 사, 마를 막론하고 천의무봉이라고 할 만큼 자부심이 강한 무림인들에게 그런 행동은 상상조차 하기 어려운 일이다. 그래서 대부분의 무림인들은 정, 사, 마를 막론하고 그를 경멸했다.

하지만 대부분의 무림인들이 그를 경멸할지라도 그를 경시하는 무림인은 존재하지 않았다. 그리고 무림인들에게서와는 달리 대륙 남부 해안가의 백성들에게 있어 그는 어떤 무림인보다도 더욱 큰 존경을 받는 사람이었다.

그는 당세에 가장 강한 무인들이라는 천하십대고수에 버금가는 절세의 고수이며, 혈전단(血戰團)이라는 단체를 만들어 삼십 년이 넘는 세월 동안 대륙 남부를 노략질하는 왜구와 끝없는 전쟁을 치렀고, 지금도 계속하고 있는 사람이었기 때문이다.

그가 절세의 고수라는 것을 증명한 사람은 천하십대고수의 일인인 귀영자였다. 귀영자는 천하제일로 공인된 경신술의 달인이면서 타의 추종을 불허하는 독설가로도 유명한 사람이다.

상익청이 십여 년 동안 혈전단을 이끌고 왜구와 전쟁을 치르며 대륙 남부에서 큰 명성을 얻자 필연적으로 그의 무공을 궁금해하는 무림인들이 생겨났다.

그들은 상익청에게 비무를 요청했지만 그 요청은 항상 거절당했고, 그에 대해 항의하는 사람들에게 상익청은 자신이 무림인이 아니라며 비무에 응할 이유가 없다고 말했다.

정당한 비무 요청을 거절하는 것은 무인에게 있어 커다란 불명예이며, 비무를 요청한 무인이 뛰어난 고수라면 거절한 사람은 강호상에서 은퇴를 강요당하게 될 수도 있을 만큼 중대한 사건이다.

그에게 비무를 요청한 사람들 중에는 신출내기뿐만 아니라 뛰어난 고수도 여럿 있었다. 때문에 그의 비무 거절은 무림인들에게 비겁함으로 비춰질 수밖에 없었고, 비웃음의 대상이 되었다. 그렇게 그를 비웃는 사람 중에는 귀영자의 친인도 있었다.

이십 년 전 귀영자는 그의 친인 중 한 명이 상익청을 비웃으며 그를 훈계하러 갈 것이라고 말하는 자리에서 그 말을 한 사람을 오히려 비웃었다. 그때 그가 친인에게 한 말은 이러했다.

"크크크, 나도 승부를 장담할 수 없는 사람이 상익청인데 그대 정도가 어떻게 그를 상대할 수 있겠는가. 그를 상대하려면 먼저 나를 꺾을 정도의 무공을 익힌 다음이라야 가능할 것일세. 지금의 그대는 내 손에 십 초를 견디지도 못하지 않는가. 그가 비무를 허락한다면 자네는 실로 일생일대의 개망신을 면치 못할 것일세. 그러니 그런 생각은 꿈에서라도 하지 말게나."

귀영자는 자신과 상익청 사이에 어떤 일이 있었는지는 말하지 않았지만 말하는 그의 태도로 보아 두 사람 사이에는 한 번쯤 손속을 겨룬 적이 있는 듯했다고 한다.

당시 그들이 대화를 나눈 곳에는 여러 사람이 있었고, 그들을 통해 귀영자의 말이 강호에 전해졌다.

그 후 상익청을 경멸하는 사람은 있을지라도 경시하는 사람은 적어도 무림인 중에는 사라졌다. 귀영자가 인정한 절세 고수를 누가 감히 경시할 수 있단 말인가.

그런 상익청을 관산호가 언급했으니 강풍양이 어찌 놀라지 않을 수 있을 것인가.

관산호가 그를 상대로 없는 말을 지어낼 리 없었다. 그리고 그의 말처럼 상익청과 같은 고수에게 사사를 할 수 있다면 실로 일대의 기연이라 하지 않을 수 없는 일이다.

하지만 강풍양의 얼굴에는 반기는 기색이 없었다. 오히려 심각한 표정이었다.

"네가 하는 말이니 믿을 수 있다. 어떻게 상 대협과 인연이 닿았느냐?"

"특별한 계기가 있었던 것은 아닙니다. 당시 천기 형님과 함께 부둣가에 놀러 나간 적이 있었는데 부두에서 배를 기다리는 사람 중에 그분이 계셨습니다. 저를 보시곤 이것저것 물어보시다가 생각이 있으면 아버님의 허락을 받고 당신에게 오라고 하셨습니다. 그분께서는 아버님께 직접 허락을 받고 싶어하셨지만 당시 그분의 일신상에 얽힌 일 때문에 시간이 없다고 하셨습니다."

"허허허, 천기는 그 일을 알지 못하느냐?"

"그분과의 만남은 일각 정도에 불과했고, 형님은 당시 저와 헤어져 다른 볼일을 보던 중이라 그 일을 알지 못합니다."

관산호의 대답에 강풍양은 내심 쓴웃음을 지었다. 관산호의 대답에서 상익청이 강천기에게 관심을 보이지 않았다는 것을 알 수 있었기 때문이다.

상익청이 관산호와 함께 있던 강천기를 전혀 주목하지 않았다는 것은 그가 강천기의 무재를 한눈에 알아보았다는 말이다. 강천기의 재질이야 그 또한 이미 잘 알고 있지만 아비 된 자로 자식이 기인의 눈에 들지 못했음을 알고서 기분 좋을 까닭이 없었다.

"너는 상 대협에게 갈 마음을 굳힌 게로구나."

"예, 아버님. 말씀을 드리고 싶었지만 기회가 없었습니다."

관산호는 고개를 숙이며 말했다.

의부에게 수년 동안 비밀로 해온 일이다. 비록 사정이 있었다 할지라도 죄송하지 않을 수 없었다.

하지만 강풍양은 관산호의 입장을 충분히 이해했다. 관산호가 무공을 배우는 것을 허락하지 않은 것은 그 자신이기 때문이다. 그런 그에게 관산호가 상익청과의 만남을 이야기하는 것은 어려운 일이었으리라.

"상 대협을 무인이 아니라 말하며 경멸하는 사람들이 많다. 다른 무인을 상대할 때의 그분은 무인으로서의 자부심도 명예심도 찾아보기 어렵기 때문이지. 하지만 나는 그들과는 생각이 다르다. 그분은 진정 대협이라 불려 마땅한 분이다. 그는 헛된 명예를 좇지 않고 왜구의 침노를 받으며 고통받는 백성들을 위해 전 생애를 바쳐 싸웠다. 그분의 삶에 비하면 무인의 명예란 것은 한 줌의 값어치도 없다. 존경받아 마땅한 분이지. 하지만 나는 네가 그분의 사사를 하는 것에 대해 다시 한 번 생각해 주기를 바란다."

강풍양은 자신의 말에도 관산호의 표정이 변하지 않는 것을 보았다. 이미 관산호의 결심이 굳은 것을 알 수 있었다. 하지만 그는 관산호를 말리고 싶었다. 그것은 그가 무인이기 이전에 관산호의 의부이기 때문이었다.

"상 대협은 다른 강호의 기인들과는 천지 차이의 삶을 살았고, 지금도 그렇게 살고 계시다. 너도 들어 알고 있을 것이다. 남부 해안가에 출몰하는 왜구들의 규모가 점점 더 커지고 또 잔인해지고 있다는 것을. 그리고 그들을 상대하는 관군들이 막대한 피해를 입고 있다는 것도. 그분이 이끄는 혈전단이 상대하는 자들이 그런 자들이다. 그분의 사사를 한다면 너 또한 혈전단의 일에 개입할 수밖에 없는데 그것은 정말 위험한 일이다.”

“알고 있습니다, 아버님.”

강풍양은 관산호의 결심을 돌이킬 수 없다는 것을 알았다. 관산호의 결심이 저렇게 단단하면 누구도 그것을 말리지 못한다는 것을 가장 잘 아는 사람이 그였다.

그는 허리를 세우고 자신을 바라보고 있는 관산호와 눈을 마주쳤다. 공손하지만 강한 눈빛이다.

그는 더 이상의 설득이 무용지물이라는 것을 깨닫고 내심 길게 탄식했다.

‘친구, 우리들의 아들은 이제 한 사람의 사내 몫을 하려고 하는군. 놓아주어야 할 때가 되었나 보이.’

그는 눈을 감았다.

관산호는 강풍양이 눈을 감고 생각에 잠기는 것을 보며 시선을 내렸다.

자식으로 부모를 근심케 만들었으니 그의 결심이 아무리 단호하더라도 죄송하지 않을 수 없는 일인 것이다.

그는 상익청과의 만남 이후 그에 대해 알아볼 수 있는 모든 방법을 동원했었다. 때문에 그에게 사사하는 것이 얼마나 큰 위험을 각오해야 하는지도 잘 알고 있었다.

강풍양의 걱정과 근심을 모를래야 모를 수가 없는 것이다. 그럼에도 그가 결심을 바꿀 수 없는 것은 상익청 외에는 그가 바라는 수준의 무공을 익힐 다른 방법이 없기 때문이었다.

"누군가의 문하에 들어가 그의 가르침을 제대로 받기 위해서는 가르치는 사람에게 자신의 모든 것을 온전히 바칠 때 가능한 것이다. 스승은 부모와 같은 존재이기 때문이다. 알고 있느냐?"

강풍양의 얼굴은 엄숙했다.

"잘 알고 있습니다, 아버님."

"바쳐야 할 것에는 네 목숨도 포함되어 있다는 것도?"

"예."

"그런 각오라면 가거라. 말리지 않겠다. 하지만 한 가지 질문과 조건이 있다."

"……."

관산호는 말없이 강풍양의 다음 말을 기다렸다.

그런 그를 바라보는 강풍양의 시선이 무서울 정도로 강해졌다. 그 눈빛을 받은 관산호는 이를 물었다. 강풍양의 눈빛은 내공을 담고 있지 않았다. 하지만 그 두 눈에는 그가 한 사람의 당당한 무인으로 평생을 닦아온 정신의 힘이 담겨 있었다.

마주 보는 관산호의 눈빛도 강해졌다.

"무인의 삶은 범부(凡夫)와 다르다. 사신(死神)을 벗삼아 살다 가는 사람들이 무인이지. 너는 그런 무인으로 살 각오가 되어 있느냐?"

"죽어야 할 때라면 머뭇거리지 않겠습니다. 그리고… 무인으로 죽겠습니다."

망설임없는 대답이다.

강풍양은 삶을 물었지만 관산호는 죽음을 답했다.

대답하는 관산호의 음성은 평소와 다름없이 무덤덤했고, 감정을 느끼기 어려웠다. 다른 사람이 들었다면 어린아이의 흰소리라 생각했으리라.

하지만 관산호의 대답은 강풍양을 만족시킨 듯했다.

그는 관산호의 성장을 옆에서 지켜본 사람.

관산호의 성품과 사고방식을 가장 잘 아는 사람인 것이다.

엄숙하던 그의 얼굴에 소리없이 미소가 떠올랐다.

'현문, 이놈은 천생 무인일세. 무공에 입문도 하지 않은 녀석인데도 무인이 죽어야 할 때, 죽지 못하면 개처럼 살게 된다는 것을 벌써 알고 있지 않은가. 허허허, 자네 뜻과는 다르지만 크게 미안하지는 않네. 정말 제대로 키우지 않았나.'

아버지로서의 그는 관산호의 대답에 마음이 아팠다. 칼을 잡는 순간부터 그 사람의 삶이 얼마나 크게 변하는지 그는 평생 동안 몸으로 겪어온 사람이었기 때문이다.

하지만 한 사람의 무인으로서의 그는 관산호가 기꺼웠다.

관산호의 대답 속에는 나이답지 않은 굳은 각오가 담겨 있었다. 그는 언제 죽어도 이상할 것이 없는 것이 무인의 삶이라는 것을 무가에서 자라 잘 알고 있었고, 무인으로 사는 것보다 무인으로 죽기가 더욱 어렵다는 것도 잘 알고 있었다.

죽음의 순간에 약해지는 것은 인지상정이다. 하지만 무인에게 그런 허약함은 허락되지 않는다. 죽어야 할 때 죽지 못한 무인은 범부보다도 더 비참해진다.

강풍양은 관산호의 대답 속에서 그가 무인을 어떻게 바라보고 있는지, 그리고 그가 한 사람의 무인으로 어떻게 성장할지를 읽을 수 있었던 것이다.

"질문이 끝났으니 조건이 남았다. 너는 상 대협을 찾아가기 전에 먼저 가전무공을 배워라. 설령 네게 큰 도움이 되지 못하는 무공일지라도 무가의 자손이 가전무공을 모른다는 것은 말이 안 되지 않겠느냐. 익히는 것은 바라지 않는다. 하지만 잊지 않을 정도까지는 배워두거라."

자식에게 모든 것을 전해주고자 하는 부모의 마음이다. 감히 어떻게 거절할 수가 있을까.

관산호가 가전무공을 익히지 않으려고 했던 것은 시간이 없었기 때문이다. 강가의 무공이 상승의 절학은 아니었지만 몇 달 만에 익히는 것이 가능할 만큼 간단한 것은 더욱 아니다.

그의 나이 십오 세.

그는 자신이 무공에 입문하기에는 많이 늦은 나이라는 것을 잘 알고 있었다. 그것을 알고 있었기에 가전무공을 배우는 데 쓸 시간이 없다고 생각했던 것이다. 그리고 그 판단은 옳았다.

하지만 강풍양의 말처럼 가전무공을 잊지 않을 만큼만 배우는 데는 오래 걸리지 않을 것이다.

강천기와 강예령의 무공 수련을 지켜본 세월만 팔 년이다. 풍운뇌격도법과 복마천뢰산수의 구결은 알지 못하지만 그 형(形)은 눈을 감고도 그려낼 수 있을 정도로 외운 상태이다.

"알겠습니다, 아버님."

관산호의 대답을 들은 강풍양의 얼굴이 온화해졌다.

"오래 걸리지 않을 것이라고 생각한다. 잊지 않을 정도가 되었다고 생각했을 때 떠나거라. 내게 보여줄 필요는 없다."

"예."

말하는 강풍양도 관산호도 당연하게 생각했다, 그들은 상대방을 자기 자신만큼이나 잘 아는 부자지간이었기에.

"우문 선생에게 가려면 식사를 해야겠지? 제대로 졸려면 배가 든든해야 되지 않겠느냐?"

강씨 집안 사람 중 관산호가 우문상의 가르침 시간에 얼마나 잘 조는지 모르는 사람이 없었다.

머쓱한 얼굴로 뒷머리를 긁적이던 관산호가 화제를 바꾸었다.

"형님과 령아가 기다리고 있을 겁니다."

　서로를 바라보며 소리없이 웃던 두 사람은 자리에서 일어섰다.
　식사를 준비한 능 여인의 입술이 댓발은 나왔을 것이다. 그녀는 식사 시간에 늦는 사람을 가장 싫어하니까.

제12장

전야(前夜)

鐵
血
無
情
路

강천기의 눈은 초점이 흐렸고, 턱은 떨어지기 일보
직전이었다. 그의 표정은 일각 전부터 그 상태로 고정된 채
변화가 없었다. 초점이 흐려진 그의 시선은 연무장의 한가운
데서 움직이고 있는 관산호에게 못 박혀 움직이지 않고 있었
다.

관산호는 지난 한 달간 배운 것을 강천기의 앞에서 시연하
고 있는 중이었다.

강풍양은 사흘 동안 풍뢰비결과 풍운뇌격도법, 그리고 복
마천뢰산수의 구결과 형에 대해 강론한 후 다시는 관산호를
찾지 않았고, 그 후부터 관산호는 홀로 수련해 왔다.

강천기는 오늘 아침 자신의 수련 진행 상황을 살펴봐 달라는 관산호의 부탁을 받고 연무장으로 왔으며, 관산호가 무공을 시연하기 시작한 후 넋이 나간 듯한 표정이 되어버렸다.

일각 전,

관산호는 두 다리를 어깨 넓이로 벌리고 무릎을 직각으로 구부려 허벅지가 바닥과 수평을 이루자 즉시 움직이기 시작했다.

복마천뢰산수였다.

편안한 표정으로 정면을 똑바로 응시하며 두 주먹을 양 허리에 붙였던 그의 하체가 천천히 움직이기 시작했다. 왼발이 반 보 정도 앞으로 나가며 오른 주먹이 허리를 벗어나 정면의 허공으로 뻗어나갔다. 주먹이 전진하며 활짝 펼쳐진 채 정면을 크게 훑치듯이 선회했다.

그의 두 발은 쉬지 않고 팔방을 밟아나갔고, 두 주먹은 발의 움직임과 맞추어 팔방을 휘저었다.

'시작은 크고 느리게, 중심은 낮게… 익숙해지면 점점 더 작고 빠르게, 그리고 중심을 높게 이동시킨다. 너무 긴장하면 근육이 굳어 최적의 시점에 공수 전환을 할 수 없으니 적절한 긴장감을 유지하도록 노력하고, 시선은 타점에 집중하되 전체를 보도록 노력하라. 접근할 때는 작은 바람처럼 스며들고 공격할 때는 폭풍처럼 상대가 숨을 돌릴 여유를 주지 말고 연환하여 몰아쳐라.'

관산호의 뇌리에는 그가 펼치는 동작들의 요결들이 면면부절 떠오르고 있었다. 사흘 동안 쉼없이 이어졌던 강풍양의 가르침이다.

혼천무극진기를 수련하던 때와 마찬가지로 그의 움직임은 느리기 그지없어서 시켜보는 사람이 있었다면 아마도 하품을 하며 잠에 빠졌을지도 몰랐다.

느림을 제외하고 그의 움직임에서 특징을 잡아낸다면 움직임이 사방 반 장 이내의 연무장 중앙을 전혀 벗어나지 않는 것이었다. 그의 동작은 굼벵이가 기어가는 것처럼 느렸지만 흐느적거릴 듯 힘이 없는 것과는 거리가 멀었다.

두 발은 바닥에 붙인 채로 주먹과 손바닥, 손날과 손끝, 손등, 손목, 팔뚝, 그리고 팔꿈치와 어깨 등 상체의 모든 부위를 움직이며 공간을 가르는 그에게서는 눈을 부릅뜨게 만드는 강렬한 패기와 가슴을 시원하게 만드는 호쾌함이 느껴졌다. 그처럼 느린 동작에서 그러한 감정을 느끼게 만든다는 것도 기이한 일이었다.

느린 동작이었기에 연무장에는 미풍도 불지 않았다. 하지만 그가 펼치는 무공을 강풍양이 보았다면 기절초풍했을 것이다.

지금 관산호가 펼친 복마천뢰산수는 속도 면에서만 강천기에게 뒤질 뿐, 그 형(形) 면에서는 오히려 더욱 완벽한 바가 있었고, 그 안에 실린 패기와 호쾌함은 강천기가 흉내 낼 수 없을 정도로 강렬한 것이었다.

무공의 오의(奧義)라는 것은 그 무공이 본래 가지고 있던 위력을 제대로 발휘하게 해주는 핵심을 뜻한다. 오의를 깨닫지 못한다면 그 무공을 익혔다고 볼 수도 없는 것이다.

그렇지 않고 형만 익혀도 무공의 위력을 제대로 펼칠 수 있다면 다른 사람과 비무 한번 하는 것만으로도 무공이 외부에 전해질 테니 비전무공이라는 것이 존재할 수가 없다.

그래서 각 무공의 오의는 문파 내에서도 극비에 속해 구결조차 뜬구름 잡는 식으로 아리송하게 후대에 전해진다. 선대의 해석이 없다면 구결을 구한 사람이라 해도 제대로 이해하기 어려운 것이 무공의 오의였다. 그런데 관산호가 펼친 복마천뢰산수와 풍운뇌격도법은 그 본연의 오의가 흘러넘칠 정도였다. 그 자신은 모르고 있었지만.

관산호의 시연이 시작되자마자 그의 움직임에 담긴 의미를 알 수 있었기에 강천기는 넋이 반쯤 나간 모습이 되어버렸던 것이다. 그 자신은 십오 년여의 세월 동안 수련했지만 관산호가 펼치는 것과 같은 복마천뢰산수는 한 번도 펼친 적이 없었다. 그것은 하고자 해서 되는 일이 아니었고, 그에게는 불가능하게 여겨지던 것이었다.

관산호가 팔 년의 세월 동안 그와 강예령의 수련하는 것을 지켜보았다고는 하지만 직접 수련을 시작한 지는 강풍양의 강론을 포함해서 한 달에 불과했다.

그것은 관산호가 그들의 수련을 지켜보며 복마천뢰산수의 정수를 이해했고, 강풍양의 강론으로 그것을 완성시켰다는 것을 의미했다. 그 외에는 지금 관산호의 성취를 설명할 방법이 없었다.

단지 지켜보는 것만으로 이 정도의 성취를 이룬 것은 무림사에 드문 일로 무공을 아는 자라면 이런 얘기를 듣고 믿을 사람이 없었을 것이다. 관산호의 무공시연을 직접 보고 있는 강천기도 자신의 눈을 믿지 못할 지경인데 하물며 그들이야 오죽하겠는가.

'…본가의 무공이 배우기 쉬운 것이었나, 아니면 내가 바보였던 것일까?'

강천기는 자신의 눈앞에서 펼쳐진 현실을 환상이 아닌가 하며 혼란스러워하고 있었다.

근 반 시진에 가까운 시간 동안 복마천뢰산수와 풍운뇌격도법을 펼치던 관산호의 움직임이 멈추었다.

"후우우우……."

그의 전신은 땀으로 흠뻑 젖어 있었다.

그의 체력은 강풍양이 인정할 만큼 남다른 바가 있어서 폭 이백여 장에 달하는 철사보의 중앙 연무장을 한 시진 내내 돌아도 거의 땀을 흘리지 않을 정도였다.

그런 그가 불과 반 시진의 연무로 전신이 땀에 목욕이라도 한 것처럼 변했으니 방금 그가 행한 복마천뢰산수와 풍운뇌격도법의 시연이 무척 힘들었다는 것을 알 수 있었다.

그의 시선이 강천기를 향했다.

"형님, 어떻습니까?"

"…뭐가?"

관산호의 시연이 끝난 후에도 멍한 얼굴로 정신을 차리지 못하고 있던 강천기가 퍼뜩 놀란 눈빛으로 말했다.

"아버님은 익히는 것까지는 바라지 않으셔도 배우고는 가라고 하셨는데 형님 생각엔 제가 제대로 배운 것 같습니까?"

늘 표정이 거의 없어 강씨 집안 사람들을 제외하고는 마음속을 제대로 읽어내기 어려운 사람이 관산호다. 모르는 사람이 그를 보았다면 지금도 그저 무표정하게만 보일 터이다. 하지만 강천기는 관산호의 눈에 떠오른 희미한 불안감을 읽었다.

관산호는 정식으로 무공에 입문한 지 이제 한 달에 불과한 초보 중의 초보였다. 그 한 달 동안 그는 하루 한 시진 이상 자본 적이 없을 만큼 무공 수련에 집중했다.

하지만 자신의 성취가 어느 정도인지 본인이 알기는 어려운 법.

그 결과를 강천기에게 확인받고자 하는 것이다.

강풍양은 관산호의 성취도에 대해 확인이 필요없다고 말했지만 강천기는 확인하고 싶어했다. 관산호가 어느 정도라도 스스로를 호신할 정도가 되지 못하면 그는 관산호가 떠나는 것을 그냥 내버려 둘 생각이 없었다.

관산호의 나이는 십오 세.

아직 가정을 떠나 혼자 독립하기에는 너무 어린 나이인 것이다. 그래서 오늘 이 자리가 마련되었다.

관산호의 질문을 받은 강천기는 잠시 입을 열지 못했다.

관산호의 성취는 눈으로 보고도 믿을 수 없는 것이어서 그는 순간적으로 할 말을 찾지 못했다.

관산호가 무공에 자질이 있을 것이라는 것은 그도 익히 예상하고 있었다. 하지만 이 정도는 아니었다. 철사보내의 후인들 중 단 한 달 만에 가전무공을 관산호 수준까지 익혀낸 인물은 과거에도 현재에도 존재하지 않았다.

천에 한 명 있을까 말까 한 자질의 소유자라고 호북성 남부 무림인들이 인정한 단무혁도 이십 년의 세월 동안 무공을 수련해 왔지만 최근에도 부친 단규천으로부터 변함없는 지도를 받고 있다.

하지만 그가 볼 때 관산호는 지금 상태로도 부친 강풍양이 가르칠 것이 없어 보였다. 지나친 비약일 수도 있었지만 그만큼 관산호가 그에게 보여준 성취는 충격적이었다.

관산호의 복마천뢰산수와 풍운뇌격도법은 형과 오의, 두 가지 모두 무공의 본의에 근접해 있었다. 그것은 믿기 어려운 성취였고, 강풍양도 믿지 못할 것이다. 상식적으로도 있을 수 없는 일이었지만 관산호는 그 사실을 알지 못했다.

가전무공을 시전함에 있어서 관산호가 완벽한 것만은 아니었다. 그의 무공 시전 중에는 간혹 초식과 초식의 연결, 그리고 초식의 마무리에 파탄이 드러나고는 했다. 하지만 그것은 초식에 대한 관산호의 이해가 잘못되었기 때문이 아니라 그가 내공을 갖고 있지 않기 때문에 발생하는 문제였다.

내가(內家)에 속한 무공들은 충분한 내력이 뒤를 받쳐 주지 않은 상태에서는 초식을 완전하게 펼치는 것이 가능하지 않다. 그리고 강가의 무공은 내가무공에 속한다.

자신의 대답을 기다리는 관산호를 보며 강천기는 관산호에게 지금까지 느껴본 적이 없는 감정을 느꼈다.

그것은 두려움이었다.

같은 무공을 익힌 선배로서 자연스럽게 느낄 수 있는 시기심 같은 것은 생길 여지도 없었다. 아직 미숙한 그가 보아도 관산호의 자질 자체가 그와는 천양지차였고, 무엇보다도 관산호는 그가 사랑하는 아우였다. 동생을 시기할 만큼 그는 못나지 않았다.

하지만 두려움은 달랐다.

그는 자신이 본 관산호의 능력이 인간이 갖고 있는 한계를 벗어난 것이라고 느꼈다.

그것이 그가 느끼는 두려움의 본질이었다.

상상했던 것 이상의 무언가를 보았을 때 보통 사람들이 느끼는 경외감.

강천기는 지금 관산호를 보며 그것을 느끼고 있었던 것이다.

그와 함께 그는 관산호의 미래에 대한 불안감도 느꼈다.

모난 돌이 정 맞는다는 속담이 있다.

과거의 무림사를 살펴보면 뛰어난 자질과 능력을 갖고도 채 싹을 틔워보지도 못하고 사라진 인재들이 얼마나 많은가.

자신보다 뛰어난 사람을 보면 짓밟아 일어서지 못하게 만들고 싶어하는 사람이 그렇지 않은 사람보다 많은 게 세상이라는 것을 그가 공부한 역사는 충분히 말해주고 있었다.

강천기의 마음속에 경악과 불안이 교차했다.

하지만 그는 알지 못했다, 관산호가 보여준 무공 습득 능력이 온전히 그의 천부적인 자질에 의존한 것만은 아니라는 것을. 만약 자질에만 의존했다면 그의 눈앞에서 일어난 일은 가능하지 않았으리라는 것도. 그리고 그것을 깨닫지 못하는 것은 당사자인 관산호도 강천기와 다를 바 없었다.

"네 생각에는 네 성취가 어떤 것 같으냐?"

혼란스런 머릿속을 미처 정리하지 못한 강천기가 되물었다.

"마음에 안 듭니다. 어려워요. 제대로 흉내라도 내보려 했는데 아무리 반복해도 완벽해지지가 않습니다."

관산호는 혀를 차며 말했다.

자신이 펼친 복마천뢰산수와 풍운뇌격도법이 마음에 안

든 탓이다. 강씨 남매가 가전무공을 수련하는 것을 지켜본 세월만 팔 년여이다. 비록 그가 무공을 수련하기 시작한 지는 한 달이 채 되지 않았다고는 하지만 하루 온종일 무공에 매달려 한 달을 수련해도 강풍양이 시전하던 당시의 무공들을 제대로 흉내조차 내지 못했다고 생각하자 그런 자신이 마음에 들지 않은 것이다.

물론 그 대답을 들은 강천기는 자신은 역시 바보였나 보다고 생각하며 내심 한숨을 쉬었고.

관산호의 말이 계속되었다.

"한 달 만에 흡족한 수준의 성취를 얻을 수 있을 거라고는 기대하지 않았지만 그래도 조금은 기대를 했었는데……. 더 노력해야겠습니다, 형님. 형님 눈에도 많이 부족해 보입니까?"

"그래, 많이 부족해. 하지만 아버님이 원하는 수준 정도는 된 것 같다."

강천기는 속마음과는 달리 심드렁한 어조로 말했다. 그리 탐탁지 않아하고 있다는 기색이 엿보이는 어조였다.

그는 본능적으로 지금 관산호를 칭찬하면 안 된다는 것을 깨닫고 있었다. 대부분의 칭찬은 그 사람의 사기를 북돋워주지만 때로는 그 사람을 자만에 빠지게도 하기 때문이다.

후자의 경우는 칭찬을 하지 않느니만 못하다. 관산호의 신중한 성격으로 보아 칭찬을 듣는다고 그가 자만할 것으로는 생각되지 않았지만 미래는 누구도 모르는 것이다.

강천기의 말을 들은 관산호의 얼굴이 편안해졌다.

그는 자신이 한 달 익힌 무공으로 강천기의 칭찬을 받을 수 있을 것이라고는 기대조차 하지 않았다. 강천기를 실망시키지 않기만 해도 그에게는 큰 성공이었다.

강천기는 말을 이었다.

"상 대협께서 너를 받아들이시고 네가 그분의 무공을 익힌다면 아마 네가 본 가의 무공을 쓸 일은 없을 테지. 그렇다고 본 가의 무공을 등한시하지는 말아라. 후일 네가 본 가의 무공을 대성해서 아버님 앞에서 시연할 수 있다면 아버님이 얼마나 기뻐하실지는 너도 알지 않느냐."

"알고 있습니다, 형님. 실망시켜 드리지 않을게요."

관산호는 조금 긴장한 기색으로 말했다.

강천기의 말은 길었다. 하지만 요지는 간단한 것이었다. 이제 의부 강풍양이 바라는 조건은 충족되었고, 그는 이제 철사보를 떠나도 되는 것이다.

그가 의창을 벗어나는 것은 팔 년 전 철사보에 들어온 후 처음이다. 누구보다 담대하고 냉정한 그였지만 긴장되지 않을 수 없었다. 놀러 나가는 것이 아닌 때문이다.

관산호의 말에 강천기는 고개를 끄덕이고는 신형을 돌렸다. 시연이 끝났으니 연무장을 나가려는 것이다.

걸음을 옮기며 그가 말문을 열었다.

"아버님의 허락이 떨어지면 함께 떠날 수 있겠다. 내가 먼저 떠날 것이라고 생각했는데 함께 갈 수 있어 좋구나."

"우문 스승님이 그처럼 극찬하며 소개해 주신 분이니 대단한 분일 겁니다."

"이름을 들어본 적은 없지만 명예에 관심이 없어 평생 초야에 은거한 채 학문과 병법만을 연구하신 분이라고 들었다. 나도 기대하고 있다."

말을 하던 강천기는 관산호에게 고개를 돌리며 싱긋 웃었다.

관산호가 무공 수련에 매진하는 동안 강풍양은 강천기를 가르칠 사람을 찾았다.

강천기의 스승이 될 사람을 추천한 사람은 의외로 가까이 있었는데 관산호의 학문 스승인 우문상이었다.

강풍양이 강천기를 가르칠 사람을 찾는 것은 철사보 사람이라면 다 아는 일이었다. 그래서 많은 사람들이 한 달여 동안 그에게 여러 사람을 추천했다.

그들 중에는 유림과 무림 양쪽에 대단한 명성을 얻은 사람들도 적지 않았다. 하지만 강풍양은 삼 일 전 자신을 찾아온 우문상이 추천한 무명(無名)의 인물에게 강천기를 보내기로 결정했다.

강천기는 우문상이 부친에게 추천한 사람이 누군지 몰랐다. 강풍양은 그에게 단지 가르침을 받을 충분한 자격을 갖고 있는 사람이라는 말만을 했을 뿐이다.

하지만 그것으로 충분했다.

강풍양은 남을 칭찬하는 데 극히 인색한 사람이어서 우문상이 추천한 사람에 대한 그러한 언급은 가히 극상에 속하는 것이라고 할 수 있었기 때문이다.

강천기가 한 달이라는 짧은 시간이 지난 지금 관산호의 무공 성취를 확인해 보고자 하는 배경에는 그런 사정이 있었다. 그는 곧 철사보를 떠날 예정이었고, 그전에 자신에 이어 보를 떠날 관산호가 스스로를 호신할 능력이 있는지의 여부를 확인해 보고 싶었던 것이다.

강천기와와 어깨를 나란히 하며 후원의 연못가에 선 관산호가 조금 가라앉은 음성으로 말문을 열었다.

"그런데 형님은 유화 소저를 포기하시는 겁니까?"

"응?"

관산호의 난데없는 질문에 얼떨떨해하던 강천기의 얼굴에 붉은 기가 돌았다. 질문의 의미를 깨달은 때문이었다.

"떠나기 전에 마음을 밝힐 생각이다. 하지만 기다려 달라고는 못할 것 같다. 너무 긴 세월이니까."

강천기의 대답을 들은 관산호는 작게 고개를 끄덕였다.

십 년 예정의 수련이다.

그리고 그 십 년은 여자에게 가장 아름다운 세월인 것이다.

잠시 쓸쓸한 표정을 짓던 강천기가 기색을 바로 하고 관산호를 돌아보았다.

"아버님도 늙어가신다. 령아가 자라고 있다고는 하지만 우리가 없는 동안 잘 모실 수 있을지 걱정이다."

"……."

관산호는 입을 열지 못했다.

연못의 잔잔한 수면을 바라보는 그의 눈 밑에도 그늘이 졌다.

"아버님이 우리의 수련 기간으로 잡고 계신 기간은 십 년이다. 그때 나는 스물여덟, 너는 스물다섯이 된다. 하지만 아버님은 육순에 가까운 연세가 되시는데……. 령아가 속이 깊기는 하지만 너무 어려 철이 없는 것이 마음에 걸린다."

낮은 음성으로 말을 잇던 강천기가 길게 숨을 뱉더니 자신보다 세 치는 높은 관산호의 어깨를 강하게 손으로 짚었다.

"최고의 무인이 되어라. 나도 최고의 학문과 병법을 익히기 위해 혼신을 다하마. 우리가 당신의 기대에 부응하는 인물이 되어 멋진 인생을 사는 것이 늙어가시는 아버님께 우리들이 해드릴 수 있는 최고의 효니까."

"예, 형님."

관산호의 대답은 늘 그렇듯 짧았다.

쓸쓸해 보이던 강천기의 얼굴이 밝아졌다.

관산호의 짧은 대답에 그의 마음이 든든해졌기 때문이다.

사내는 머리가 아니라 가슴으로 인생을 살고, 말이 아니라 행동으로 스스로의 존재를 증명한다.

그것이 강천기와 관산호의 부친 강풍양의 지론이고 그가 삶을 살아가는 방식이었다.

강천기의 성품은 죽은 모친을 닮아 정이 많고 부드러워 남성적인 면이 약했다. 그래서 그는 부친의 지론을 온전히 받아들이기 어려웠지만 관산호는 달랐다.

강풍양의 지론은 관산호의 지론이기도 한 것이다.

*   *   *

칠 개월 전 강풍양이 공손우에게 구해준 외원의 집은 작지만 혼자 살기에 불편하지 않을 정도는 되었다.

방이 두 개였고, 음식을 해 먹을 수 있는 주방이 따로 있었다. 음식의 재료는 강씨 집안의 유모인 능 여인이 수시로 챙겨주기에 먹을 것에 대한 걱정은 없었다. 하지만 식사는 공손우가 직접 만들어 먹어야 했다.

술시 초여서 어둠이 외원을 덮었다.

불이 꺼져 있어 아무도 없는 듯하던 공손우의 집 안에서 나직한 음성이 흘러 나왔다.

"어르신, 조금이라도 드셔야 합니다."

침중한 음성이었다.

벽에 등을 기대고 자는 듯 눈을 감고 있던 공손우가 눈을 떴다.

그는 자신의 침상 옆에 선 채 근심이 가득 담긴 눈으로 자신을 내려다보고 있는 중년인을 향해 시선을 돌렸다.

지난 한 달 사이 그의 모습은 몰라보게 변해 있었다. 육신은 마른 갈대처럼 바짝 말랐고, 새하얀 백발은 윤기가 전혀 없이 푸석푸석했다. 게다가 목을 가누는 것도 힘들어 보였고, 초점이 흐린 눈에서는 진물이 흘렀다.

중년인은 손에 간단한 음식이 놓인 작은 쟁반을 들어 공손우의 앞으로 내밀고 있었다.

"허허허, 곤(坤). 쓸데없는 짓 하지 말라고 했지 않은가. 먹으려 했다면 어련히 알아서 먹었을 것을."

"몸이 너무 상하셨습니다."

무겁게 가라앉은 중년인의 음성에는 진한 안타까움이 깔려 있었다.

"내가 자초한 것일세. 그 아이를 탓할 일이 아니야."

"하지만 희생이 너무 컸습니다."

"해야만 하는 일이었네."

말을 하던 공손우는 해골을 연상시킬 정도로 마른 손을 들어 그가 곤이라 부른 중년인의 손에서 쟁반을 받아 들었다. 그는 곤의 심정을 잘 알고 있었고, 위로해 줄 필요를 느꼈다.

곤은 그를 신앙처럼 믿고 따르는 사람이다. 천하에 그 자신보다 더 중하게 생각하는 사람이 아무도 없을 만큼 충성심이 강했다. 그런 곤이 관산호에게 서운한 감정을 품는 것은 미래를 위해 좋지 않았다. 하지만 지금의 그로서는 곤을 위로할 수 있는 방법이라고는 곤이 주방에서 만든 음식을 먹는 것 외에는 없었다.

공손우가 숟가락을 드는 것을 본 곤의 얼굴이 더욱 어두워졌다.

그가 공손우를 만나는 것은 반년에 한 번으로 제한되어 있었다. 그가 하는 일이 자리를 자주 비울 수 없는 일이었기 때문이다. 그리고 그는 달반 전에 공손우를 만났었다. 그런 그였기에 공손우가 그에게 보낸 전서구를 받지 않았다면 이곳에 올 일은 없었을 것이다.

그가 전서구를 받은 후 쉬지 않고 천 리를 달려 이곳에 도착한 것은 한 시진 전이었다. 그리고 그는 공손우의 상태를 보고 경악했다. 십오 년 전 공손우는 심각한 내상을 입었지만 그동안 내상을 잘 다스려 악화되는 것을 막아왔는데 이렇게 증세가 급격하게 악화될 이유가 없었기 때문이다.

경악과 분노에 몸을 떠는 그에게 공손우는 한 달 전 관산호의 방에서 있었던 일을 전부 이야기했다. 숨길 이유가 없는 일이었다. 곤은 그가 하고 있는 안배의 책임자였으니까.

음식이 절반 정도로 줄어들었을 때 공손우는 쟁반에 숟가락을 내려놓았다. 그 손에는 힘이 없었다. 하지만 차분했고 흔들림이 없어 정지된 동작의 연속이 아닌가 하는 착각이 들

정도였다.

공손우를 보고 있던 곤은 들끓던 가슴이 진정되는 것을 느꼈다.

공손우의 움직임은 아주 사소한 것이라도 평생 동안 자신을 철저하게 다스린 사람들에게서 느껴지는 기품을 느낄 수 있었다. 그것이 그의 마음을 아프게 했다.

불가일세의 거인이 뜻을 이루지 못한 채 이처럼 초라한 곳에서 조용히 스러지고 있는 것이다.

곤의 마음을 읽은 것일까.

공손우는 고졸한 미소를 입가에 떠올리며 말문을 열었다.

"오래전 존경하는 친구이자 적인 그가 내게 해준 말이 있네. 천지의 도는 무정(無情)해서 인과에 따라 흘러갈 뿐, 사람의 바람을 들어주지는 않는다고. 그 바람이 아무리 간절한 것일지라도 말일세."

곤은 긴장된 빛으로 공손우의 말에 귀를 기울였다. 공손우의 생명이 얼마 남지 않았다는 것은 그도 알고 공손우 자신도 잘 알고 있었다. 그런 공손우가 하는 말이었다.

게다가 공손우가 하는 말은 단 한마디의 말이라도 그에겐 천금보다 귀한 것이었다. 누구나 평생 동안 만나기를 염원해도 만나기 어려운 희대의 기인이 공손우였기에.

공손우의 말이 이어졌다.

"최근 들어 그의 말이 더 가슴에 사무쳐. 그는 나를 만날

때마다 말했었지. 도(道)는 선악의 분별도 옳고 그름의 분별
도 없으며, 선하다고 상을 주고 악하다고 벌을 주는 도는 그
러길 바라는 인간의 꿈일 뿐 천지의 도가 아니라고. 자연은
스스로 그러하며 인과에 따라 흘러갈 뿐이니 천지의 일부인
인간사에 대한 인위적인 조작은 아무리 좋은 의도에서 시작
된 것일지라도 재앙을 부를 뿐이라고.”

공손우는 나직하게 탄식했다.

“하지만 내 믿음은 그와 달라 그의 생각을 받아들일 수가
없었지. 그래도 나이가 들 만큼 들어서인지 그가 했던 말이
무슨 뜻인지 어렴풋이 알 수 있을 듯도 하네. 그렇지만 여전
히 받아들일 수는 없네. 나는 내 믿음에 따라 평생을 살았고
그렇게 살았던 것을 후회하지 않거든. 한 가지 가슴 아픈 것
은 평생을 염원하던 것이 최악의 결과로 눈앞에 나타났다는
것이지만 아직 그것을 바로잡을 기회가 있으니 최선을 다할
뿐일세. 그리고 내가 마무리를 짓지 못하면 자네가 마무리 지
으면 될 것이고.”

“어르신, 왜 그런 말씀을……. 어르신께서 마무리 지으실
수 있을 것입니다.”

“허허허, 자네도 나이가 들었군. 이제는 빈말도 할 줄 알
고.”

공손우는 빙그레 웃으며 말을 이었다.

“내가 자네를 부른 것은 내 몸 상태가 이렇게 되면서 상황

이 급박해졌기 때문일세. 시간이 없으니 계획을 조금 앞당겨
야겠어."

"하명해 주십시오, 어르신."

"수일 내로 호아가 철사보를 떠나네."

공손우의 말에 곤은 눈을 치켜떴다. 놀란 얼굴이다. 그럴
수밖에 없는 것이, 원래 그들의 계획대로라면 관산호가 철사
보를 떠나는 것은 아직 삼 개월 정도 뒤여야 했다.

관산호가 철사보를 떠나 자연스럽게 그들과 만날 수 있게
하기 위한 계획은 현재도 진행 중인 사안이다. 그처럼 계획을
세워 진행할 수밖에 없는 것은 그들과 관산호의 만남이 결코
그들을 감시하는 사람들의 눈에 뜨여서는 안 되기 때문이었
다.

"비무자 상익청의 사사를 할 것이라고 하더군."

공손우의 말에 곤의 얼굴이 일그러졌다. 상익청이라는 이
름은 그를 놀라게 하기에 충분한 무게를 갖고 있었다. 하지만
그 놀람은 그의 얼굴을 일그러뜨릴 정도는 아니었다.

그의 얼굴이 일그러진 것은 공손우의 내상이 급격하게 악
화되어 가는 이유를 알 수 있었기 때문이다. 공손우는 그 몸
을 하고도 관산호의 주변을 수시로 조사하고 있는 것이다. 비
록 몸이 많이 망가지긴 했지만 철사보 내에 그가 마음먹고 움
직였을 때 그를 눈치 챌 수 있는 능력을 가진 사람은 없다.

곤은 이를 악물었다. 안타까웠지만 그로서는 공손우의 행

동을 막을 방법이 없었다.

"그럼 복건성으로 가겠군요."

"그렇겠지."

공손우는 고개를 끄덕였다.

비무자 상익청은 대륙 중남부의 강소, 절강, 복건, 광동성을 주 무대로 활동하지만 그 중심은 복건성이라고 알려져 있다.

"호아는 복건으로 가면 안 돼. 그 아이는 안배된 장소로 가야만 해. 상익청의 무공은 쓸 만하지만 그의 무공을 배워서는 결코 대세를 바꿀 수 없네."

흐릿하던 공손우의 눈이 초점이 모아지며 강한 빛을 발했다.

"나는 날이 밝는 대로 그곳으로 떠나겠네. 흔적을 끊고 그곳으로 가려면 나 또한 시일이 걸릴 테니 일찍 떠날 필요가 있어. 그리고 자네는 호아가 철사보를 나서 복건성에 도달하려면 족히 한 달은 걸릴 것이니 행로의 중간쯤 그 아이를 만나 그곳으로 데리고 오게."

"알겠습니다, 어르신."

"상황이 우리의 주도 하에 이루어지는 것이 아니라서 임기응변이 많이 필요할 게야. 호아의 고집 또한 만만치 않으니 그 아이가 상익청에게 가는 것을 포기하도록 만드는 것도 쉬운 일은 아니고."

"가능한 자연스러운 상황을 만들겠습니다. 그리고 제 진정한 신분을 밝힌다면 산호도 상익청을 포기하고 저를 따라올 것이라고 생각합니다. 무가에서 자란 아이니 제 이름을 모를 리 없으니까요. 너무 염려치 마십시오, 어르신."

곤의 음성에는 과장된 자신감이 실려 있었다. 그리고 그 과장은 의도적인 것이었다. 미래가 불확실하다고 불안해하기엔 그와 공손우가 가진 바람은 너무나 절실한 것이었으니까.

"그러길 바라네."

공손우의 눈과 곤의 눈이 마주쳤다.

그때였다.

곤의 시선이 창밖을 향하는가 싶더니 연기처럼 그 자리에서 사라졌다. 곤이 언제 그랬냐는 듯 다시 제자리에 나타난 것은 셋을 헤아릴 시간이 흐른 뒤였다.

곤을 바라보는 공손우의 얼굴이 굳어 있었다.

"……?"

"인기척이 있는 듯해서……. 하지만 제가 잘못 들은 모양입니다. 아무도 없었습니다."

"흠……."

곤의 말을 들은 공손우의 시선이 잠시 주변을 훑었다. 매의 눈처럼 날카로운 빛이 서려 있었다. 하지만 그의 눈에 서렸던 날카로움은 곧 사라졌다.

"아무것도 느껴지지 않는구먼. 하지만 만약이라는 것이 있으니 가보게."

평소의 공손우였다면 분명 곤이 보인 행동에 대해 다르게 반응했을 것이다. 하지만 현재의 그는 내상의 고통을 억누르며 명줄만을 부여잡고 있는 상태였다. 정상적인 생각과 반응을 하기엔 그는 너무 지쳐 있었다.

"알겠습니다."

"자네에겐 늘 미안하이."

"어르신, 그런 말씀은 제가 감당하기 힘듭니다."

"허허허, 자네가 알기에는 너무 부담스러운 것이라 나와 관련된 이야기는 끝까지 하지 않을 생각이었네만 일이 묘하게 꼬여서 마음을 바꿨네. 내 몸이 이러니 호아와 같이 있는 시간도 길지 않을 테니까. 자네가 모든 것을 알고 있지 못하면 어디서 일이 잘못될지 몰라."

"몰라도 저는 상관없습니다. 어르신의 뜻대로 하십시오."

곤의 대답을 들은 공손우의 눈매가 한층 부드러워졌다.

"허허허, 그곳에서 산호와 함께 올 자네를 기다리고 있겠네. 그곳에서 자네가 그동안 갖고 있던 모든 궁금증을 풀어주겠네."

"다시 뵈올 때까지 강녕하십시오, 어르신."

곤은 깊숙이 허리를 숙여 인사하고 신형을 돌렸다. 반쯤 몸을 돌리는가 싶던 그의 신형이 그 자리에서 기척도 없이 꺼지듯 사라졌다. 가공할 경신술이었다.

곤이 떠난 후 침대에 누운 공손우의 눈이 초점을 잃었다.

'호아가 창룡지존부를 갖고 있다 해도 내가 준비한 안배를 거치지 않는다면 그것은 아무 의미 없는 패물에 불과해. 호아야, 너는 안배가 준비되어 있는 그곳에서 나와 만나야만 한다.'

공손우의 눈이 서서히 감겼다. 잠시 후 그의 호흡이 끊어졌다. 가사(假死) 상태에 들어간 것이다.

그의 몸 상태는 최악이어서 현존하는 어떤 영약으로도 치료가 불가능했다. 그것을 잘 알고 있었기에 그는 자신의 기력을 최대한 보존하기 위해 필요한 때가 아니라면 신체의 모든 기능을 정지에 가까운 상태로 유지하고 있었다. 그것이 그의 남은 생명을 늘일 수 있는 유일한 방법이었다.

그는 반드시 해야 할 일이 있는 사람이었고, 그 일을 하기 위해서는 남은 그의 생명을 가능한 한 늘여야만 했다.

'이사형, 무슨 생각을 갖고 계신 겁니까?

처마 밑의 그늘에 몸을 숨긴 채 석상처럼 서 있던 중년인은 내심 길게 탄식했다.

그의 귀에조차 들릴 듯 말 듯한 가늘고 긴 숨소리로 미루어 공손우는 잠이 든 것이 분명했다.

'관산호, 그곳, 그리고 안배라…….'

그가 서 있는 곳에서 집 안은 보이지 않아서 안에서 어떤

일이 있는지 알 수가 없었다. 하지만 그것은 일반인의 경우에
나 통용될 수 있는 말이다.

　주위 삼십 장 이내에서 일어나는 일이라면 설사 그 일이 철
벽으로 막힌 동굴 안에서 이루어지고 있다 하더라도 중년인
은 눈으로 보는 것과 다름없이 상황을 파악할 수 있는 능력을
가졌다. 그가 익힌 가공할 무공이 그것을 가능하게 해주었다.

　'좀 더 일찍 접근해 보는 건데 아쉽군.'

　중년인은 살짝 눈살을 찌푸렸다.

　그가 아는 공손우는 비록 내상을 입었다고는 하나 결코 가
볍게 볼 수 있는 사람이 아니었다. 가볍게 보기는커녕 공손우
의 몸이 정상이었다면 그를 추적, 감시한다는 것은 상상치도
못했을 것이다. 지금도 공손우의 내상이 중한 상태임에도 불
구하고 그가 삼십 장 이내로 접근한다면 그의 능력으로는 공
손우의 감각을 피할 수 없었다.

　그 때문에 그는 십오 년 동안 공손우를 데리고 오라는 지시
를 이행하지 못했다. 공손우의 근처에 접근하는 것이 가능하
지 않은 상황에서 그를 나포하는 것이 가능할 리 없었던 것이
다.

　그에게 내려진 지시가 공손우를 죽이라는 것이었다면 상
황은 달랐을 것이다. 직접 손속을 겨룬다면 내상을 입은 공손
우는 그를 이길 수 없기 때문이다.

　하지만 죽이지 않고 공손우를 데리고 가는 것은 쉽지 않은

일이었다. 싸우지 않고 도망친다면 그로서도 공손우를 잡을 수 없는 것이다. 그 결과가 십오 년 동안의 쉼없는 추적이었다.

때문에 중년인은 공손우가 도주를 멈추고 철사보에 칩거하는 것을 알게 된 이후로도 감히 공손우의 집 근처로 접근하지 못했고, 공손우의 종적을 놓치지 않는 것에 만족해야만 했다.

물론 그에게 지시를 내리는 사람으로부터 공손우를 처리하라는 지시가 떨어졌다면 그는 움직였겠지만 아직 그런 지시는 떨어지지 않았다.

하지만 오늘 저녁 그는 공손우의 집으로 스며들 듯 사라지는 정체불명의 인영을 발견한 후 십오 년 동안 이어지던 나름의 규칙을 깨뜨리고 공손우로부터 불과 이 장 정도밖에 떨어지지 않은 곳까지 접근했다.

공손우가 누구와 접촉하는가는 반드시 알아야만 하는 일이어서 타초경사의 우를 범하는 행동이 될지도 몰랐지만 그렇게 하지 않을 수 없었다.

그리고 그는 알 수 있었다, 공손우의 내상이 그의 생각보다 더 심각하다는 것을. 공손우는 이 장 거리까지 접근한 중년인의 존재를 전혀 눈치 채지 못했다. 평소의 공손우라면 있을 수 없는 일이었다.

'이사형에게 내가 모르는 변화가 있었다. 십오 년 동안 진행되지 않던 내상이 갑자기 이렇게까지 악화되다니, 아무런 계기 없이 이런 상황이 될 리가 없어. 이사형이 어떤 분인데… 그리고 저 곤이라는 자는 대체 누군가? 긴장하지 않았으면 들킬 뻔했다. 당대에 천하십대고수를 제외하고 내 존재를 알아차릴 수 있는 자가 존재했던가?

생각에 잠겼던 그는 전면의 바람조차 흐트러지지 않는 경이로운 신법으로 공손우의 거처에서 멀어지기 시작했다.

그가 삼십여 장을 벗어나는 데는 찰나의 시간이 걸렸을 뿐이다. 그 즈음이었다.

"주군, 그자를 놓쳤습니다."

곤혹스러운 기색이 가득한 전음 일성이 그의 귓가를 울렸다.

걸음을 멈춘 중년인의 눈에 경악의 빛이 떠올랐다.

"놓쳤다고?"

"그자는 전문가입니다."

"추종하고 있다는 것을 눈치 채고 도주한 것이냐?"

"그렇지 않습니다. 기색으로 보아 그자는 저희 존재를 눈치 채지는 못했습니다."

"그런데 어떻게 놓쳤다는 것이냐?"

"그자는 흔적을 지우며 도주하는 것이 몸에 배어 있는 전문갑니다."

"그럼 그자가 평소처럼 움직이는 데도 놓쳤다는 말이로군."

"죄송합니다."

전음의 주인은 할 말을 잃은 듯 마지막 말은 들릴 듯 말 듯 작아져 있었다.

중년인은 어이가 없어 잠시 입을 열지 못했다.

그가 거느린 수하의 수는 아홉에 불과했지만 개개인의 능력은 가히 절세라 부를 만한 것이었다. 그런데 곤이라는 자는 그런 능력을 가진 수하들을 따돌렸다. 가볍게 생각할 일이 아니었다.

"철사보에 관산호라는 아이가 있다. 그 주변을 수색하라. 그자는 그 아이의 주변을 맴돌 것이니 발견할 수 있을 것이다. 결코 그자를 놓쳐서는 안 된다."

"존명!"

딱딱하게 굳은 음성이 그의 귓속을 울림과 함께 전음의 주인은 사라졌다.

'대사형은 이사형이 이곳에 오래 머무는 이유가 무엇인지 알고 싶어하신다. 그것을 확실하게 알기 위해서는 이사형과 관련된 자들을 전부 파악해야 한다. 그리고 곤이라는 자는 이사형과 심상치 않은 관계로 보였다. 놓치면 안 되는 자야.'

생각에 잠긴 중년인의 신형은 어둠과 동화되어 흐릿해져 갔다.

뜻밖의 일들이 있었지만 공손우에 대한 감시는 계속되어야 했다.

대사형이 그에게 지시한 것을 파악할 때까지 그 감시는 끝나지 않을 것이다.

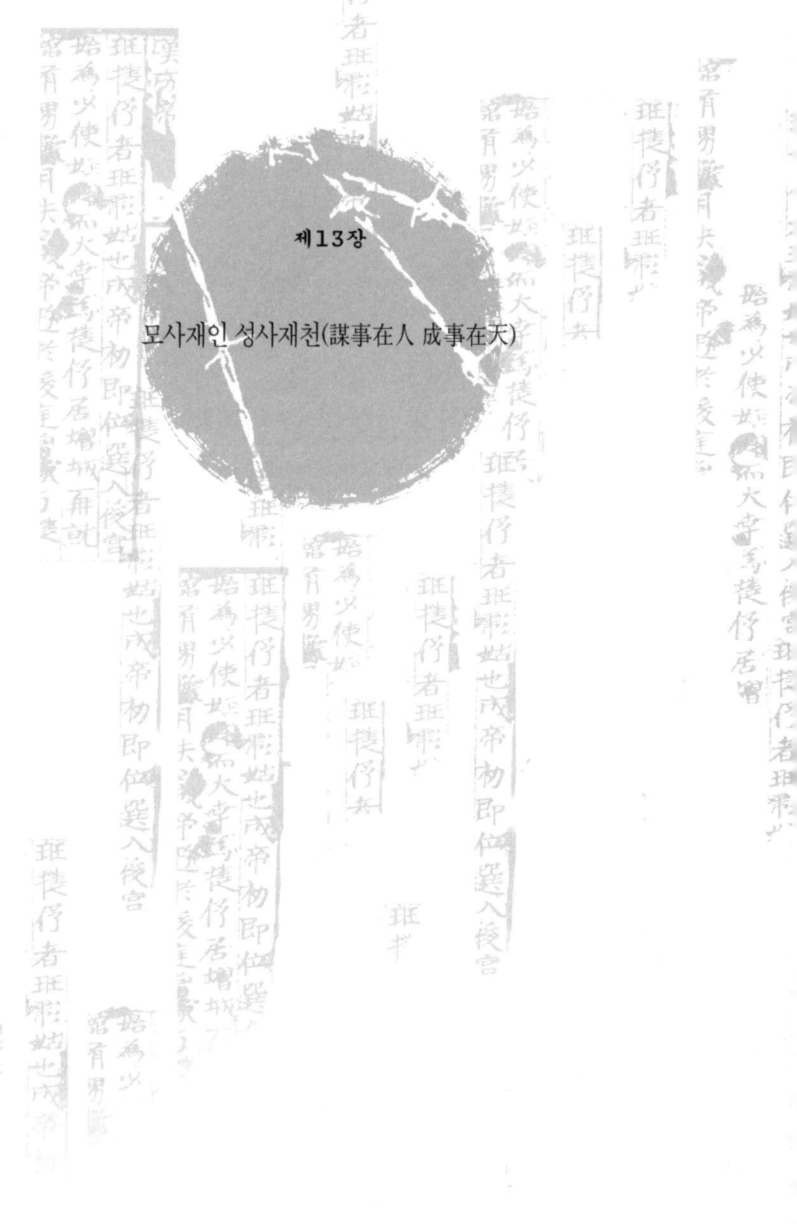

제13장

모사재인 성사재천(謀事在人 成事在天)

鐵血無情路

"**대**사형, 그의 종적이 발견되었다는 연락이 왔습니다."

깊은 경외감을 담은 음성이 영원처럼 계속될 것만 같던 고요를 깨뜨렸다.

등을 보인 채로 손을 뻗으면 닿을 듯 청명한 푸른 하늘을 올려다보고 있던 흑포중년인은 갑작스레 등 뒤에서 들려온 음성에도 고개를 돌리지 않았다. 이미 나타난 사람의 존재를 알고 있는 듯했다.

그가 서 있는 곳은 푸른 하늘과 흰 구름이 맞닿는 절벽의 끝 지점이었다. 절벽 밑에서 불어오는 강한 바람에 승천하는 열두 마리의 용이 정교하게 수놓아진 그의 흑포 자락이 찢어질 듯 펄럭이며 휘날렸다. 평범한 사람이라면 버티기 어려울 만큼 강한 바람이었다. 하지만 중년인의 신형은 천년 고목처럼 미동조차 하지 않았다.

"어디더냐?"

음의 고저가 없어 감정이 느껴지지 않는 음성이었다. 하지만 그 음성엔 가공스러운 힘이 담겨 있어 그의 발밑 절벽과 맞닿아 있던 흰 구름이 미친 듯이 출렁이며 흩어졌다.

"천산입니다."

흑포인의 등 뒤에 부복해 있는 중년인의 대답은 한순간의 지체도 없었다.

"먼 곳이군."

"……"

침묵이 계속되자 흑포인의 음성에 실린 가공할 기력에 흩어졌던 구름이 다시 모여들고 있었다.

뒷짐을 진 채 말이 없던 흑포인의 굳게 닫혀 있던 입술이 천천히 벌어졌다.

"팔 년 동안 그의 손에 세 명의 아우가 유명을 달리했다."

흑포인의 말은 그의 등 뒤에 부복한 중년인에게 향한 것이 아니었다.

그것은 자기 자신에게 하는 말이었다.

"모두 내 능력이 모자랐던 탓이다. 하지만 이제는 다르다."

그의 발밑으로 모여들던 구름이 숨을 죽였다.

흑포인의 전신에서 천지를 침묵시키는 공포스러운 기세가 일어나고 있었다.

"종적이 발견된 이상 이번에는 그도 피하지 못한다. 전력을 천산으로 집중한다. 모든 매듭을 이번에 풀겠다."

"알겠습니다, 대사형."

흑포인의 말을 받는 중년인의 음성도 결연해졌다. 그가 물었다.

"이사형의 일은 어떻게 하시겠습니까?"

"그를 놓치지 않기 위해선 셋째의 능력이 절대적으로 필요하다. 둘째가 의창에 머무는 이유가 궁금하긴 하나 천산의 그보다 중요하지는 않다. 셋째에게 둘째 일을 바로 매듭짓고 천산으로 오라 전해라."

"예, 대사형."

대답을 마친 중년인의 신형이 흐릿해지는가 싶더니 환상처럼 그 자리에서 사라졌다.

중년인이 떠난 후에도 흑포인은 그 자리에 머물렀다. 침묵과 함께 그의 기세도 가라앉았다.

시간이 흘렀다.

흑포인은 고개를 들었다. 그의 시선이 닿은 하늘은 끝없이 맑고 푸르렀다.

"그대와의 질긴 악연도 이제는 끝을 낼 시간이요. 실로 너무나 긴 악연이 아니었소? 오랜 세월 동안 얼마나 많은 기재들이 선대의 약속 때문에 뜻을 펴지 못하고 스러졌소? 나는 이제 그 모든 것을 내 대에서 끝내려 하오. 이번에는 부디 나를 피하지 마시구려."

흑포인의 말이 이어지며 수그러들었던 기세가 다시 일어나고 있었다. 공포가 천지를 휘어 감았다.

그의 발밑에서 숨죽여 침묵하던 흰 구름이 비명을 지르며 꿈틀거리다 속절없이 흩어졌다.

구름이 흩어지며 그의 전면 백여 장은 텅 빈 공동을 형성했다. 그리고 그 공동은 시간이 갈수록 점점 더 그 넓이를 더해 가고 있었다.

자연의 힘조차 그의 기세를 이기지 못하고 있는 것이다.

*　　　*　　　*

호북성 남부 지역은 장강과 한수이강이 만나며 만들어내는 무수한 수로와 작은 호수들이 종횡으로 엮여 있는 지역이다. 그래서 직진하는 육로를 발견하기 어렵다. 평야 지대의 길도 호수와 강을 피해 구절양장처럼 뒤틀려 있는 것이다.

호북성에서 장강을 이용한 해로가 크게 발달한 것에는 그런 이유가 있었다. 호수를 구경하려는 유람객이 아니라면 목적지에 가기 위한 방법으로 육로보다 해로가 몇 배는 더 빨랐으니 선택의 여지가 없는 일이었던 것이다.

관산호도 마찬가지였다.

선상에서 맞는 바람은 시원했다.

그는 흑의를 입고 있었는데 왼쪽 손에 든 넉 자 길이의 장도가 인상적이었다. 강풍양이 떠나는 그에게 준 선물이다. 비록 보도는 아니었지만 백련정강으로 제련된 것이어서 강도가 남다른 칼이었다.

"소공자, 단주님을 생각하십니까?"

관산호는 혼자 있지 않았다.

그의 옆에는 삼십대 중반으로 보이는 장년인이 서 있었다. 질문은 그가 한 것이다.

관산호는 고개를 저었다.

"보를 떠날 때 추억도 남겨두고 왔습니다. 할 일을 마칠 때까지는 돌아보지 않을 겁니다."

너무 담담해서 냉정하게까지 들리는 대답이었다. 나이를 떠나 친구와 다름없던 양천록에게조차 인사도 없이 의창을 떠나왔다. 장년인에게 한 말이 빈 말은 아닌 것이다.

그래서 질문을 한 정만억은 더 이상 말 붙일 여지를 찾지 못하고 머쓱한 표정이 되었다. 관산호의 과묵하고 냉정한 성격이야 그도 모르지 않았다. 하지만 관산호는 아직 십오 세 소년이다. 방금 전의 대답을 들을 수 있으리라고는 생각할 수 없었다.

정만억은 철사자단에 소속된 상급무사로 복건성까지 관산호의 호위를 맡고 있었다. 하지만 그는 철사보의 외원에서 생활하다가, 혹은 낭인으로 떠돌다가 철사자단에 자원한 다른 무사들과는 달리 평범한 무사가 아니었다.

그는 부친의 대를 이어 철사자단에 가입한 몇 안 되는 사람들 중의 한 명이었고, 강풍양을 철사보 내의 한 단을 맞고 있는 사람이 아니라 자신의 주군이라 여기며 생활하는 사람이었다. 그래서 강풍양에게 있어 그는 가신과도 같은 존재였다.

그리고 그는 고지식할 정도로 자신이 세운 원칙에 충실한 사람으로 그것이 지금 나이가 어린 관산호에게 망설임없이 공대하는 이유였다. 관산호는 그에게 주군의 아들인 것이다.

이제 십오 세인 관산호를 수천 리 떨어진 복건으로 혼자 보낸다는 것은 무리였다. 그래서 강풍양은 혼자 떠나겠다는 관산호의 의사를 묵살하고 수족과도 같은 정만억을 딸려 보낸 것이다.

관산호가 철사보를 떠난 지도 이틀이 지나고 있었다.

"소공자, 내일 점심은 호남성 장사(長沙)에서 먹을 수 있을 겁니다. 그리고 그곳에서부터는 육로로 복건까지 가게 될 겁니다. 말을 타고 간다 해도 이십 일이 넘게 걸리는 고된 길이 될 터이니 장사까지 푹 쉬십시오."

"알겠습니다."

짤막한 대답을 마친 관산호는 신형을 돌려 객실을 향했다.

정만억이 부친의 대를 이어 철사자단에 몸담은 지 이미 이십 년이 넘었다. 그는 그 세월 동안 강풍양과 함께 중원 전역을 돌아다녔기에 여덟 살 이후 철사보를 벗어난 적이 없는 관산호에 비한다면 여행 경험은 절대고수에 속한다.

그가 타고 있는 배는 길이가 팔 장에 이르는 대선으로 장강을 운행하는 배 중에서 가장 큰 배에 속했다. 화물선이어서 객실은 몇 개 없었지만 일반실과 특실로 나뉘어져 있었는데 그가 머무는 곳은 특실이었다. 게다가 그는 무료 승객이었다. 당연한 것이 그 배는 철사보 소유의 화물선이었기 때문이다.

장사에는 철사보의 석탄 거래처가 있고, 화물선은 그곳까지 정기적으로 운행하는 배였다.

객실로 돌아온 관산호는 장도를 탁자 위에 올려놓고 의자에 앉았다. 그의 오른손이 가슴으로 들어가는가 싶더니 목에 걸려 있던 장신구를 꺼내 들었다. 그것은 창룡지존부였다.

'이것과 내 몸이 기억하고 있는 진기 운행과는 분명 무언가 관련이 있다. 그렇지 않다면 이런 일이 일어날 수 없어.'

창룡지존부를 내려다보는 관산호의 눈은 깊었다.

무극진기에 이상이 일어난 날 이후 그는 혼란에 빠졌다.

무극진기는 이전까지와는 달리 외부의 기운을 받아들이지 못했고, 알지 못하는 진기운행은 무극진기를 운용하려면 어김없이 일어나 점점 더 흐름을 강화해 나갔다.

그가 그 새로운 진기운행과 창룡지존부 사이에 관계가 있다는 것을 깨달은 것은 철사보를 떠난 첫날밤의 선실에서였다.

그는 철사보를 떠나면서 파천여의환과 창룡지존부를 갖고 나왔다. 여백에 묻은 얼룩까지 기억하던 책자는 태워 버렸다. 그것은 소지하고 다니기에 너무 위험한 물건이었기 때문이다. 파천여의환을 소지하고 다니는 것도 위험하기는 매한가지였지만 그것은 태울 수 있는 물건이 아니었다.

창룡지존부는 줄에 매달 수 있는 구조였고, 무게도 크게 나가지 않아서 그는 그것을 목걸이처럼 만들어 목에 걸고 있었다.

선상의 첫날밤 그가 무극진기를 수련할 때도 창룡지존부는 그의 목에 걸려 있었다.

무극진기의 수련이 시작되자 지난 한 달여 동안 그랬던 것처럼 새로운 진기의 흐름도 변함없이 일어나 그의 경락을 운행하기 시작했는데 그 순간 관산호는 주화입마에 빠질 뻔했다.

중단전 부위의 외부에서 청량하고 강한 기운이 중단전으로 유입되면서 새로운 진기 운행의 흐름이 평소보다 배는 강해졌기 때문이다.

그 강력한 기운은 새 진기 운행의 흐름과 결합해 그의 경락을 돌다가 중단전으로 유입되면서 사라졌다.

수련을 마치고 일어난 관산호는 그런 현상이 왜 일어났는지 궁금해하다가 창룡지존부의 색이 변한 것을 알아차렸다. 창룡지존부에서 발해지던 은은한 자색이 약해져 있었다.

그 변화는 너무나 미세해서 그의 안력이 범인과 다르지 않고, 또 철사보에 있을 때 그가 창룡지존부를 자주 살펴보지 않았다면 눈치 채지 못했을 것이다.

중단전 위치의 신체 외부에 있던 것은 창룡지존부밖에 없었다. 그의 중단전으로 유입된 기운이 창룡지존부에서 흘러나온 것이라고밖에는 생각할 수 없었다. 하지만 그런 일이 왜 벌어졌는지는 이틀 동안 아무리 궁리해도 불가해였다.

'누군가 내 몸을 갖고 무엇을 꾸미고 있는 것일까? 무극진기를 수련할 수도 없고, 하루 종일 중단전 부위가 답답한 데다 수련이 끝나면 모든 기운이 중단전으로 사라져 버리는 이런 현상이 자연스럽게 생긴 것이라고는 믿을 수 없다.'

관산호의 눈 깊은 곳에 이글거리는 불꽃이 생겨났다.

'지금은 알 수 있는 방법이 없어 참는다. 하지만 목적이 있어 내게 이런 짓을 벌였을 테니 언젠가 내 앞에 모습을 드러내겠지.'

무심하던 그의 입가에 소리없는 미소가 떠올랐다. 아쉽게도 지금 그의 입가에 떠오른 미소를 본 사람은 아무도 없었다. 하지만 누군가 그 미소를 본 사람이 있었다면 스산함에 몸을 떨었을 것이다.

‘그대는 대가를 치르게 될 것이다.’

관산호는 포용력이 남달라 받아들이는 폭이 넓었다. 하지만 한 가지는 절대 용납하지 않았는데, 그것은 그의 의사와 상관없이 누군가가 그의 삶에 개입하는 것이었다.

그런 그의 성격은 완안 노인이 그의 의사와 상관없이 그에게 베푼 혼천무극진기를 수련하며 형성되었다. 혼천무극진기의 수련으로 그의 육체는 범인과는 차원이 다른 능력을 갖게 되었지만 그것을 수련하는 과정은 그의 의지와는 전혀 상관없이 이루어졌다.

그가 십여 세 때에는 그 상황을 받아들이는 것에 대해 큰 문제가 없었다. 삶에 대한 나름의 기준이 형태도 갖추지 않은 나이였기 때문이다.

하지만 세월이 흐르고 나이가 들면서 관산호는 자신의 의사를 확인하지도 않은 채 팔 년에 가까운 세월 동안 그의 육체를 마음대로 움직인 완안 노인에 대해 애정과 함께 분노를 품게 되었다.

그의 삶의 주체는 그였다. 그런데 그의 삶의 일부분은 주체인 그의 의지와는 전혀 무관하게 이루어졌다. 그것을 그는 용납할 수 없었던 것이다.

그렇지만 관산호는 완안 노인에 대한 분노를 마음속에서 지웠다. 완안 노인은 자신이 관산호에게 손을 썼다는 것을 혼천무극진기의 수련 시작부터 알려주었는 데다 그는 관산호의 부친 관현문의 지병을 돌보며 그 생명을 일 년 이상 연장시켜 주는 은혜를 베푼 사람이었다.

그런 완안 노인에게 계속 분노를 품는 것은 그의 성격상 가능하지 않았다. 완안 노인이 그의 부친에게 베푼 은혜는 그가 혼천무극진기를 수련하며 겪은 혼란에 비할 수 없이 무거운 것이었기 때문이다.

그에게 손을 쓴 자는 그의 성격이 어떤지를 전혀 모르는 상태에서 손을 썼다. 그렇게 손을 써서 그의 삶에 개입하는 것이 좋은 방향이어도 받아들이지 않을 그였는데 지금 그의 몸 안에서 벌어지고 있는 현상은 백번을 생각해도 좋게 받아들일 수 없는 일이었다.

관산호는 가볍게 고개를 저었다.

마음속에서 일어난 분노를 털어버리기 위해서였다.

그의 눈에서 일어났던 불꽃이 사라졌다.

창룡지존부로 시선을 돌린 그의 눈빛은 다시 무심해져 있었다. 냉정해진 것이다. 그의 성장 과정이 남다르지 않았다면 그 나이에는 기대하기 힘든 수양이다.

'창룡지존부도 새로운 진기 운행과 관련이 있는 것으로 보아 내게 손을 쓴 자의 물건일 것이다. 그렇다면 령아가 장터의 여인을 만나게 된 것도 의도적으로 계획된 일이었다고 생각할 수밖에 없는데… 그자는 내가 지존부와 진기운행이 갖고 있는 관계를 눈치 채기를 바라기에 그날 밤 내게 손을 썼

을 것이다. 내 생각이 맞는다면 내게 손을 쓴 자가 내 앞에 모습을 보일 시간은 얼마 남지 않았다.'

관산호의 판단은 충분한 근거가 있었다.

그의 경락을 운행하는 새로운 진기 운행과 창룡지존부와의 관계를 가장 잘 알 사람은 그것의 원 소유자일 터다. 그러니 지금 관산호의 상태를 가장 잘 알 사람도 원 소유자일 것이고.

관산호는 이미 자신을 목적으로 모종의 일이 진행되고 있다는 것을 눈치 챘다. 지금쯤은 관산호가 눈치 챌 수 있음을 계획을 세운 자도 알았을 것이다.

어떤 계획을 세웠든 그 계획의 대상자가 자신에게 무언가 계획이 진행되고 있음을 눈치 챌 수 있는 상황에서 그 계획을 계속 밀어붙일 사람은 없다. 그런 사람이 있다면 그는 바보일 텐데 바보가 이런 계획을 세울 리는 만무했다.

한 가지 관산호가 이해하기 곤란한 점은 이 일을 계획한 사람이 지존부와 진기 운행의 상관관계를 그가 눈치 채기를 원했느냐였다. 관산호는 돌아가는 정황으로 보아 계획자는 그가 일기를 원했기에 이런 식으로 일을 진행했으리라고 추측하고 있었다.

하지만 그자는 관산호의 앞에 아직 모습을 드러내지 않고 있었다. 그것은 관산호가 아직 지존부와 진기 운행의 상관관계를 눈치 채지 못했다고 생각하거나 계획자가 모습을 드러낼 때가 아니라고 판단했을 가능성이 있었다.

그렇다 해도 지금과 같은 상황에서 관산호에게 의문만을 심어주고 계속 방치하는 것은 기대하기 어려웠다. 지켜보기만 하려면 이처럼 복잡하게 일을 진행했을 리 없기 때문이다.

그렇다면 결론은 바로 나온다. 조만간 관산호에게 손을 쓴 자는 그의 앞에 모습을 드러낼 것이다. 그것이 관산호의 판단이었다.

그러나 그의 판단은 부족한 정보 속에서 대부분 추측으로 이루어진 것이라 사실에 부합하는 것이라고는 할 수 없었다.

창룡지존부와 그의 중단전에 심어진 기운과의 상관관계는 그 원 소유자였던 공손우도 알지 못했고, 지존부의 기운이 진기 운행을 도우리라고는 상상도 하지 못했던 것이다.

관산호의 중단전에 심은 기운은 그가 평생을 수련해 왔던 것이고, 창룡지존부를 소유했던 세월도 십오 년에 달했지만 그가 지존부를 갖고 있었을 때는 지금 관산호의 몸에 일어난 일이 한 번도 발생한 적이 없었다. 당연히 공손우는 지금 관산호가 그의 계획을 눈치 챘을 것이라고는 꿈에도 생각하지 못하고 있었다.

'융중산에 해답을 얻을 수 있는 무언가가 있을 것이다. 하지만 지금은 그곳에 가서 의문을 풀 시간이 없다. 그리고 일을 꾸민 자가 조만간 내 앞에 나타날 테니 그때는 의문을 풀 수 있겠지. 지금은 그보다 상 노사의 가르침을 받을 일에 집중해야 한다. 아버님의 강론과 한 달간의 수련으로 이성에서 막혔던 초현사일(初現斜日)의 이해가 삼성 수준까지 깊어지긴 했지만 그 정도로 노사께서 흡족해하실까? 사 년이나 되었는데……'

관산호의 미간에 가는 주름이 잡혔다.

그가 철사보를 떠나오며 태웠던 책자에는 단 일 초의 도법이 적혀 있었다.

그 초식의 이름은 초현사일(初現斜日).

단 일 식으로 이루어졌으며 발도(拔刀)와 동시에 상대를 베어버리는 쾌도식이었다.

그 도초가 수록된 책자를 관산호에게 준 사람이 바로 사 년 전 관산호가 만난 상익청이었다.

상익청은 그 책자를 관산호에게 건네주며 후일 자신을 찾아왔을 때 관산호가 초현사일식을 얼마나 익혔는지 그 성취를 보고 싶다고 말했었다.

비록 단 일 초이기는 하나 무공을 모르는 생면부지의 소년에게 비전무공을 건네주었으니 상익청이 당시 관산호를 크게 마음에 들어했다는 것을 알 수 있었다.

하지만 관산호는 초현사일식을 제대로 익히지 못했다. 상황이 그가 초현사일식을 익히도록 허락하지 않았기 때문이다. 사 년간 그가 할 수 있었던 것은 구결의 해석, 그것도 일부를 해석하는 것에 그쳤다.

초현사일식이 수록된 책자에는 삼십여 장에 달하는 주해가 달려 있었고, 관산호도 나름대로 철사보 내의 무공 서적과 그가 구결의 일부를 물어도 이상하게 생각하지 않을 사람들을 대상으로 물어보며 삼 년 반을 연구했어도 초현사일식을 이성 이상 해석하지 못했다.

그리고 반년 전 그는 자신의 능력으로는 그 이상의 해석이 불가능하다는 것을 깨닫고 책자를 함에 넣은 후 다시 들여다보지 않았다.

그가 초현사일의 해석이 불가능하다고 판단한 것은 두 가지 이유에서였다.

첫 번째는 그의 주변에 있는 사람들과 무공 자료가 초현사일식의 오묘함을 해석하기에는 그 역량이 너무 떨어져 별 도움이 되지 않는다는 것이었고, 두 번째는 그가 무공을 직접 몸으로 익힐 수 없는 상황이라 구결만으로는 어느 정도 이상은 이해할 수가 없다는 것이었다.

무공은 머리가 좋다고 터득할 수 있는 것이 아니다.

제아무리 천재도 수천, 수만 번의 반복이 있어야 그 초식이 진정으로 갖고 있는 오의를 깨달을 수 있다.

관산호의 잠재력이 강천기를 경악이 지나쳐 기절 직전까지 몰아갈 만큼 범상치 않은 것이라고 해도 본 적도 없고 수련한 적도 없는 무공의 오의를 책만 보고 완벽하게 이해한다는 것은 결코 쉬운 일이 아니었던 것이다.

관산호는 자리에서 일어나 탁자 위에 놓았던 칼을 집어 들었다.

모자라면 채우면 된다.

그리고 모자라는 무공을 채울 수 있는 방법은 수련뿐이다.

정만억은 복건에 도착하려면 이십 일이 넘게 더 가야 한다고 말했다. 짧지만 상익청을 만날 때까지는 아직 여유가 있었다.

잠시 후 사방 일 장 반이 넘지 않는 좁은 객실 안에 가슴을 서늘하게 만드는 서슬 푸른 도광이 번뜩이기 시작했다. 그 빛은 배가 장사에 도착할 때까지 사라지지 않을 것이다.

*   *   *

곤의 시선이 잠시 강물을 타고 유유히 떠내려가고 있는 화물선을 향했다.

차갑게 가라앉아 있어서 감정을 읽기 어려운 눈이지만 돌처럼 딱딱한 그의 표정은 그가 무섭게 긴장하고 있다는 것을 알 수 있게 했다.

'누군가 뒤에 붙었다. 고수다.'

그는 강변의 웃자란 풀숲에 엎드려 있었는데 극도의 은밀성을 유지하는 상태라 누군가 작정하고 보아도 그의 모습을 확인하기는 어려울 터이다.

화물선을 바라보던 그의 시선이 주변을 훑기 시작했다.

'기척이 느껴지지 않는다. 하지만 분명히 배를 따라붙는 자들이 있다. 대체 누군가?'

그가 관산호를 따라 철사보를 떠난 지 이틀이 흘렀다. 그는 배를 탈 수 없는 입장이라 강변을 따라 이동하며 화물선을 따라가고 있었다. 다행히 관산호가 탄 배는 화물선이라서 속도가 빠르지 않았고, 놓칠 염려도 없었다.

문제가 생겼다는 것을 그가 느낀 것은 배가 출발한 지 한 시진 정도 지났을 때였다.

숫자 미상의 인물들이 화물선을 추적하고 있었다.

정기적으로 철사보와 장사를 운행하는 화물선에 추적자가 붙을 이유는 없다.

장강의 수적들이라면 군침을 삼킬지 모르지만 호북성 권역의 장강을 쥐락펴락하는 비연채가 철사보의 화물선을 건드리지 않은 지 이미 일 갑자.

수적은 아니었다.

게다가 비연채는 물론이고 당대의 장강수로연맹 군산 총타에도 곤을 긴장시킬 수 있는 능력을 가진 자는 없다.

'두 명의 흔적은 확인했다. 하지만 추적자는 둘이 아니다. 한 명이나 두 명 정도가 더 있다.'

곤의 눈빛이 스산하게 가라앉았다. 자신이 기척을 포착하지 못한 자들이 있다는 것에 살심을 느낀 것이다. 그가 은신을 위해 기세를 제어하고 있지 않았다면 그의 주변에 살기의 폭풍이 일었을 것이다.

지난날의 그는 살(殺)이라는 글자와는 인연이 먼 성격이었지만 악몽과도 같았던 그날 이후 성격이 극단적으로 변해 사람을 목표로 살심을 일으키는 것에 대한 거부감이 완전히 사라졌다.

'화물선에 실린 물건에 관심을 가진 자들이 아니다. 내가 일시지간에 눈치 채기 어려울 정도의 능력을 가진 자들이라면 당대 무림에서도 최정상급에 속한 고수들이다. 그런 자들이 석탄 따위를 노릴 리 없지. 저들이 배를 추적하는 이유가 뭘까?

자신 외에도 배를 추적하는 자들이 있다는 것을 알게 된 후 이틀 동안 그는 의문을 풀기 위해 계속 고민했다. 그러나 철사보 내부의 사정을 전혀 모르는 그가 의문을 풀기는 쉽지 않았다.

하지만 풀리지 않는 의문일지라도 그는 그것을 화두처럼 부여잡고 놓지 않았다. 그의 단련된 육감이 그에게 계속해서 위험하다는 경고를 보내고 있기 때문이다.

생각을 하는 와중에도 그는 한시도 멈추지 않고 지면을 미끄러지듯 움직이고 있었다. 육 척 장신이 움직이는 데도 풀잎 스치는 소리조차 들리지 않았다.

그렇게 움직이던 그의 얼굴이 어느 순간 보일 듯 말 듯 일 그러졌다.

'그자다. 꼬리를 물렸다.'

곤은 이를 악물었다.

후방에서 미세한 기류의 파동이 감지되었다. 그 파동은 찰나의 순간 나타났다 사라졌지만 그의 예민한 감각을 피하지는 못했다.

'나를 발견하고 흥분했다. 왜? 놀라서였을까?'

곤은 자신이 발견되었다는 것을 알았지만 움직임을 멈추지 않았다. 그가 멈춘다면 상대는 그가 자신을 눈치 챘다는 것을 알 것이기 때문이다.

곤의 머릿속이 무서운 속도로 돌아갔다.

점점 그의 눈이 가늘어졌다.

'설마 화물선이 아니라 내가 목표? 왜 나를? 내가 누군지 알고?'

생각을 이어가던 곤의 얼굴색이 갑자기 날벼락을 맞은 사람처럼 새파랗게 질렸다.

'화물선을 추적한 건 산호 때문이다. 그리고 산호를 추적한 것은 산호의 주변에 내가 있다는 것을 알고 있었기 때문이고, 저들이 나를 목표로 하는 것이라면 어르신과 관련이 있는 자다. 산호의 주변에 내가 머물고 있다는 것은 어르신밖에 모른다. 그런데 저들이 어떻게 그것을 알 수 있었을까?'

생각을 이어가던 곤의 안색이 하얗게 변했다.

'어르신이 위험하다!'

그는 공손우가 오랜 세월 동안 누군가에 의해 추적당해 왔다는 것을 알고 있었다. 하지만 공손우는 경이로운 능력으로 추적자를 피해왔다.

추적하는 자들이 공손우가 머무는 곳을 파악하고 그곳에 도착할 즈음이면 공손우는 항상 그곳을 떠난 후였다. 때문에 곤은 반년에 한 번씩 공손우와 만나왔지만 공손우를 추적하는 자들과 조우할 일이 없었다.

그런데 오늘 추적자들이 그의 뒤를 문 것이다.

그것은 공손우가 노출되지 않았다면 가능하지 않은 일이었다.

천하에 그가 살아 있다는 것을 알고 있는 사람은 공손우뿐이었으니까. 그는 십이 년 전 사망했다고 알려져 있었고, 그것을 의심하는 사람은 무림천하에 아무도 없는 것이 현실이다.

곤의 이빨이 파고든 입술에 핏물이 맺혔다.

그의 찢어질 듯 부릅떠진 눈에 초점이 흐려지고 있었다.

'어르신은 용중산으로 가고 계시다. 흔적을 지우신다고 하셨지만 이미 노출된 상태. 의미없는 일이다. 그렇게 십몇 년 동안 치열하게 어르신의 뒤를 쫓던 자들이 왜 포착하고도 지켜만 보는지 이유를 알 수 없는 일이지만 언제 어르신에게 손

을 쓸지 모른다.'

곤은 머리털이 곤두서는 듯한 긴장을 느꼈다.

공손우는 그에게 무공을 가르치고 일을 시켜왔지만 그 자신에 대해서, 그리고 추적자들에 대해서 아무런 설명도 해주지 않았다. 하지만 한 가지는 분명했다.

추적자들이 가공할 고수라는 것.

그가 아는 공손우의 능력은 내상을 입은 상태에서도 가히 천외천의 그것이라 할 수 있을 정도이다. 하지만 그런 능력을 가졌음에도 공손우는 추적자들을 피해 도주해야만 했던 것이다.

'융중산으로 가는 길은 여러 갈래가 있지만 추적자들을 피하고 흔적을 완벽하게 지우며 가려면 성도인 무한까지 갔다가 그곳에서 다시 북상하는 방법이 가장 좋다. 호수와 작은 강이 많아 추적이 쉽지 않으니까. 어르신도 그 방법을 택하셨을 것이다.'

그가 공손우의 행로를 예측할 수 있는 것은 공손우가 어디로 가는지 알고 있기 때문이었다. 목적지를 몰랐다면 그도 공손우가 어떤 행로를 택할지 추측할 수 없었을 것이다.

곤의 시선이 화물선을 향했다.

그의 눈에 진한 갈등의 빛이 떠올랐다.

'예정대로 해야 하는가? 하지만 지금 어르신은 내상이 깊어지셔서 추적자들을 따돌릴 수 없을 텐데……. 내가 가지 않으면 어르신이 그자들의 수중에 떨어지는 것은 불을 보듯 명확하다. 게다가 나와 산호도 이미 그들에게 노출된 상태에서 예정된 계획대로 하는 것은 호랑이 입속으로 걸어 들어가는 것과 같다. 산호까지 위험해질지도 모르는 일.'

고민은 깊었지만 결정은 빨랐다.

그의 눈에서 갈등의 빛이 사라졌다. 그리고 섬광과도 같은 빛이 일었다.

'어르신, 어떻게든 제가 갈 때까지만 견뎌주십시오.'

강변의 풀숲에 엎드려 있던 곤의 신형이 환상처럼 사라졌다.

그리고 다음 순간,

삐이익!

귀청을 떨어 울리는 휘파람 소리와 함께 강변 여기저기에 은신해 있던 세 개의 그림자가 일제히 움직이며 바람처럼 주변을 수색했다.

그들은 흑포에 죽립을 눌러쓰고 있었는데 예외가 없어서 한 단체에 소속된 자들임을 누구라도 한눈에 알 수 있었다.

"흔적이 동진(東進)합니다."

셋을 셋 시간이 지나기도 전에 그들 중 한 사람의 입에서 나직한 음성이 흘러나왔다.

듣는 이를 섬뜩하게 만드는 차가운 음성이 그 말을 받았다.

"뒤를 쫓는다!"

"저 아이는 어떻게 할까요?"

"중요한 것은 저자야. 지금은 저 아이에게 신경 쓸 여지가 없다. 저 아이에 대해서는 차후 주군의 지시를 다시 받아도 늦지 않는다."

"알겠습니다."

일사불란한 대답과 함께 세 개의 그림자가 강변을 벗어나 동쪽으로 난 언덕 뒤로 사라졌다. 가공할 속도여서 그들이 백여 장을 지나치는 데 걸린 시간은 찰나에 불과했다.

*　　　*　　　*

"장룡(長龍), 많이 조심했는데도 결국 이렇게 자네와 만나게 되는군."

야트막한 언덕의 나무 밑에 앉아 잠시 쉬고 있던 공손우는 햇빛을 가리며 그의 앞에 선 중년인을 올려다보며 말했다.

폭 사십 장가량의 작은 강이 흐르고 있는 곳이었다.

공손우를 내려다보는 중년인 운장룡의 청수한 얼굴에 괴로운 기색이 완연해졌다.

"휴우, 이사형, 저도 이렇게 뵙게 되기를 바라지 않았습니다."

"언제부터였나."

"두 달이 조금 안 되었습니다."

“…….”

공손우의 얼굴에 놀란 빛이 떠올랐다.

“그런데 왜 지금인가?”

“대사형께서 모시고 오랍니다.”

운장룡의 대답에 공손우는 허탈한 표정이 되었다.

“허허허, 우문(愚問)이었네. 대사형의 지시가 없었다면 자네가 이리 행동할 이유가 없지.”

말을 하던 공손우의 시선이 천천히 그의 좌우를 살폈다. 그의 좌우 오 장 정도 떨어진 곳에는 네 명의 죽립을 쓴 흑의인이 서 있었다. 보이지는 않았지만 그의 등 뒤에도 두 명이 서 있는 기척이 느껴졌다. 모두 여섯 명이다.

그는 운장룡이 눈앞에 나타난 순간 도주를 포기했다. 그가 절망이나 체념을 했기 때문은 아니었다. 그의 몸이 한 달 전만 같았어도 도주는 성공할 가능성이 절반은 되었겠지만 지금은 어떤 방법으로도 운장룡의 손을 벗어날 수 없다는 걸 잘 알기 때문이었다.

그의 눈에 의아해하는 기색이 떠올랐다.

“셋이 보이지 않는구먼.”

그들 사형제에게는 누구에게나 예외없이 아홉의 수하가 있다. 그것은 수백 년간 변하지 않은 그들 문파의 전통이다.

“이사형이 예전과 같았다면 아홉을 모두 데리고 왔겠지만 그렇지 못하신 터라 몇 명에게는 다른 일을 좀 시켰습니다.”

운장룡의 대답은 공손했다.

비록 이런 식으로 만나게 되었지만 한때 공손우는 그의 우상이었다. 그리고 지금은 예전에 지녔던 무공을 거의 다 잃고 폐인처럼 초라해진 공손우였지만 공손우에 대한 그의 경외감은 여전했다.

그가 존경한 것은 공손우라는 인간이었지 그가 지닌 무공이 아니었던 때문이다.

공손우의 안색이 조금씩 굳어졌다.

“무슨 일인지 물어봐도 되겠는가?”

“삼 일 전 이사형과 만났던 곤이라는 친구를 쫓아갔습니다. 어제 전서구를 보냈으니 곧 그 친구를 볼 수 있으실 겁니다.”

공손우는 놀란 듯 눈을 치켜떴다.

그는 운장룡이 곤의 이름을 언급하자 삼 일 전 곤이 그를 찾아왔을 때 밖에서 느꼈던 기척이 운장룡의 것이었다는 것을 깨달았다. 하지만 그 깨달음은 너무 늦은 것이었다.

놀란 빛은 곧 사라졌다. 하지만 이어진 것은 공손우의 입술 사이로 흘러나온 깊은 탄식이었다.

그는 운장룡의 능력을 가장 잘 알고 있는 사람 중 한 명이었다. 운장룡에게 무공과 학문을 가르친 두 사람 중 한 명이 그였으니까.

운장룡의 성격은 지나칠 정도로 꼼꼼하고 신중해서 돌다리도 두들겨 보고 지나간다는 속담에 딱 어울렸다. 그런 운장룡이 지금 그의 질문에 순순히 대답해 주는 이유를 아는 것은 어렵지 않은 일이었다.

그와 곤은 빠져나갈 수 없는 그물에 걸린 것이다.

현재 그의 상태로 운장룡과 여섯 명의 수하를 피해 달아난다는 것은 몽상이었다. 그리고 곤 또한 그와 별반 다르지 않을 것이다.

곤의 무공은 지난날에도 절세라고 할 만한 것이었고, 십여 년간 그에 의해 더욱 진보했지만 몇 년 후라면 몰라도 지금의 그로서는 운장룡의 수하 셋을 감당하는 것은 가능하지 않았다.

아니, 그들 중 둘 정도면 어느 정도의 피해는 있을 테지만 곧 곤을 사로잡을 수 있으리라. 그런 자들이 셋인 것이다.

하늘로 시선을 돌린 공손우의 눈은 망연자실 그 자체였다.

그런 그를 바라보던 운장룡이 물었다.

"이사형, 저도 궁금한 게 하나 있는데 대답해 주시겠습니까?"

"물어보시게."

"곤이란 자와 대화를 하실 때 안배와 그곳에 대해 언급하셨는데 안배가 무엇이고 그곳은 어디를 말하는지 알고 싶습니다. 그리고 곤이 관산호를 쫓아가 하려는 계획이라는 것도 궁금합니다."

공손우는 물끄러미 운장룡의 눈을 바라보았다. 미래가 틀어진 마당이다. 그래서인지 그의 눈빛은 쓸쓸했다.

공손우와 눈이 마주친 운장룡의 눈에 안타까운 기색이 스쳐 지나갔다. 하지만 그가 아무리 존경하는 공손우라 해도 대사형의 지시를 어길 수는 없다.

"그곳과 안배에 대해서는 말해주기 어렵구먼. 이제 사용이 불가능해진 것들이긴 하지만 그래도 내가 십수 년간 준비한 것들일세."

그의 말을 들은 운장룡의 얼굴에 얼핏 실망한 기색이 나타났다. 그러나 그도 크게 기대하지는 않았기에 그 기색은 곧 사라졌다.

그때 공손우가 다시 말문을 열었다.

"무엇인지 말할 수는 없지만 그 용도는 말해줄 수 있네."

그의 말에 운장룡의 눈이 빛났다.

"그것들은 모두 대사형을 막기 위해 준비한 것들일세. 호아는 내가 가르친 후 안배를 물려주려고 했던 아이지."

"산호라는 아이가 마음에 드셨습니까? 제가 볼 때 자질은 괜찮은 듯했지만 이사형의 눈에 찰 정도는 아니라고 생각했었습니다만?"

"자네와 내 입장은 다르네. 쫓겨다니는 와중에 눈에 들어올 만한 자질의 아이를 만난다는 것은 하늘이 도와야 가능한 일이지. 호아는 의지가 강하고 끈기가 있네. 가르치면 대성은 힘들어도 소성은 할 아이지. 마지막 가는 길에 나도 제자 하나는 두고 싶었다네."

공손우의 말에서는 관산호에 대한 애정과 미련을 느낄 수 있었다. 하지만 운장룡은 공손우의 말을 들으며 관산호에 대한 관심이 점차 식어갔다.

그가 보았을 때도 관산호의 자질은 최상의 것이 아니었다. 공손우가 가르치는 무공을 소성할 수는 있어도 대성할 가능성은 거의 없었던 것이다.

그가 관산호의 재질이 괜찮은 듯하다고 말한 것은 공손우의 면전이어서였다. 상대가 공손우가 아닌 다른 사람이었다면 관산호에 대한 그의 평가는 그리 좋지 않았을 것이다.

관산호 정도의 자질을 가진 소년은 쳐다보지도 않는 사람이 그였다. 그의 문파에 전승되는 무공은 최상의 자질을 갖고 최고의 환경에서 평생을 수련해도 대성한다고 장담할 수 없을 만큼 난해했으며 그만큼 절대적인 위력을 갖고 있는 것이었기 때문이다.

하지만 그가 공손우처럼 관산호의 몸을 직접 살펴볼 수 있는 기회가 있었다면 지금 마음속으로 내린 것과 같은 평가는 결코 하지 못했을 것이다.

관산호의 자질은 겉으로 보는 것과 직접 살펴보는 것 사이에 믿을 수 없을 정도의 격차가 있었다. 그리고 그 점은 혼천무극진기가 갖고 있는 특이한 공능 중 하나였다.

공손우도 관산호의 오른쪽 어깨에 있는 십자구반혼을 발견하지 못했다면 관산호에 대해 그저 자질이 괜찮은 소년이로구나 하는 평가에 그쳤으리라.

운장룡의 눈빛에서 관산호에 대한 관심이 식고 있다는 것을 읽은 공손우는 내심 가슴을 쓸어내렸다.

그는 운장룡에게 관산호에 대한 말을 하면서 모든 심기를 집중했다. 운장룡이 관산호에게 계속 관심을 갖는다면 그의 마지막 희망은 사라지게 될 것이 명약관화했기 때문이다.

관산호에 대한 적당한 평가와 현재 그가 처한 입장을 복합해서 한 몇 마디에는 그가 평생 동안 사람을 상대하며 쌓아온 경험이 녹아 있었던 것이다.

그것은 일종의 도박으로 그가 운장룡에 대해 잘 알고 있었기에 가능한 것이었다.

운장룡의 수양은 대단한 것이었다. 다른 사람이었다면 그의 눈빛과 기색에서 속마음을 읽어내고 그의 마음을 의도한 방향으로 움직이는 것은 불가능했을 것이다.

공손우였기에 가능한 일이었다.

"이제는 모두 물거품이 되어버렸구먼."

공손우의 탄식 섞인 말을 들은 운장룡의 눈가에 그늘이 졌다.

"이사형, 사형은 왜 대사형과 적대하시려 합니까? 그분이 어떤 분인지는 누구보다 이사형이 잘 아시지 않습니까?"

절절한 안타까움이 묻어나는 음성이었다.

공손우의 입가에 고즈넉한 미소가 피어올랐다.

운장룡을 바라보는 그의 눈은 더할 수 없이 부드러웠다. 모든 계획이 어긋나고 있음에도 그가 아무도 원망하지 않고 있다는 것을 알 수 있게 하는 눈빛이었다.

"그 안의 사연을 말해도 자네는 믿지 않을 걸세."

"그래도 듣고 싶습니다."

운장룡은 간절한 어조로 말했지만 공손우는 간단하게 고개를 저어 그의 바람을 들어주지 않겠다는 뜻을 분명히 했다.

"자네는 대사형을 대사형이라고 생각하는가?"

"무슨 말씀이십니까?"

"대사형은 대사형이면서 또한 대사형이 아닐세."

"오래 뵙지 못한 사이에 불문에 귀의하셨습니까?"

공손우의 선문답 같은 말에 운장룡은 인상을 찡그리며 말했다.

그의 반응에 공손우는 내심 고개를 저었다.

지금의 운장룡에게 모든 것을 말하는 것은 의미없는 짓이었다. 운장룡에게 대사형은 신과 같은 존재였으니까.

그는 가라앉은 음성으로 다시 말문을 열었다.

"앞으로 대사형을 지켜보게. 그러면 알게 될 걸세, 내가 왜 대사형을 피해 달아났었고, 대사형을 막으려 몸부림쳤었는지를. 자네에게 할 수 있는 말은 이것뿐일세.”

무거운 기색으로 공손우의 얘기를 듣고 있던 운장룡이 고개를 돌렸다.

서쪽에서 두 개의 그림자가 무서운 속도로 그들을 향해 다가서고 있었다.

그들이 접근하는 방향 쪽에 서 있던 두 명의 죽립인이 좌우로 벌려 서며 경계 자세를 취했다. 하지만 그 자세는 곧 원상으로 회복되었다. 접근하는 자들의 복장이 그들의 복장과 판에 박은 듯 똑같았던 것이다.

다가서는 자들에게 시선을 돌린 운장룡의 눈빛에 푸른 살기가 돌았다.

“어떻게 된 일이냐?”

그의 일 장 앞에서 걸음을 멈추고 부복한 사람은 둘이었다. 하지만 수는 세 명이라고 해야 맞았다. 우측 죽립인은 등에 한 사람을 업고 있었다.

“곤이라는 자와 충돌이 있었습니다.”

운장룡의 질문에 좌측 죽립인은 머뭇거림 없이 대답했다.

그 말을 들은 공손우의 낯빛이 크게 변했다. 그가 우려했던 상황이 벌어진 것이다.

운장룡은 죽립인의 그 한마디 대답으로 모든 것을 이해했다. 하지만 그는 믿을 수가 없었다. 언뜻 보아도 오검(五劍)의 등에 업힌 칠검은 기식이 엄엄한 중상이었다.

곤이라는 자의 무공이 사오칠, 삼검을 상대하면서 칠검에게 저런 상처를 입힐 정도였다는 말인가. 어떻게 그것이 가능하단 말인가. 당대 천하십대고수라 하더라도 단신으로 저들 세 명을 상대한다면 필승을 장담하지 못한다. 그것은 그의 자만이 아니라 현실이었다. 이미 증명된 일인 것이다.

"과정을 말해라."

분노한 운장룡의 눈빛이 싸늘해졌다.

"어제 오후 그자를 포착했습니다. 하지만 제가 그자를 포착함과 동시에 그자는 무한 방면으로 이동하기 시작했습니다. 그자가 향하는 방향이 주군께서 이동하고 계신 방향이라는 것을 깨닫고 세 시진 전 홍호(洪湖) 부근에서 그자를 공격했습니다. 그자가 주군이 있는 곳에 도착하면 주군께서 번거로워질 수도 있다는 것이 제 판단이었습니다."

"방심했느냐?"

"그렇지 않습니다, 주군. 저희는 최고의 경각심을 갖고 그자를 상대했습니다. 하지만 그자가 설마 천강인혼수(天罡引魂手)를 칠성 넘게 익힌 상태일 것이라고는 예상하지 못해 그자와 가장 치열하게 싸우던 칠검이 당했습니다."

"그자가 천강인혼수를 익혔단 말이냐?"

"그렇습니다, 주군."

운장룡은 공손우에게 시선을 돌렸다.

"이사형, 그자에게 본 전의 절기를 전수하셨습니까?"

공손우는 고개를 끄덕였다.

"천강인혼수와 몇 가지의 절기를 가르쳤네."

그의 음성은 허탈했다.

"어떻게 외인에게 본 전의 절기를 전수하실 수 있단 말입니까?"

공손우는 대답없이 침묵했다.

말없이 오검을 바라보는 그의 안색은 무거웠다.

그가 아는 전(殿)의 수하들은 포기를 모르는 자들이다. 설혹 다친 자가 있다 하더라도 명령을 완수하지 못하면 돌아올 생각도 하지 않는다.

그것을 잘 알기에 그의 마음은 천근만근 무거워지고 있었다.

대답없는 공손우를 잠시 화난 눈길로 보던 운장룡이 다시 오검에게 물었다.

"그자의 죽음은 확인했느냐?"

그의 수하들과 부딪쳤으니 곤의 죽음은 당연한 것이었다. 운장룡은 그에 대해 전혀 의심하지 않았다.

"그자와 부딪친 곳은 뒤로 장강를 두고 있는 절벽의 위쪽이었습니다. 도주로를 차단하기 위해서 고른 장소였는데 제 검이 그자의 심장을 꿰뚫으면서 그자의 시신이 장강으로 떨어졌습니다. 아래로 내려가 찾아보았지만 이미 물살에 휩쓸린 후라 시신을 발견하지는 못했습니다. 죄송합니다, 주군."

깊숙이 머리를 숙이는 오검을 내려다보며 운장룡은 내심 혀를 찼다.

검이 심장을 꿰뚫었다고 하니 곤이란 자가 살아날 가능성은 없었다. 오검과 같은 검도 고수가 칼을 잘못 쓰는 경우란 있을 수 없는 일이니까. 하지만 시신을 확인하지 못한 것은 못내 아쉬웠다.

그는 공손우에게 시선을 돌렸다. 공손우는 침침한 눈빛으로 하늘을 보고 있었는데 그 얼굴엔 무거운 기색이 가득했다.

"이사형, 사형과 연관된 일은 이제 끝난 듯합니다. 가시죠. 대사형께서 기다리십니다."

"그러세. 십오 년 만의 귀향이로군."

공손우는 힘겨운 동작으로 자리에서 일어섰다.

온몸의 힘이란 힘은 모두 빠져나간 듯 자리에서 일어선 그는 금방이라도 쓰러질까 걱정스러울 정도로 위태위태해 보였다.

운장룡의 시선이 그런 공손우에게 잠시 머물다가 수하들을 향했다.

"시간이 있다면 장강의 물길을 뒤집어서라도 곤이라는 자의 시신을 찾아보겠지만 지금은 시간이 없다. 전으로 돌아간다. 일검과 이검은 이사형을 모셔라."

"존명!"

낮지만 힘찬 대답과 함께 두 명의 죽립인이 공손우를 부축했고, 이후 그들은 일제히 신형을 날리기 시작했다.

'곤, 나는 자네가 죽었다고 믿지 않네. 자네는 그렇게 허무하게 죽어서는 안 되는 사람 아닌가. 살아주게. 살아서 자네 가슴속에 맺힌 한을 풀고 내가 못다한 마무리도 지어주게. 이제 자네만이 그 일을 할 수 있지 않나.'

떠나가는 사람들을 지켜보는 듯 하늘에 유유히 흘러가고 있는 흰 구름은 더할 나위 없이 평화로워 보였다.

공손우의 십오 년 염원이 어긋나 버린 곳.

이곳은 호북성의 성도인 무한에서 백여 리가량 떨어진 이름없는 들판이었다.

*   *   *

복건성은 동북 지역에 산지가 많아 높고 서쪽과 해안이 있는 남쪽 지역으로 갈수록 낮아지는 구조를 갖고 있다. 하지만 칠 할이 산지고 삼 할만이 평야라 마을만 벗어나면 어디를 보아도 높고 낮은 산이 눈에 들어온다.

"저 산만 넘어가면 무연촌(無緣村)입니다."

손을 들어 눈앞에 나타난 오십여 장 높이의 야산을 가리키며 말하는 정만억의 음성은 들떠 있었다.

이십칠 일간에 걸친 긴 여행(?)의 끝이 보이고 있었기 때문이다.

정만억의 말에 간단하게 고개만 끄덕이는 관산호의 얼굴은 무표정했다. 여행의 목적지가 코앞이니 어떤 식으로든 감정이 드러날 법도 하건만 그의 얼굴에서는 피곤해하는 빛만을 읽을 수 있을 뿐, 다른 감정이 느껴지지 않았다.

하지만 정만억도 이제는 관산호의 그러한 무반응에 대해 별반 이상하다고 생각하지 않았다.

철사보에 있을 때 관산호는 사람들의 눈에 잘 띄지 않는 소년이었다. 강풍양의 가신이나 다름없는 그도 관산호는 만나기 힘들었다.

관산호가 살가운 성격이어서 그에게 먼저 접근하는 것도 아니었고, 그도 어린 소년과 시간을 보낼 만큼 한가하지도 않았다. 자연히 그는 관산호와 친해질 시간이 없어서 강풍양과 강천기로부터 성격이 과묵하고 신중한 편이라고 들은 것이 지금까지 관산호에 대해 그가 아는 전부였다.

하지만 그는 짧지 않은 이번 여행 기간 동안 관산호와 함께 있으면서 그의 성격을 어느 정도 알게 되었다. 그래서 얼굴이나 눈빛에서 관산호의 속을 파악할 수 있다는 기대는 포기한 지 오래였다.

하루 종일을 같이 있어도 자신이 먼저 말을 걸지 않으면 한마디도 하지 않는 데다 무엇을 보아도 표정 변화가 거의 없는 관산호에게 그는 두 손 두 발을 다 들었다. 수많은 여행을 한 그였지만 관산호와 같은 동행은 처음이었다.

관산호와 정만억은 그리 높지 않은 야산이 연이어지는 곳에 있었다. 아침에 장태(長泰)를 떠난 후 미시 말(오후 다섯 시경)인 지금까지 그들이 넘은 야산만 삼십여 개가 넘는 참이어서 그들이 타고 있는 말은 지쳐 있었다.

그리고 관산호도 표현은 하지 않고 있었지만 많이 지친 상태였다. 장사에서 배를 내린 후 이십사 일 동안 식사 시간과 잠을 자는 시간을 제외하고는 계속 말을 타는 강행군을 해온 때문이다.

이십여 년 동안 무공을 익힌 정만억도 피곤한 기색이 완연했는데 체력이 좋다 해도 아직 소년인 그가 지치지 않을 리 없었다. 그래서 이 긴 여행이 곧 끝날 것이라는 정만억의 말은 그에게도 가뭄 끝의 단비와 같았다. 그의 성격상 그것을 겉으로 표현하지 않았을 뿐이다.

다가닥다가닥!

그들이 야산의 정상까지 일직선으로 난 길을 올라가 정상에 서는 데는 일각도 걸리지 않았다.

히히힝!

투투툭!

정상에 도착했을 때 관산호가 고삐를 당겼다. 속보로 걸음을 옮기고 있던 말은 갑작스런 관산호의 정지 신호에 가볍게 투레질을 하며 걸음을 멈췄다.

관산호가 정지하자 정만억도 말을 세웠다. 목적지가 코앞인데 말을 왜 세웠는지 의아해진 그는 관산호에게 고개를 돌려 이유를 물으려고 했지만 말문을 열지는 못했다.

관산호는 방금 전과 다름없이 무심한 얼굴이었다. 하지만 정만억은 그에게서 방금 전까지와는 다른 무언가를 느꼈다. 설명하기 어려운 그런 느낌이었지만 그는 지금 관산호의 분위기를 깨뜨리면 안 된다는 것을 본능적으로 깨닫고 있었다.

야산의 정상에서 내려가는 길은 올라올 때와 마찬가지로 일직선으로 나 있었다. 그리고 그 길이 끝나는 곳에 오십여 호 정도가 옹기종기 모여 있는 작은 마을이 있었다.

마을은 사방이 야트막한 산으로 에워싸인 분지 안에 자리 잡고 있었는데 집이 모여 있는 곳을 제외하고는 모두 밭이었다. 서쪽 야산의 정상에 걸린 채 붉은 노을을 뿌리는 태양 빛을 받으며 아직도 밭에서 일하고 있는 사람들이 여럿 보였다.

그곳이 관산호의 목적지인 비무자 상익청이 살고 있다는 무연촌이었다.

『철혈무정로』 2권에 계속

외눈박이의 일기

오늘 영어 선생님이 성병으로 결근하셔서 담임 선생님이 대신 수업을 하셨다. 담임 선생님은 "뭐, 원조교제 하다 보면 그럴 수도 있으니 이해하라"고 말씀하시더니 여자 반장한테도 병원에 가보라고 하셨다. 반장은 눈물을 글썽이며 외쳤다. "너무해요! 선생님! 전 원조교제 같은 건 안 했어요!" 그러나 매독이라는 담임 선생님의 말을 듣곤 벌떡 일어나 후다닥 짐을 챙겼다. 그러더니 남자 부반장 면상에 욕과 함께 주먹을 날렸다. 부반장은 "습진인 줄 알았다"고 변명했다. 그걸 본 다른 아이들도 병원에 간다며 서둘러 교실 밖으로 나갔다. 결국 교실엔… "제… 제길! 나만 남았다. 그래, 나만 숫총각이다. 제기랄!" 담임 선생님은 자책하지 말라며 "세상은 용모로 살아가는 게 아니잖아"라며 화를 돋우셨다. "뭐라구요? 지금 놀리시는 겁니까? 선생님! 그래! 나 외눈박이다! 그래서 한번도 못해봤다! 크아악!!"

잘나가고 싶은 사람은 읽어라!

그에게 한눈에 반했다! 그것은 분위기 탓?
애인과 나란히 걸어갈 때 당신은 좌, 우 어느 쪽에 서는가?
이성은 왜 서로 끌리는 걸까? 그 심층 심리를 해명한다!

30초의 심리학

■ 30초의 심리학
아사노 하치로우 지음 / 계일 옮김 | 값 8,500원

처음 본 사람인데 와 닿는 느낌이
너무나도 강렬한 사람이 있다.
흔히 하는 말로 '필이 꽂힌 사람',
그래서 잊혀지지 않는 사람,
한눈에 반했다고 하는 것이 바로 그것이다.
이런 인간의 감정을 논하는 데
남녀의 구분이 있을 수 없다.
사랑하는 그, 혹은 그녀를
생각하는 것만으로도 가슴이 두근거린다.
이상할 것 없다. 당연히 그럴 수 있는 것이다.
그렇기에 인간을 감정의 동물이라 하지 않는가.
그러나 그렇게 좋아하는 그 사람이
어느 날 갑자기 싫어지는 경우는 왜일까?

Psychology